I Narratori / F

RUGGERO CAPPUCCIO
FUOCO SU NAPOLI

x [illegible]!!!
02/04/2012
compagna che bello
essere qui con te in
questi tuoi primi 50 anni!!
pieni di luce allegria
e vita un abbraccio
e un bacio enorme
[illegible]

Feltrinelli

Prima edizione ne "I Narratori" maggio 2010
Seconda edizione novembre 2010

Stampa Nuovo Istituto Italiano d'Arti Grafiche - BG

ISBN 978-88-07-01815-2

I personaggi che appaiono in questo romanzo sono di pura fantasia. Ogni riferimento a fatti o a persone reali è puramente casuale.

A Idolina Landolfi
che insegnò sorridendo
come quel che non è più
può essere ancora.

Questa storia è accaduta l'anno prossimo.

1.
Pozzuoli. 13 maggio. Mattina. Un motoscafo bianco sul mare.

"Al massimo tra cinque mesi Napoli finirà di esistere. Al massimo tra cinque mesi Napoli non ci sarà più. I Campi Flegrei ci stanno preparando il benservito. La città sarà distrutta. Ci sarà una violenta esplosione iniziale. Si formerà una colonna eruttiva che darà vita a gas incandescenti, frammenti di magma e di rocce che saranno scagliati a decine di chilometri di altezza. Qui, generalmente, i venti dominanti spirano da nord-ovest, che poi è la stessa direzione del maestrale. Per questo le eruzioni vesuviane e flegree deformano le colonne verso sud-est e per questo Napoli, fino a oggi, si era salvata. Ma questa volta sarà diverso. Trentacinquemila anni fa ci fu una violentissima eruzione dei Campi Flegrei: il tufo grigio vomitato lo abbiamo ritrovato sul fondo di tutto il Mediterraneo. Lo abbiamo ritrovato perfino in Siberia. I prodotti di caduta raggiungeranno Napoli in pieno. In questo caso la colonna eruttiva non reggerà a lungo, ricadrà al suolo e scivolerà in più direzioni. Potrà raggiungere fino a centocinquanta chilometri orari di velocità. I flussi piroclastici arriveranno a temperature di centinaia e centinaia di gradi e raderanno al suolo tutto quello che incontreranno. Essere investiti da un flusso piroclastico è come essere investiti da un treno arroventato. Ma c'è di più. Questa volta avremo un'eruzione e un'inondazione. Le camere magmatiche dei Campi Flegrei si svuoteranno velocemente e richiameranno acqua dalle aree circostanti. Richiameranno il mare. L'acqua entrerà in contatto con l'elevata temperatura del magma, vaporizzerà rapidamente, creerà una raffica di esplosioni diffuse che proietteranno al di fuori del centro eruttivo nubi a bassa densità. Noi le chiamiamo *surges*. I surges possono essere di due tipi. Gli *hot and dry*, cioè caldi e secchi, con temperature fino a cinquecento gradi. Oppure i *cold and wet*, cioè freddi e umidi, con temperature fino a duecento gradi. Ve li ricordate gli scheletri di Ercolano ritrovati nascosti sotto pezzi di porticato? Avevano tutti il cranio spaccato da profonde lesioni. In un primo momento si pensò che fossero stati colpiti dal crollo delle macerie. Non era così. Le fratture non erano state provocate da una pressione esterna, ma da una interna. Quelle persone erano state investite da surges *hot and dry*. La morte fu dovuta a una vaporizzazione dei liquidi cerebrali, la cui pressione aumentò fino a scoppiare. Il decesso fu istantaneo. Tutti scarnificati, in un attimo. Ora, nei Campi Flegrei si formeranno fessure nella crosta terrestre. Saranno fessure lunghe, molto lunghe, potranno superare i dieci chilometri. Il magma uscirà anche da lì. Il tufo giallo napoletano venne fuori così, undicimila anni fa. Quello che fu costruito grazie alle fessure vulcaniche sarà distrutto grazie alle fessure vulcaniche. Probabilmente avverrà uno sprofondamento del territorio flegreo. Qualche chilometro quadrato. Si creerà una caldera di forma circolare o ellittica. Ci sarà un collasso vulcanico-tettonico dell'intera area. Il mare entrerà a Napoli. Il mare entrerà nelle strade di Napoli. Pozzuoli, caro avvocato, visto che ci siamo davanti guardatevela bene. Perché forse è l'ultima volta che la vedete."

Il professor Corso ha parlato sottovoce rigirandosi tra le mani gli occhialini dorati. Le lenti trapassate dal sole scheggiano due chiodi di luce sulla camicia bianca di Diego Ventre. Il motoscafo galleggia nella deriva serena del mattino. La mano destra di Diego carezza il timone. I suoi occhi scuri non lasciano la fronte del professore. Ventre sbottona la camicia, allenta la cintura. Sfila i pantaloni e si tuffa. Sparisce giù, giù in fondo, in un momento. Enrico Corso inforca gli occhiali. Guarda i cerchi d'argento sull'acqua, lì dove Ventre si è appena gettato, e in quei cerchi vede l'avvitamento definitivo delle sue stesse parole: caldere, eruzioni, marosi apocalittici. Si domanda se può essere vero tutto quello che ha appena detto e se lo chiede solo per il gusto di rispondersi che sì, è tutto vero, è tutto vero, si sente stretto nella morsa del purtroppo umano e dell'orgoglio scientifico. In fondo alla sua coscienza spunta il sorriso glaciale di chi raccoglie una confessione della natura prima che il peccato stesso sia commesso. Il molo ferroso di Pozzuoli è là davanti. Saranno trecento metri. Tutto sembra già morto. Ventre riemerge. Si innalza sul bordo della barca con il turgore dorsale di un delfino. Gli avambracci asciutti e muscolosi si tendono. I capelli castano scuri, lisci e compatti all'indietro sulla testa salata sono appena attraversati alle tempie e in un ciuffo da un guizzo di cenere bianca. Quarantacinque anni, inquieti come la mobilità levigata dei suoi addominali. L'asciugamano rosso interrompe lo sgrondare gocciante.

"Professore, io vi stimo, ma voi siete sicuro?"

"Avvocato, mi avete fatto giurare che vi avrei avvisato per primo."

Diego Ventre guarda il porto di Pozzuoli. Tiene ancora negli occhi la velatura pesante del verdeazzurro che ha visto sott'acqua.

"Mettete in moto, avvocato, costeggiate le rocce."

Ventre infila la camicia che si inzuppa del biancore bagnato della sua pelle chiara. Innesca l'accensione del *Dafne*, il motoscafo più bello del porto di Napoli. Il rombo del motore spezza per un attimo i presagi immobili del professore. Lo scafo sfiora le callosità millenarie delle rupi insabbiate di nero. Sigaretta per il professore. Toscano per Ventre. Onde deboli scaracchiano schiume d'avorio contro la costa. Nuvole basse schiacciano l'orizzonte e fanno il sole stanco. L'indice sinistro di Corso indica là, là, poco lontano. Sei cefali galleggiano morti fra il sopra e il sottopelo dell'acqua. La tinta metallica delle squame agonizza cancellata dal pallore della fine. Tutt'intorno, sbocchi di fumo vibrano sul mare in sinistri rigonfi di bolle.

"Spegnete il motore, avvocato. Vedete? Fumarole marine. È gas. I pesci muoiono di questo. Negli ultimi mesi abbiamo osservato crescenti emissioni di gas radon. È un gas pesante. È più denso dell'aria. È un gas inodore. I locali interrati della zona ne sono pieni. Ogni giorno che passa, sono sempre più pieni. Guardate là, oltre quella casa grigia. Lì, le deformazioni del suolo sono pazzesche. Deformazioni con sollevamento a campana. I gas fumarolici sono aumentati. È aumentata anche la loro temperatura. L'acqua dei pozzi della zona, in tutti i pozzi della zona, si va surriscaldando settimana dopo settimana."

"E voi dite che tra cinque mesi Napoli non esisterà più?"

"Stamattina c'è stato un vertice all'Osservatorio vesuviano. Sono arrivati in città gli otto maggiori esperti del mondo. Più che otto vulcanologi, sono otto padreterni. E sono tutti d'accordo con me. Scusate, avvocato, voi siete rimasto a quando queste previsioni si facevano col forse. Vi ricordate undici anni fa? Si disse: modesto fenomeno di bradisismo a Pozzuoli con sollevamento del Rione Terra di quarantacinque centimetri. E così fu. Nell'estate di quattro anni fa furono previsti diciotto fenomeni sismici lievi su tutto il territorio vesuviano. E com'erano stati annunciati, così si manifestarono. Da allora è passato altro tempo, oggi i rilevamenti tecnologici sono infallibili. I giapponesi e gli americani: la rovina nostra. Forse sarebbe meglio non sapere. Ma ormai è così. Prevediamo i tempi di svolgimento di una distruzione come fa un medico con una malattia terminale. Domani pomeriggio incontriamo le istituzioni."

"Le istituzioni?"

"Il sindaco di Napoli, e i sindaci dei diciotto comuni a rischio. Il presidente della Regione, quello della Provincia, il prefetto, il questore e tutti quelli che servono. Avvocato, è chiaro, no? Bisogna sgombrare. La gente se ne deve andare. Io, in qualità di direttore dell'Osservatorio, questo so e questo vado a dire."

"È giusto, professore. È giusto. Ma domani no. Voi domani non dite niente. Mi servono trenta giorni. Trenta giorni di silenzio. Niente incontri. Nessuna intervista. E soprattutto nessuna allusione. Voi siete scienziati. Gente di scrupolo. Trenta giorni servono pure a voi."

"Avvocato, mi state chiedendo una cosa impossibile."

"Professore, ve lo dico col sorriso negli occhi: le cose impossibili si domandano sempre a chi ci ha chiesto cose impossibili. Vi ho conosciuto otto anni fa, vi ricordate? Venni a trovarvi all'Osservatorio. Pioveva a dirotto e quel giorno la minaccia del fuoco e dei lapilli sembrava solo fantasia. Venni da voi perché da qualche mese mi era venuto un tarlo ostinato nelle tempie. Avevo capito che la ricchezza di questa terra, i suoi palazzi, le sue banche, i suoi negozi, la politica, le attività lecite e quelle illecite – che poi come sapete qua sono la stessa cosa – avevano giudici con cui si poteva discutere e giudici con cui non si poteva discutere. La trattativa è il segreto di tutto. La trattativa è l'acqua che innaffia il controllo delle cose, il controllo dei fatti e il controllo del potere. Ma vedete, voi siete un uomo intelligente. Con i gas e le caldere la trattativa non si fa. Non si può fare. Questo io l'ho capito prima degli altri. Quel giorno di otto anni fa mi avete tenuto con voi dalle nove e venti del mattino alle quattro e un quarto del pomeriggio. Professore: sei ore e cinquantacinque minuti di elettronica, sismografi, filmati. Ma che ve lo siete dimenticato? Che dite, perché l'ho fatto? Ci siamo presi subito in simpatia e quattro anni dopo vi ho fatto avere la licenza edilizia per costruire la vostra villa a Torre del Greco. Una licenza edilizia impossibile. Non l'avrebbero data neppure a un cardinale. Però io mi sono impegnato. Vi ho trattato da amico. Conoscevo il sindaco e si fece il piano regolatore che si doveva fare. Per costruire la villa come la voleva vostra moglie, però, ci voleva un mutuo. E si trattava di un mutuo serio. I requisiti non ce li avevate. Ma io vi ero amico veramente e la banca vi trattò come si deve."

"Avvocato, scusate, non so se vi rendete conto... Mi state ricattando."

"Professore, non usiamo parole fuori moda."

"Tanto resteremo tutti senza niente."

"È qua che vi sbagliate. Voi potete prevedere quello che faranno i vulcani. Ma quello che farà la gente lo so io. Trenta giorni servono pure a voi. La villa ve la dovete vendere. Io devo vendere parecchie cose. E forse qualche cosa la devo pure comprare."

"Ma i colleghi..."

"I colleghi aspettano. Fanno un bel ciclo di conferenze su Pompei, su Ercolano, voi fissate altre riunioni: gli spiegate che avete sentito le istituzioni e che per motivi di organizzazione e sicurezza nei prossimi trenta giorni non si parla. Naturalmente sarà una quarantena pagata. Fateli andare tutti all'Excelsior, fateli raggiungere da mogli e figli per una bella vacanza. E che se la godano, prima che il paradiso sparisca. Oggi pomeriggio li faccio contattare io. Vedrete che questi trenta giorni cambieranno la vita anche a loro. Siamo d'accordo."

Il professor Corso si passa la mano destra sulla testa pelata, accende un'altra sigaretta. Il sigaro dell'avvocato non si è mai spento.

"Professore, almeno una bella cartina l'avete portata? Spiegatemi bene a Napoli che cosa si brucia e che cosa si allaga".

2.
Napoli. 13 maggio. Mattina.
Lo studio del pittore Francesco De Mattia.

La mano del pittore era febbrile, come toccata da un morbo di sangue che gonfiava le vene. Eppure, si muoveva con lentezza, cercando il pennello giusto, saggiando con l'indice destro le setole vergini o quelle già inzuppate nei blu, nei rossi, nei solventi. Era il diciannovesimo giorno. Era la diciannovesima volta che Luce di Sangrano veniva a posare per il suo ritratto. La bellezza dei suoi ventisette anni, per diciannove turni di posa, aveva spaccato in due la noia di Francesco come un limone verde, spremendone un succo d'inquietudine, un succo di insonnia che, in mezzo ai suoi trentotto anni già disillusi, lui certo non avrebbe sospettato di avere.

Quello era il giorno in cui il pittore cercava la tonalità dell'incarnato. All'appuntamento con i rosa, gli avori e i pallori era arrivato stanco, proprio come aveva desiderato. Sapeva bene che solo la prostrazione di tutte le sue forze poteva renderlo capace di sprofondare nella parte di sé più irrazionale e più istintiva, dove se ne stava ben nascosta la promessa dell'arte.

Per diciannove notti aveva giocato a coprire e svelare il quadro. Ora, spegnendo tutte le luci della casa per guardarlo al lume di candela, ora esponendolo come su un tavolo d'obitorio sopra il ripiano da lavoro della grande stanza, nell'oltraggio abbagliante del lampadario di centro. Molte volte la notte si svegliava come assalito da un rimorso incomprensibile, camminando nudo tra cataste di cornici e cavalletti, tenendo in mano una torcia. Sollevava un lembo del drappo amaranto che ricopriva la tela e illuminava un dito, un gomito, una ciocca di capelli della giovane donna. Sapeva che l'ossessione gli stava taglieggiando il cervello, sapeva che l'ossessione lo stava accoltellando nel petto come fosse una lama calda capace di trapassarlo da dentro a fuori, sapeva tutto, lo sapeva e ne era felice.

Per Luce di Sangrano voleva dipingere il suo quadro più bello ed era posseduto dall'orrore che proprio questa sua dedizione sarebbe potuto diventare uno sputo mediocre.

Così, aveva inseguito la stanchezza, camminando molto, dormendo quasi niente, mangiando quel minimo che gli permettesse di reggere il peso delle palpebre: quella mattina si erano fatte di piombo, ed era questo tutto ciò che voleva.

Luce di Sangrano era di una bellezza che guardata un secondo non si guarda più. Tutto le rimaneva negli occhi. Tutto le rimaneva nel punto in cui avveniva l'incontro tra la radice del naso e la fronte. Negli ultimi diciannove giorni aveva attraversato mattina e pomeriggio via Chiaia, via Toledo, piazza del Gesù, fino all'imboccatura di via Benedetto Croce, ed era stata graffiata da raffiche di sguardi e di occhiate: maschi di tutte le età. Ma ogni volta uno sguardo solo, una sola occhiata. Il vizio doveroso degli uomini veniva subito imprigionato dagli occhi di lei, come una calamita attratta dal rigore del ferro. E del ferro, gli uomini saggiavano il freddo di una bellezza che non ammetteva insistenze. Le gambe lunghe e forti, i fianchi dolci, il trapezio delle spalle deciso fino a tutta la schiena, tesa in un arco dorsale da femmina giovanissima e matura, rimanevano cancellati dai suoi occhi.

L'operaio sudato, il bancario annientato nell'acqua di colonia, l'impiegato in pensione, la incrociavano lì, tra gli occhi, il naso e la fronte, fino a restarne confusi. Un rombo interno cercava la bestemmia carnale, appendeva le parole tra il cervello e la voce, liberava i pensieri di che bella troia, che femmina, che zoccola, passiamo un guaio insieme, madonna vergine, che fessa, meraviglia, vieni qua inginocchiati un momento, il tempo di una botta, sublime, sublime, sublime.

Ma Luce di tutto questo non era niente, dentro questi pensieri non ci stava, e chi li aveva partoriti dalla superstizione erotica del Sud se li spegneva in corpo annusandone la puzza, come se quelle idee fossero garofani secchi rimossi dalle tombe e buttati a marcire nelle immondizie dei camposanti.

Questi vocativi lanciati come pietre in mezzo allo stagno del proprio sangue di seduttori, questo maschiare ostinato si ritraeva, dopo aver visto lei, in un disgusto di sé, accompagnato dal sentimento dell'occasione perduta, quella che ti punge la coscienza mentre capisci che potevi dire un'altra cosa, potevi pensare un'altra cosa, potevi fare un'altra cosa.

Francesco De Mattia aveva fatto del "guardare" la sua religione. E anche se da un'altezza diversa, il suo sguardo su lei non era molto lontano dalle occhiate rapinose che centinaia di uomini scheggiavano ogni giorno sul corpo della ragazza. Francesco non la prendeva, non riusciva a tenerla nello spazio. Quando Luce arrivava all'ultimo piano dello studio di via Croce, quando lui le apriva la porta, quando lei entrava con un filo di respiro rinforzato dopo le scale fatte a piedi, De Mattia sentiva nelle narici l'emozione di un brivido alcolico. Luce gli sfilava davanti sorridendo appena ed entrava nella sala da lavoro. Francesco veniva assalito da un sapore nasale di zuccheri ubriacanti, non troppo diverso da quel whisky che era riuscito ad abbandonare due anni prima e di cui esistevano testimonianze decisive nelle migliaia di bottiglie vuote sparse in tutta la casa.

Oggi, anche oggi, mentre impastava un giallo di Napoli al bianco per fare un azzurraggio, gli pareva di avvertire i vapori di un Pantelleria che aveva molto amato. Memorie di vini, memorie di liquori, dentro i quali si era fatto una culla materna di nulla, durante le lunghe estati napoletane, quando i giorni non avevano promesse e le notti lo avevano lasciato orfano di istinti. Oggi, anche oggi, ricordi di bevute, come se tutte le bottiglie svuotate fossero piene, ricolme, ed esalassero uno sprizzo gioioso misto di trementina.

"L'idea del ritratto è stata di mio padre."

Luce parlava dopo oltre due ore di silenzio. La voce vibrava bassa, con un'effervescenza calma. Francesco avvertì una lieve espansione allo stomaco.

"I ritratti sono tornati di moda," disse senza guardarla.

"Sono ricadute di umanità, Francesco. Ricadute nelle sane malattie dell'umanità, è giusto, no? Adesso che è tutto senza mani, senza odori, senza sforzo. Mio padre mi ha mandato da te perché dice che tutti i tuoi antenati hanno dipinto i miei."

"È vero. Ha ragione. Mio padre ha dipinto tua madre. Mio nonno ha fatto tuo padre da bambino. Quando ero piccolo, mi raccontava sempre del primo giorno in cui era venuto nella villa che avevate a Cetara."

"Dove c'era la tonnara."

"Sì, e lì, un pomeriggio che stava ritraendo tua nonna, interruppe il lavoro per vedere la mattanza dei tonni."

"E tu quando hai iniziato?"

"A quattro anni scarabocchiavo con la matita di mio padre. Ma insomma... nessuno mi aveva spinto... nessuno mi aveva detto niente... i disegni però li nascondevo tutti sotto il letto. Ogni tanto mio padre sorrideva: dove hai messo le mie matite? Dove hai messo i carboncini? Così capii che aveva capito. Una sera trovai il coraggio di portargli la prima cosa. Avevo disegnato la faccia di Rosetta, una che stava da noi a mezzo servizio. Entrai nel suo studio col foglio, ma non mi decidevo. Lui allungò la mano e me lo portò via. Lo poggiò sul tavolo da lavoro, accese una sigaretta, lo guardò, poi prese un chiodino da un barattolo di vetro e lo fissò a una gamba del cavalletto dove stava lavorando. Non mi disse niente. Girai un po' per lo studio, in silenzio, e me ne andai."

"Era bella Rosetta?"

"Era strana. Aveva il naso adunco. Gli occhi erano scuri, molto profondi. Qualche settimana dopo, mio nonno entrò in camera mia mentre stavo disegnando un cavallo. Il nonno stava a casa con noi alla Riviera. Quando faceva pausa se ne andava girando per le stanze con una riga di legno in mano. Si percuoteva le cosce e fischiava. Mi arrivò alle spalle, dietro la sedia. Guardò e con l'indice seguì la linea del collo del cavallo. Voltò il foglio sul lato bianco e batté due volte come per dire 'rifallo'. Ci provai. La mano mi tremava. A lavoro finito il nonno mi prese il polso della destra e mi bacchettò forte. Sì, forte, nel palmo aperto. Avevo nove anni. Da quel giorno non disegnai più. Cinque anni dopo il nonno morì. Me ne stetti da dicembre a marzo nelle sue stanze a guardare i suoi quadri, le sue sanguigne, i suoi acquerelli. Il nonno era un pittore straordinario. Pensavo che avesse un segreto nella mano, negli occhi, nella testa, e mi convinsi che quel mistero io non lo avrei capito mai. La sera, dopo cena, me ne andavo in terrazza: da dietro una barricata di gerani guardavo mio padre seduto davanti al cavalletto. Era straordinario pure lui. Stavo là fino a notte fonda. Certe volte anche sotto la pioggia. Spiavo. Pensavo. Sai che il mio trisnonno ha ritratto il tuo trisnonno, il duca di Sangrano?"

"Il quadro che abbiamo nel salone della villa."

"Sì, quello. Fuori dall'ordinario. Eccezionale. Il trisnonno passò il segreto al bisnonno. Il bisnonno passò il segreto al nonno. Il nonno lo aveva passato a mio padre. Adesso io lo guardavo dipingere e pensavo a questo mistero del sangue che in me non si era sciolto. Mi sentivo impuro. Un portatore di morte, di interruzione. Ti può sembrare assurdo, ma è proprio così. Pensavo: io non l'ho meritato questo sangue. Mi hanno trasmesso il colore senza la sostanza."

"E non disegnavi?"

“No, non disegnavo. Dipingevo tutto nell’aria. Centinaia di quadri mi sono fatto nella testa. Li concepivo nei minimi particolari, ma se entravo nello studio di mio nonno e di mio padre e guardavo i pennelli, se avvertivo la tentazione di toccarli, mi sentivo come uno che fosse andato a scombinare i cadaveri fin dentro le tombe.”

“Insomma, un profanatore. E poi?”

“Poi, quando avevo ventidue anni, mio padre morì. Non volli vederlo senza vita. Non andai neppure ai funerali. Mi chiusi nel suo studio per giorni. Uscivo solo per andare in bagno, e per andare in cucina a prendere una bottiglia d’acqua fresca o una mela. Ma lo facevo quando ero sicuro di non incontrare mia madre per casa. Non volevo vederla piangere. Passai così più di due mesi. Una notte, mi resi conto che non ricordavo più il volto di mio padre. Non lo ricordavo neppure vagamente, neppure con approssimazione. Presi un foglio a quadretti, una penna blu e cercai di rifarmelo. Volevo sapere se la mano, questa mano, poteva ridarmi quello che si era perso dentro di me. Quella notte capii che mio padre ce lo avevo nella mano, qua, tra il pollice e l’indice, che la sua faccia era quella semplice penna, che la sua faccia erano le curvature e le inclinazioni del mio braccio mentre seguivo le linee. La sua faccia non era nel mio cuore o, come vogliamo dire, nella mia anima, era solo nel mio corpo. Mi accorsi che mio padre non lo avevo mai visto, nemmeno quando era vivo. Io mio padre, mentre lo guardavo vivere, in realtà lo disegnavo. Il giorno dopo lo feci a matita, poi a carboncino, una settimana dopo passai all’olio su tela. E quando vidi riapparire la sua fronte serena, i capelli bianchi pettinati all’indietro, i baffi spiritosi e quella strana piega della bocca, così intelligente, capii che lui aveva dipinto i movimenti della mia mano. Sentivo che era lui a disegnare quel che io disegnavo.”

“Insomma, non dipingevi. Eri dipinto.”

“Quando finii il ritratto ebbi paura. Paura che fossi io, io solo a vederlo così. Pensai, se qualcuno di casa, mia madre o mio fratello, entra qui e lo scopre, questa illusione che mi sono fabbricato morirà all’istante. Di pomeriggio me ne andavo in giro per Napoli e mi dicevo: stanotte lo distruggo, lo brucio. Un giorno caldissimo di luglio mi sedetti a un bar di piazza Carità, in mezzo all’inferno di rumore, di fumo, in mezzo al manicomio di vita che tutti facciamo finta di vivere in questa città. Ordinai sei whisky uno appresso all’altro. E decisi: lo brucio. Quel quadro lo brucio. Tornai a casa quasi a mezzanotte. Salii le scale, attraversai le stanze, entrai nello studio, che poi è questo dove stiamo adesso. Accesi le luci e trovai mia madre seduta lì. Lì proprio, vedi? C'era un divano rosso. Si era messa di fronte al quadro, abbandonata. Lo guardava, in penombra. Rimasi fermo. Lei si alzò, venne verso me. Mi carezzò il sudore sulla faccia, mi abbracciò e mi mise le labbra sulla guancia. Non fu un bacio. Fu un abbraccio con le labbra sulla guancia. Tenute ferme, chiuse. A lungo. Dal giorno dopo fu come serena. Come se pensasse che era tornato qualcosa. Qualcosa di lui era tornato in me. E da quel giorno ho dipinto, sempre. Forse è l'unico modo che conosco per parlare con lui.

"Sai che il mio trisnonno e il padre del mio trisnonno spesso erano costretti a fare una cosa strana? Dipingevano il ritratto dei condannati a morte. Immagina un nobile che fa una congiura contro la corona, che si infila in mezzo ai moti rivoluzionari dell'Ottocentoventotto o del Quarantotto. Ecco, lo prendono, lo arrestano e lo condannano alla pena capitale. La sua famiglia è ricca, desidera un'effigie del congiunto, un'istantanea a olio colta negli ultimi giorni della sua vita. Il pittore entra nelle carceri con una dispensa speciale. Si mette davanti al morituro e dipinge i suoi occhi, la sua bocca, le sue mani. Ho sempre pensato allo spasimo sordo dell'uno e dell'altro. Il detenuto guarda fisso il pittore come se vedesse la moglie, il figlio, la madre. Gli occhi dell'artista sono la sua ultima apertura sul mondo, la sua ultima fuga."

La stanza era invasa da un'effusione azzurrognola. La mattinata su Napoli era velata da una foschia tutta nuvole insane. Il cielo era coperto: i gas planetari stagnavano sulla città con insistenza testarda negli ultimi anni. Le due ampie finestre dello studio davano su cupole nerastre insidiate da trafitture di antenne paraboliche di diverse grandezze, di diverse forme, che parevano bandierine funebri conficcate su una torta marcia. Ma il miracolo dei vetri spessi e dei tendaggi leggeri faceva dentro la camera un effetto di singolare morbidezza, come se il fuori fosse soltanto una brutta favola.

Al centro, tra le due finestre, Luce stava seduta su una poltrona cardinalizia a schienale alto, tappezzata di velluto nero. I suoi capelli, prima di decidere la maniera definitiva in cui dovevano ricadere, erano stati pettinati in cento forme.

Francesco li aveva personalmente acconciati con una crocchia ripiegata e avvolta alla base, aveva provato a fare lo chignon alto, aveva inventato un raccolto composto da intrecci, per decidere alla fine che la chioma doveva ricadere naturale sulle spalle, estendendosi nel movimento lieve delle onde colore del grano fino alla scollatura dell'abito nero, contrastando le ombre della seta.

Luce teneva il braccio sinistro sulla poggiatura dorata della poltrona, mentre il destro era proteso in avanti come per invitare l'osservatore a un baciamano. Solo che Francesco le aveva adagiato sul dorso della destra una farfalla morta. Era colore d'arancio e aveva le ali filigranate in nero.

Il pittore aveva chiesto alla ragazza un sorriso appena accennato. Un sorriso in cui ci fosse la sapienza di tenere un tesoro immortale sulla mano insieme alla coscienza spiritosa che nulla è immortale a questo mondo.

Verso la fine delle tre ore previste per la posa, Francesco le chiese la cortesia di trattenersi ancora un po'.

Tirò fuori da un armadio una scatola di legno stretta e lunga, la aprì e, prima di mostrarne il contenuto a Luce, le disse: "Hai paura, tu?".

Lei sorrise. Il pittore estrasse dal fondo del contenitore di mogano un serpente imbalsamato, avvolto in tre spirali come un lungo bracciale. Era un animale grigio-verde, con occhi vitrei d'un giallo lucente e la bocca chiusa. Lui si avvicinò alla ragazza seduta in poltrona, le tolse delicatamente la farfalla di sopra la mano destra, la poggiò in un posacenere di cristallo e infilò al braccio di lei il serpente, come fosse un monile orientale.

L'animale faceva avvitamenti intorno all'avambraccio e finiva con la testa sulla mano dove prima era stata la farfalla.

Francesco andò al tavolo da lavoro, impugnò una matita e abbozzò le linee di un nuovo ritratto. Poi prese una vecchia Zenith, la caricò con pellicola in bianco e nero e scattò otto volte fissando Luce che offriva il baciamano del serpente.

"Abbiamo finito. Ma sta' tranquilla, a te consegnerò il ritratto con la farfalla. Questo è un capriccio mio."

Come ogni giorno, Francesco sparì in cucina. Luce si spogliò dell'abito di seta, lo ripiegò nella borsa a sacco. Indossò pantaloni, blusa e giacca bianchi, scarpe alte di corda. Quando si fu rivestita imboccò la fuga di quattro grandi stanze e salutò Francesco. Dal fondo della cucina lui sollevò la tazzina di caffè per dirle a domani. Adesso lei richiudeva la porta dietro di sé. Francesco sentiva i suoi passi allontanarsi giù per le scale.

Lentamente, sorseggiando, raggiunse lo studio grande. Il serpente giaceva al centro del tavolo da lavoro; lo richiuse nella custodia di mogano. Si avvicinò al ritratto e guardò Luce guardarlo.

Conosceva ogni linea del suo corpo e non conosceva niente. Rimase fermo davanti al suo sorriso che pareva dire: bisogna amare il silenzio.

Io vi offro il mio segreto posato qui, sul dorso della mia mano destra.

Io vi offro il segreto della farfalla nera e arancio, io vi offro il segreto della farfalla, l'unico animale che nella morte conserva tutta la bellezza della sua vita.

3.
Posillipo. 13 maggio. Mattina. Villa Sangrano.

L'ufficiale giudiziario era arrivato in taxi accompagnato da due assistenti vestiti di grigio. Aveva suonato al cancello che si apriva su via Posillipo, gli era stato aperto dopo un doppio colloquio al citofono con la cameriera Enza. Il viale del parco, in terra battuta, serpentava in discesa tra cespugli di rose rosa, aranci fioriti, campanule bianche che spargevano un profumo aggressivo sotto singhiozzi di brezza.

Raggiunta la spianata con la grande aiuola centrale, si vedevano due palme gemelle che facevano da quinta al prospetto di Villa Sangrano.

L'ufficiale giudiziario si fermò un momento e cominciò a pulire con un fazzoletto le lenti. La costruzione era di fine Settecento e presentava ai visitatori un allineamento di tredici balconi. Tutto tufo intonacato di crema sbiadita con orbite di umidità e salmastro.

La cameriera in bianco col grembiule blu aprì mezza porta, poi la aprì tutta e i tre si trovarono in un grande salone dove le statue di una Venere e un Mercurio in bella fattura sembravano gettare sui visitatori uno sguardo di sospetto.

Maria Amerigo apparve sulla scala e scese con strafottenza annodandosi sulla nuca i capelli neri e lunghi: "Ci vuole tempo per fare questa cosa?".

L'ufficiale giudiziario azzardò un buongiorno che fu tagliato da uno sbrigativo venite. "Cominciate dalla biblioteca. Se avete bisogno mi fate chiamare. Enza, fai un caffè, io sto sopra." La cameriera sparì in cucina e la signora attraversò i saloni con un ancheggiamento matronesco che luccicò negli occhi da funerale dei funzionari venuti per il pignoramento dei mobili. Erano attesi da tempo e non c'era nulla da chiedere, nulla da opporre. Fu servito loro il caffè e l'ufficiale giudiziario guardò la tazzina di Sassonia in cui aveva appena bevuto. Scambiò uno sguardo d'intesa con i due subordinati, come per dire: "Dovrei pignorare pure queste, ma il mio è un lavoro dove ci vuole tatto e compassione".

Passarono di salone in salone, annotando e paragrafando ogni singolo pezzo. Librerie di mogano, tavolini napoleonici di acero, specchiere con doratura originale, arazzi francesi, cristallerie di Boemia, terrecotte fiorentine. Poi, tra un permesso e un si può?, salirono al piano superiore e iniziarono la seconda parte dell'inventario: armadi gemelli Luigi Filippo, letti in ferro battuto decorato alla maniera dell'Ottocento napoletano, tappeti, porcellane di Capodimonte passate e presenti. Maria Amerigo entrava e usciva dalle stanze, ora per rispondere al telefono, ora per agganciarsi gli orecchini, il portatile incastrato tra l'orecchio e la spalla, sventagliava un ci vediamo alle nove, ciao bellissima, ma tu che dici? roba da pazzi e l'immancabile overo?...

Assuefatta da un decennio al mezzo quintale di citazioni e decreti ingiuntivi che erano piovuti su suo marito Vincenzo di Sangrano come una grandinata di marzo, continuava a fare la vita di sempre, un'esistenza dove la smania dell'esibizione cresceva con ostinazione raddoppiata in faccia alle emorragie patrimoniali ormai giunte alle soglie del dissanguamento. La dissoluzione in corso, anzi, le metteva in corpo un'eccitazione singolare, quasi che l'ineluttabilità dei sequestri si sposasse con l'ineluttabilità del suo lusso. Se ne accorsero pure i tre lavoratori dello Stato, che ne avevano viste di tutte le risme: lacrime, imprecazioni, suppliche di rinvii. Sì, se ne accorsero pure loro. Dal modo in cui lei non li guardava, non gli parlava, non se ne occupava, avvertirono come un'esalazione di delirio tossico provenire dalla voce e dal passo di quella donna. Bella ancora, col tacco pesante sulle antiche riggiole, una duchessa stonata insomma, un contrappunto di carne e chi se ne fotte in un luogo che si sforzava di raccontare grazie e onori.

Alle tredici e quaranta era tutto finito. Nel salone d'ingresso, mentre Mercurio e Venere mostravano il cieco stupore dell'occhio marmoreo dardeggiato dal sole, Maria Amerigo firmava i verbali sul tavolo centrale in lapislazzuli. Luce apparve sulla soglia. "Buon lavoro," disse sua madre ai pignoratori. I tre sfilarono davanti alla ragazza appena rincasata. L'ufficiale giudiziario le gettò uno sguardo da sopra gli occhiali appannati, mormorò un buongiorno e uscì seguito dai funzionari.

Davanti all'aiuola centrale accesero tre sigarette, guardarono il fumo salire verso le palme malate. Di fronte a loro, Capri se ne stava oscurata in una nebbia che permise all'aiutante più grasso di dire: "E che cazzo. Eppure stammo a maggio".

4.
Napoli. 13 maggio. Pomeriggio. Pranzo a Villa Sangrano.

"Li hai visti quei tre, sì? È l'ultimo regalo che ci ha fatto tuo padre. Lui sta nella villa di San Sebastiano, lui. Fuma, guarda i passeri e si sente la *Tosca* nelle incisioni del '35, del '48, del '51. Pensa alla musica, lui, e a noi ci pignorano la villa. Siediti. Enza, mi raccomando, antipasto poco. Tu lo vuoi l'antipasto? Pure una figlia muta ha fatto quella miseria d'uomo. Il ficosecco sciacquato. Il despicable man. Su questa baracca già ci stava una quaterna di ipoteche, con oggi abbiamo fatto tombola e se da qua a sessanta giorni non si paga non teniamo manco dove dormire. E nel frattempo lui fa Cavaradossi e tu pensi ai ritratti."

Maria Amerigo polverizzava una fetta di pane in mille briciole mentre la cameriera serviva con diligenza. Luce si domandava come mai quella donna fosse sua madre.

Seduta di fronte a lei, la duchessa indossava un abito color oro e una collana di perle grigie. Nella scollatura decisa, l'abbronzatura da lampada scendeva fino al canale del seno. Dai suoi quarantasei anni eruttava l'isteria di una femminilità per niente intenzionata a scendere a patti col tempo.

La voce era di un tono tiepido, ma le vocali si aprivano con una stizza del labbro inferiore che involgariva le parole in smorfie e acuti improvvisi. Talvolta, per intere ore le riusciva perfino di controllare la parlata su un registro basso, artificiale e curato, chiudendo la "o" di buongiorno e la "e" di forchetta con un'affettazione che raccontava la sua risalita sociale meglio di un certificato storico di nascita.

"Da quando si è messo con quei due baccalà imbalsamati del

Circolo nautico ha sfasciato una posizione. E i soldi che non è riuscito a perdere in Borsa li ha persi al poker, dove riesce a fallire senza rischiare. Perché tuo padre nella sua vita non è mai stato uomo neppure di darmi il piacere dell'azzardo. Uno che puoi dire ha perso, ma in quei trenta secondi prima del disastro mi ha fatto sentire in petto l'emozione dei fuochi a mare. Ha campato senza sangue, sempre. E senza sangue perde. Svenato di tutto. E tu che sei sua figlia glielo dovevi dire. Visto che per te andrebbe a rubare pure i panni indosso all'Addolorata in chiesa, visto che se ci hai un decimo di febbre lui mi diventa Ulisse incantesimato da Circe, glielo dovevi dire, che non si buttano nell'immondizia i denari di nove generazioni. Invece, pure tu te ne sei andata ad abitare in via dei cazzi tuoi. Prima l'università a Firenze, poi i viaggi all'estero, le ricerche, le biblioteche e nonsoché: scemonita appresso alle lettere. La storia delle parole! E quando mai con le parole qualcheduno si è comprato una cosa? Le parole non pesano, bella mia. Le parole sono fiori per fare abbellimento su questa chiavica di funerale che è la vita. Ma d'altra parte tu hai preso la piega sua, la piega del niente. Che poi è la piega che viene dalla stoffa di tua nonna: svaporata lei, svaporato il figlio. E tu sei tutta tua nonna, la duchessa di Sangrano, che però ha tenuto il mazzo di nascere in mezzo al Novecento, quando chi non era capace a fare niente riusciva ancora ad ammoccare a quattro scemi che il niente e la finezza erano la stessa cosa."

Luce ora si alzava da tavola senza aver neppure sfiorato le posate. Attraversava le sale del pianterreno toccata dalla nausea più acida in natura, quella generata dal proprio sangue quando il proprio sangue non si riconosce. Da quanti anni non si rivolgeva più a sua madre chiamandola mamma, dicendo mamma? Non lo sapeva più. Considerava l'accanimento di Maria Amerigo contro suo padre il destino necessario della legge coniugale.

Vincenzo di Sangrano l'aveva vista per la prima volta a Ischia. Maria Amerigo aveva diciassette anni. Bella era bellissima. Si era fermata a una fontanella con un'amica dopo una passeggiata in spiaggia. Aveva sfilato il piede destro dal sandalo e si era sciacquata la pelle fin quasi al ginocchio per dilavare la sabbia.

Il duca di Sangrano stava seduto al bar Tre Sirene con in mano i versi di John Keats. Da sopra le prime due righe – *No, sono passati quei giorni; e le ore vecchie e grigie coi minuti tutti sepolti* –, vide la gonna bianca di Maria sollevarsi nell'avvitamento della gamba a cercare il getto d'acqua sul tallone e sul polpaccio, vide l'indice di lei carezzarsi un sopracciglio e quello fu tutto. La figlia del piccolo imprenditore edile di provincia s'incarnò come la promessa incolta dell'essenziale, l'illusione della madre eterna tutta dolcezza e sapienza di natura. Quasi ignorante e purissima.

Ora sua madre appariva a Luce sul confine tra il volgare e lo spontaneo, un piede di qua, uno di là, le gambe a compasso sulle due terre del mondo, corpo di strega napoletana che giura all'uomo l'ingenuità perduta.

5.
Napoli. 13 maggio. Pomeriggio.

"Pure la nostra sirena vedrai, Partenope, alla quale, condotta di qua dal mare, lo stesso Apollo indicò con la colomba Dionea il fertile suolo. A questa mia sede natale io t'invito. Qui è mite l'inverno e fresca l'estate: qui con le onde sue lente batte il mare tranquillo, ed è la pace sicura e il dolce far niente e una quiete senza fine; e si dorme qui, tanto!"

Luce guidava alle tre del pomeriggio lungo la discesa di Posillipo. Guidava e ripeteva dentro di sé le parole di Stazio, il grande poeta latino nato a Napoli forse nel 40 o forse nel 50 d.C. Erano parole che aveva scritto nel 94, quando, ammalato, stanco, serenamente disilluso, desiderava lasciare il lungo soggiorno romano per tornare alla terra di mare dov'era nato e dove sognava di morire con garbo. Alla moglie dispiaceva lasciare il gran mondo di corte, dispiaceva lasciare il cuore dell'Impero. Stazio, allora, le aveva scritto una lunga lettera appassionata in cui regalava una irraggiante sequenza di dissolvenze incrociate, il succo colorato della sua memoria, per dire di Napoli tutta la lievità medicamentosa capace di liberare lo spirito e il corpo.

Adesso Luce pensava che nessuna natura resta uguale a se stessa. Dov'era ora la beatitudine dei sensi promessa venti secoli prima come eterna e immutabile? Alla sua destra, lungo la discesa *Pausilypon* che nel seme greco della parola giura pausa al dolore, appariva il Palazzo Donn'Anna. In quest'oggi le pareva un vascello di tufo arenato nei giorni della storia, incagliato tra passato e presente.

La via Caracciolo era tutta intervallata di arredi urbani in carbonio, specchi e cristalli, segni e forme importati dalle architetture giapponesi, a loro volta già frutto di incroci e incesti ripetuti con le scuole visive del contemporaneo secondo New York.

Nelle soste continue, dalle macchine a destra e sinistra gli affiancatori lanciavano a Luce occhiate rapaci. Le inquadrature dei napoletani si erano ristrette. Gli occhi degli uomini non andavano più in alto, non cercavano più terrazze pergolate. Ed era estinto pure lo scrutamento sorridente verso l'orizzonte. Tutti i guidatori parevano passeri selvatici rinchiusi in gabbia, beccanti contro le assicelle di metallo che li imprigionavano, passeri cui la bellezza dell'oltre è definitivamente cancellata dal trauma stesso della cattura.

E ancora semafori dal fusto luccicante, ancora frenate, ancora affiancamenti, ancora sguardi. La ragazza rimaneva per i napoletani l'ultima inquadratura possibile sulla bellezza, l'ultimo primo piano d'armonia, da gabbia a gabbia, da vetri fumé a vetri fumé: tutta la polifonia del vedere di Napoli si restringeva alla faccia di Luce, e lì, senza saperlo, i guidatori come in una cartina piccolissima dei golfi immensi, delle insenature magose, delle isole sensuali, ritrovavano pezzi minuscoli di remi azzurri, triturazioni di conchiglie non più viste, profumi salmastri di certe domeniche a nuoto portate a letto a dormire, tutti col mare sul petto.

6.
Napoli. 13 maggio. Pomeriggio inoltrato. San Sebastiano.

Il villino si presentava dimenticato tra i pini sotto il Vesuvio. Il vulcano s'innalzava come un fondale celeste alle spalle della casa. Messo là sotto, a metà Settecento, pareva un gioiello sprecato, abbandonato. Circondato da un vigneto mai più potato da oltre un decennio, da aranci e nespoli malati su cui le formiche impazzavano mute, l'edificio era circondato da un muro di pietre laviche smozzicato in più punti. Ed era stato quel muro a salvare il villino nell'ultima eruzione del '44, quando il lampo infuocato era scivolato giù inesorabile, densa crema bollente lungo le pareti di sassi del giardino erette come i bordi di una teglia a proteggere il dolce di balconi e finestre gentili.

Il cancello d'ingresso era accostato ma aperto. Luce spense il motore e si avviò a piedi lungo il viale basolato. Dalla finestra ad angolo tutta aperta sventolava il verde pistacchio delle tende di raso. Una musica che conosceva bene si effondeva tra il profumo inselvatichito dell'uva acerba. Era musica di Mozart, il Concerto per flauto e arpa K 299. Note che fin da bambina le avevano detto sulla pelle come malinconia e gioia possano essere una cosa sola. Ricordava di quando ancora aveva nove anni e suo padre le aveva detto che quel pezzo era stato composto da Mozart per il duca di Guines e sua figlia. L'uno suonava il flauto e l'altra l'arpa.

Più tardi avrebbe scoperto che Mozart aveva definito il duca "meraviglioso suonatore di flauto" e la figlia "fanciulla di gran talento e memoria di ferro, deliziosamente sciocca e cordialmente pigra". Aveva sorriso a lungo, Luce, a quella lettura, perché il "cordialmente pigra" le aveva reso la ragazza di oltre duecento anni prima immensamente simpatica.

Ora saliva per la scala in penombra, si era all'andantino, il movimento più amato e più penetrante. Così, della *Tosca* invelenita da sua madre non c'era nessuna traccia. Vincenzo di Sangrano stava seduto in poltrona, lo sguardo perso nell'aria giallognola al di là della finestra. Sentì il passo leggero della figlia e con la mano le fece cenno di avvicinarsi. La ragazza sedette di fronte nell'altra poltrona. Suo padre sembrò volersi alzare, ma Luce gli toccò un ginocchio per dire no. Rimasero così. Gli occhi di lui erano di un verde castano, proprio come quelli della nonna. Ed era per nonna Giulia, per la madre di suo padre, che Luce aveva abbandonato casa sua due ore prima. La bellissima nonna che con i suoi ottantun anni aveva accompagnato le follie di Vincenzo con parole ferme, poi con sguardi dolorosi e aspri, infine con un mutismo che le aveva fatto chiudere ogni dialogo col figlio. Si era ritirata nel suo appartamento di piazza San Domenico Maggiore. Si era negata alle visite, alle lettere, alle telefonate. La rottura finale era avvenuta quando il figlio aveva venduto la tonnara di Cetara, il luogo dove la nonna si era sposata e dove aveva piantato il seme di quei ricordi che si credono sacri e intoccabili.

Tre anni prima, in una visita al Museo Archeologico di Napoli, guardando una scultura di Apollo aveva detto alla nipote: "C'è chi vede le cose e chi vede l'anima. Tua madre non vede né le une né l'altra".

Maria Amerigo, che ora scatarrava rancore contro il marito, aveva sempre spinto per trasformare le proprietà in denaro e il denaro in sugo caldo per la rappresentazione sociale. A Vincenzo non piacevano le barche, ma lei ne volle una costosissima per attraccare dove ci fosse mondo e gente di mondo. Scasinò la pace di casa per una villa a Montecarlo dove erano andati in tutto cinque volte.

Mise in scena feste parossistiche, pellicce, spider abbaglianti. Si sarebbe detto che la sua unica emozione consistesse nel bruciare il passato, nell'uccidere la memoria, perché tutto ciò che non era presente, più presente del presente, le dava una smania claustrofobica. Nell'apparato di antichità e di storia dei Sangrano, Maria Amerigo sentiva una confidenza con la morte che la inquietava come un attentato alla propria giovinezza. Sulla pallida delicatezza ducale i tacchi francesi all'ultima moda di Maria Amerigo avevano calpestato tutto il disprezzo nevrastenico di cui era capace.

La musica era finita. Vincenzo si alzava per pigiare l'off. Fece circolare uno sguardo di ombre per la casa e disse: "È stata sequestrata pure questa. Fra qualche mese non ce l'avremo più. Come stai? Lo so, ho sbagliato tutto". Ci fu una lunga pausa. Poi Luce disse: "Ma quanto servirebbe? Per salvare tutto, quanto servirebbe?". Suo padre versò whisky e sussurrò: "Lasciamo stare".

All'improvviso la ragazza pensò a suo fratello Giacomo, di due anni più piccolo di lei. Fuggito a Barcellona appena finito il liceo e mai più ricomparso. Anche da quella parte, non una lettera, non un segnale di vita. Ma ora le tornava in mente come un salvatore magico, e mentre la faccia di suo fratello si ammorbidiva nei lineamenti della speranza si rese conto che un istinto disorientato l'aveva spinta a rievocare l'ultimo fantasma disponibile della famiglia, ma che certo il povero Giacomo non poteva guarire il male da cui era fuggito.

Luce fece attenzione a non nominarlo. Per suo padre sarebbe stato uno sputo di sale su una ferita che ormai aveva poco da sanguinare.

"Ho giocato sempre d'azzardo. Tutta la vita. Ho giocato d'azzardo quando ho sposato tua madre. Ho giocato d'azzardo negli investimenti in Borsa, ho giocato d'azzardo ai casinò e al poker. Mi sono bevuto la vita come un caffè e senza neanche prendermi il piacere di sedermi un momento. Ho giocato d'azzardo pure come padre. Tu sei l'ultima *fiche* che mi rimane. Ma so che ti perderò. Solo oggi capisco che il vero giocatore è quello che sa quali sono i giorni in cui non deve giocare."

7.
Napoli. 13 maggio. Sera.
Festa a Villa Valenti.

“*Naples in the mirror forever*. Napoli si è messa allo specchio e si è pisciata in faccia.”

Mimisa aveva parlato col sorriso negli occhi. Nel salone affollato l’avevano sentita cinque amiche sue e una, la signora Giorgi, si era pure alzata dal divano rosso con le narici indignate. Le altre quattro, tutte tra i cinquanta e i sessanta, erano rimaste a domare l’imbarazzo un po’ ridendo e un po’ torcendo la testa.

“Perché allo specchio Napoli ci è sempre stata e quando non le tornavano i cazzi suoi la colpa era dello specchio. Giorgi, vieni qua, dove vai? Prima mi domandi se ho letto Bukowski e poi fai la santarita contegnosa. Lo vedete come siete? Quando non vi sta bene, la colpa è dello specchio. Adesso vi specchio io, e se vi riconoscete e vi fate un poco schifo la colpa è mia. Ormai qua ci vengo due volte all’anno per vedere se la villa ai Camaldoli sta ancora all’impiedi. E allora dico io, sopportatemi. *The moment is the moment*. Ma che madonna vergine ci fate ancora qui? Se dovete campare come a Ginevra, venitevene a Ginevra. Mò vi credete che perché a via Caracciolo faranno una strada superfutura sotto il livello del mare allora siete diventate Londra? Vivete con l’oscurantismo della Svizzera senza le banche della Svizzera. Sentite a me, da qua se uno se ne va per tempo c’è l’occasione che rimane naturale. Se resta, si beve l’acqua del bidet dove si sciacqua. La città si è tirata come vi siete tirate voi. No, no, che c’entra, il lavoro in faccia ve l’hanno fatto bene. Come vi posso dire? Voi vi siete coperte l’età e Napoli si è coperta la storia. Tenete questa smania che volete essere giovani, sempre giovani, tenete la fissa che volete essere contemporanee come i musei dell’arte. Ma contemporanee di chi? Tutte queste mostre dell’avanguardia che non finisce mai, qualche volta sono pure belle, ma è un'avanguardia che dura da cento anni. E a chi parla più? Forse a uno che viene da Bucarest, forse a quello. Ma Napoli a Napoli che gli dice? E voi con la faccia smerigliata a sessant'anni a chi vi rivolgete? I mariti e gli amanti la sanno bene l'età. I giovani, gli avventizi, gli improbabili, quelli vi scansano come se avessero visto un carro al carnevale di Viareggio. E allora? E allora lo fate per lo specchio, e come Napoli state allo specchio notte e giorno per sputarvi in faccia senza prendervi il disturbo di rovinarvi il trucco. Gli specchi si sa, gli specchi nostri li puliscono le cameriere."

Uno scoppio di risate accompagnava la risata finale di Mimisa.

La signora Giorgi tornava a sedere col prosecco in mano e guardando l'amica venuta da Ginevra come si guarda una bambina scugnizza sorrideva di misericordia indolente.

"La vedete quella con i capelli neri corti e le cosce abbronzate? A Natale scorso stavamo a Cortina e mi ha sgranato tutto un rosario del puttanesimo messo in campo dalla segretaria di suo marito. Tutto un martellamento che quella zoccola gli ha incrinato il matrimonio, perché adesso si dice così, incrinare. Ma quando mai i matrimoni si incrinano. I matrimoni o ci stanno o non ci stanno. Se si è incrinato, come dice lei, significa che già non ci stava più. Non c'era sera che non se ne venisse a fare i vespri della fessa, che la segretaria, diceva lei, non solo si era divaricata col marito, ma pure col vicedirettore dell'azienda, con un interprete spagnolo e con un autista di trent'anni.

"Il bello è che la signora, diciamo questa moglie perfetta, vent'anni prima aveva conosciuto suo marito che lui era già sposato e si era divaricata pure lei tale e quale a quest'altra. Una sera le ho detto: my dear, datti pace, forse ti fa rancore che all'epoca non fosti così artistica da farti un piccolo impero, perché non arrivasti né al vicedirettore, né all'interprete, né all'autista. Ho fatto lo specchio ed è finita l'amicizia. Volete sapere se avete fatto bene lo specchiamento? La prova inappellabile è la fine dei rapporti. Se a Natale prossimo tutte e cinque non mi chiamate per gli auguri vuol dire che stasera sono stata una grande specchiera."

Camerieri in bianco e avorio, flûte di champagne, un cammino di signore in seta, ragazze in chiffon, uomini di tutte le età, in nero, grigio e blu. Ebollizione di sudori e dopobarba. Esotismi profumati alla nuca delle più anziane. Le sale immense della Villa Valenti a Sant'Elmo. Mura bianche con divani bianchi, poltrone bianche, cornici bianche di quadri quasi bianchi. Una tela enorme di Schifano, un mezzo cardinale di Manzù, un'*Annunciazione* del Quattrocento toscano, due balli sulla sabbia di Vettrano, cinque Piranesi.

Nel giardino della villa tutti gli ultimi rombi degli ultimi motori delle ultime case costruttrici di automobili. Arrivi vellutati di decappottabili attraverso il viale, parcheggi morbidi, le chiavi dei gioielli consegnate a Gerardo, uno zoppo reincarnato dall'età feudale a casa dei Valenti per fare l'uomo di fiducia.

Si aprivano gli sportelli e ne scendevano gli industriali, i direttori di due quotidiani, i banchieri, i giornalisti, gli avvocati, i professori universitari, i presidenti di tre squadre di calcio. Tutti del Sud. Un arcivescovo, due registi cinematografici, quattro assessori comunali, tre regionali, cinque deputati, due senatori, due direttori di teatro e un ministro si sventagliavano le prime strette di mano, gli schiaffetti sulle guance di chi, come direbbe Mimisa, nell'inconscio schiaffeggerebbe se stesso se ne avesse il coraggio.

Le parole suonavano: La Hyundai quest'anno ha superato se stessa! La stavo comprando pure io, poi all'ultimo momento... la Mercedes è sempre la Mercedes... Mi credevo che stavi a Capri... Ti volevo chiamare proprio in questi giorni... Signora, siete una lezione di classe... E a Tunisi da quanto tempo ci manchi?

Gerardo chiosava tutto con un mormorio in sordina che rimaneva nell'auditorium del suo palato, e il commento fonocerebrale era un pensiero solo: "Ma va fa'mmocca!".

Sopravvivenza plebea soffiata come l'ultima corona di fiori al funerale della morale estinta.

"Ma va fa'mmocca", e seguiva il sorriso col prego dottore cui faceva seguito il signor duca buonasera per salutare Vicenzo di Sangrano e il benvenuta signora duchessa per ossequiare Maria Amerigo. Ed era lì su quella parola, duchessa, sprecata per la figlia dell'ex muratore di provincia, che il senso della caricatura deflagrava in tutto il suo parossismo. Ma era in quei momenti che la gente di Napoli dichiarava tutta la sua passione per il vuoto. I dottori, i cavalieri e i conti si usavano per gusto di carezzare la parola stessa, senza nessuna premura per la corrispondenza tra titolo e persona.

A tutti ci si rivolgeva come si parla a un bambino di otto anni quando gli si dà del giovanotto spingendo le cose sempre più in là di quel che sono. Il sorriso di Maria poi, la sua simpatia carnale, che i parcheggiatori e i camerieri riconoscevano come strumenti del loro repertorio, li aizzavano a ripetere signora duchessa più del necessario, perché almeno stavano innalzando una di loro, in posa sì, pernacchia e blasé come le altre, ma sempre in maschera e pronta a rivelare la faccia tosta del vicolo con sorprendente immediatezza.

Le terrazze e le torrette della villa scintillavano di fiaccole, lo scristallio dei bicchieri dava l'accento al parlottare delle folle formicolanti dalle quali svettavano acuti di femmine al quarto prosecco.

Luce arrivò alle undici. E quando, aperto lo sportello, affondò il tacco nero nel brecciolino, Gerardo accompagnò con l'occhio finto spento la linea di tutta la gamba. Cercò dentro di sé lo spasmo del maschio in una battuta mentale che doveva comunicare con "'A faccia". "'A faccia" voleva dire e sentirsi in testa "'a faccia d' 'o cazzo, d' 'o bicarbonato...", la faccia di qualcosa, insomma. Ma nessuna faccia di questo o di quello si prestò a dar volto all'ingiunzione erotica. La ragazza consegnò le chiavi e lo zoppo si sentì come il chierichetto che abbia avuto in custodia dal parroco le ampolle dell'acqua e del vino.

Luce aveva saputo del ricevimento da suo padre e per suo padre era venuta a guardare i profili maschili e femminili della bella vita di niente, i sorrisi di quelli che avevano assistito Vincenzo di Sangrano lungo la via crucis del tracollo economico.

Attraversò le sale come la nuotatrice primatista che il pubblico accompagna al nuovo record. Un lieve rossore le avvampò le gote. Eccolo lì il mondo di suo padre e sua madre. Tutto uno sdivanamento sbracciato, una pastorale di occhialini multicolori, un flamenco lento, lentissimo, di tacchi sui pavimenti di lavagna, di legno, di marmo. Gli occhi sazi di quell'antica legge che a Napoli comanda di godere o recitare il godimento, perché a Napoli sempre si è goduto o recitato il godere.

In quegli ultimi giorni era esplosa la moda passionale per un pezzo di musica della durata di quattro minuti e quarantasei secondi: era costruito in una sequenza di sette note con una chiusura di sei.

E venivano eseguite con un sincopato ossessivo da uno strumento per volta deformato dai miracoli dell'elettronica. Basso elettrico, flauto, corno inglese, organo, percussioni, sax, violino, percussioni, rumori industriali, apertura e chiusura di una cerniera lampo, singhiozzo umano.

Nella sala di centro, giovani e non giovani muovevano i piedi con lo sguardo che invoca il fascino dell'indifferenza. E fu nel crescendo assordante dei tamburi desertici piegati all'Occidente che apparve Diego Ventre. Vestito di scuro, camicia bianca, cravatta blu con diagonali rosso cupo. Elegante, misurato, essenziale. L'andatura lenta, il passo estraneo di chi si fermerà solo un momento.

Luce era lontana, in terrazza, i balconi spalancati come le porte aperte di una gabbia dalla quale nessuno vuole uscire. Diego fu subito circondato da uno sciame sonoro di avvocato, un controcanto di che piacere e come sta. E infine Valenti, il padrone di casa, che prendendolo sottobraccio e uscendo all'aperto disse a Diego: "Avvocato, c'ho per le mani un play pulito di cui le devo parlare. E se lei...". Tutto evaporò così, con la frase: "E se lei...". Valenti continuò a parlare. Ma Diego aveva visto Luce. Diego aveva calato l'attenzione defilata che il leone prende negli occhi quando deve rassicurare la preda. *E se lei*. Diceva Valenti. Il tailleur bianco di Luce. *E se lei...*

Le sue bellissime spalle. *E se lei...* La postura di una donna che non apparteneva a quella gente. Venuta solo per un attimo in un luogo sbagliato. "E se lei mi dedica cinque minuti, noi possiamo..."

Da uno dei balconi aperti Valenti aveva invitato Diego a entrare nel suo studio. Le gelosie s'erano chiuse. Da dentro filtrava adesso la penombra raccolta degli affari.

"Un play pulito." Luce fu stretta alla gola da una specie di nausea. "Un play pulito."

Il corpo cercò una diversione, cominciò a passeggiare lungo le terrazze, ora attraversava le sale, due ragazzi si passavano una pasticca, una femmina dalle anche larghe accavallava le gambe sedendosi e racconciava la gonna cortissima. Maria Amerigo, di spalle, faceva rotolare un bracciale intorno al polso e lo mostrava a due dei cinque deputati. A Luce venne in testa una frase sentita a Palermo: "Tuttu 'nu buffuniari!". Proprio così, lì era "tuttu 'nu buffuniari!". Rassicurazioni tra moribondi.

Suo padre stava in piedi, un calice di bianco tra le mani, e parlava tutto compreso a un tizio sui sessanta che atteggiava i sopraccigli ad arco schiudendo leggermente le labbra in quella maschera che significa "Hai ragione, ma io che posso fare?". Certamente Vincenzo stava insufflando nelle orecchie degli amici presenti le ultime parole per sperare la salvezza ai suoi guai.

E i presunti amici porgevano l'estrema unzione facendo domande utili a sapere se da quella frana patrimoniale c'erano opportunità di vantaggio...

L'estrema unzione s'incarnava in un Vedrai che poi... Non credo... Alla fine tutto si aggiusta... Vedrò se ne posso parlare con... Sentiamoci in questi giorni... Ti farò sapere.

Luce imboccò un lungo corridoio bordato di specchi frantumati ad arte. Era istintivo guardare i riflessi spezzati dei corpi che andavano su e giù nell'ambiente. Braccia interrotte, facce deformate, un seno per volta, un occhio per volta. L'opera di arredamento era di un architetto spagnolo: forse aveva preso in giro il committente nascondendo dietro l'estro la verità del disarmonico che si era impadronita della città e dei suoi proconsoli. Il corridoio dava in un'ampia sala da bagno semicircolare. Due lavabi di acciaio sormontati da altrettanti specchi attraversati da spaccature diagonali e tre porte di alluminio riflettente per l'ingresso alla toilette. Lei si avvicinò a un rubinetto, lasciò scorrere l'acqua e iniziò a lavarsi meccanicamente le mani e i polsi. La porta centrale si aprì inondando l'ambiente di una zaffata di musica.

Nello specchio di Luce apparve Diego. La ragazza cercò un asciugamani. Lui aprì un'anta metallica e le allungò una salvietta di tela. Lei la prese senza parlare.

"Sono un amico di suo padre. Diego Ventre."

Luce consumò ancora qualche secondo. Lui le strinse la destra sorridendo, con una gentilezza che bilanciava il garbo e la forza della presa.

"Le è rimasta una macchia. Qui, guardi."

Quasi all'altezza del polso Luce aveva un piccolo segno rosso. "Ma forse è voluto..." disse Diego. Era solo una macchia di pittura a olio, una macchia rossa che si era fatta poggiandosi al tavolo da lavoro del pittore durante la mattinata. La ragazza riaprì il rubinetto e cominciò a frizionare acqua sul punto di colore.

"Suo padre mi ha detto che è stata lontana da Napoli per i suoi studi. La letteratura è la miglior medicina per la vita. Ci ricorda quanto la vita sia solo letteratura mal riuscita, dove non si riesce mai a governare i finali. Se la ricorda la tonnara di Cetara?"

Luce rallentò il soffregamento sul cerchio rosso. Lui continuò: "Sua nonna ci teneva dei libri bellissimi. Dopo che suo padre vendette la proprietà, almeno duecento testi fra Sette e Ottocento sono rimasti lì. E siccome fui io a comprare la villa, insomma, mi piacerebbe restituirglieli".

Lei ebbe una scossa di sangue. L'uomo del play pulito voleva restituirle i libri suoi. Non trattenne il sentimento e guardandolo disse: "Li ha letti?".

"Una buona parte. C'è una bella edizione del *Castello di Otranto*, e una copia vecchissima del *Confessionale dei penitenti neri*, bella, mancano solo le pagine 34 e 61. E ci sono tutte le opere di Tommaso Landolfi, che amo molto e che ho scoperto grazie a quella dimenticanza di suo padre."

Luce inombrò sulla bocca un sorriso distante. Tese la mano destra e salutò: "Prego, il bagno è libero".

Diego rimase lì e la vide sparire nella moltiplicazione luminosa della sua bellezza, grazie all'insolenza degli specchi spagnoli.

8.
Posillipo. 13 maggio. Sera. Villa Sangrano.

Il portone della grande casa si aprì sul silenzio della sala d'ingresso. Una sciabolata di chiarore entrava dal giardino. Luce richiuse l'uscio dietro di sé. Tutto tornò nel buio, un buio appena vanigliato dalle luminescenze di fuori.

Tra poco sarebbe stata la mezzanotte, la festa a Villa Valenti cominciava proprio adesso e schiumava il suo delirio.

La ragazza era fuggita via guidando veloce lungo le cento svolte del Vomero, fino a Mergellina, con la sensazione che qualcuno la seguisse. Due moto l'avevano superata e si erano lasciate superare più e più volte. Ma le celate chiuse dei caschi non le avevano fatto vedere nessuna faccia.

L'odore di casa sua la calmò pungendola di nostalgia. I bei mobili, i divani caldi, i quadri dai colori vivissimi: tutto questo c'era ancora e già non c'era più. "Tutto sequestrato," si ripeteva Luce, "tutto sequestrato." Aveva la testa inondata da immagini rapidissime e violente, cui il tocco meccanico dell'orologio a pendolo dava un tempo incalzante. Quello che aveva visto a Villa Valenti scorreva nel suo cervello come una pellicola che rulla in un proiettore difettoso: uno scatto, un blocco, un fotogramma. Le ruote delle auto sul brecciolino del giardino, le mani inanellate di diamanti che ghermivano tartine, i tacchi affilati delle signore, gli occhi umidi degli uomini, il sudore dei camerieri, zampilli incrociati di sospiri, spruzzi di risate.

Luce entrava in camera sua. Nella penombra, davanti alla finestra si fermò a guardare il mare lì sotto.

Sfilò la giacca, la gonna, la camicia. Si lasciò andare con lentezza sul letto, la mano destra dietro la nuca. Aveva voluto guardare in volto il gran mondo di suo padre e di sua madre, quel mondo che aveva sempre incontrato a frammenti, che aveva sempre percepito distrattamente come l'unico mondo al mondo e che da anni, per i suoi lunghi viaggi di studio, non le era più apparso. In questa notte gli stiracchiamenti acquosi del mare sembravano i movimenti svogliati di un gigante pagato per fare il suo mestiere.

Le cravatte dei maschi con nodature volgari, la ressa di profumi delle femmine scollacciate in offerta sul vasto décolleté della noia. E un'ebollizione parlata di denari e denari e denari. Soldi persi, soldi acchiappati, soldi e parole. Parole e mangiare. "Si direbbe," pensava Luce, "che i napoletani stanno zitti solo quando mangiano. Forse parlano di continuo perché l'incontinenza del dire è un esorcismo contro la fame storica. Forse mangiano sempre perché il sapore muto è la vera parola che gli manca." E tutti quei sorrisi metallici, tutte quelle moine disperate, le espressioni dei Valenti, i musi di quelli che andavano e venivano attraverso saloni e terrazze, le cataratte cerebrali di quelli che ballavano, le davano ora un senso profondo di morte.

Luce amava la Sicilia e amava i suoi pupi. Negli ultimi cinque anni era riuscita a comprarne tredici, tutti bellissimi. Pupi che avevano lavorato fino agli anni cinquanta, lavorato davvero nelle piazze di Alcamo, di Castelvetrano, di Modica. Li aveva agganciati a grossi chiodi lungo la parete che correva a sinistra del letto. Angelica, un Moro, Bradamante, Rinaldo. La sera, prima di addormentarsi, impugnava una torcia sempre a portata di mano sul comodino, la puntava a caso contro il muro teatrato e la accendeva di colpo per un solo secondo. Poi spegneva, cambiava il puntamento e riaccendeva. Così molte volte. Nell'immobilità erano vivi. Nell'azione fracassante delle rappresentazioni viste dal vivo o in vecchi documentari in bianco e nero le parevano morti. Un pupo appeso a un chiodo, sorpreso nell'immobilità proclamava tutto il fermento della propria vita. Agitato nella moltiplicazione dei fili sulla scena, sembrava invece un morto condannato alla sua parte. L'aveva sempre attratta questa singolare opposizione: la stasi del pupo era pulsazione segreta di un sogno pronto a esplodere, il movimento invece era un racconto della fine, e per giunta di una fine già finita.

"Tutti morti," si disse ripassando le facce di Villa Valenti. "Tutti pupi morti."

E ora, infatti, a pensarci bene, l'unica volta in cui sua madre le era apparsa come reale era accaduto un pomeriggio d'inverno di qualche anno prima, quando Maria Amerigo era stata sorpresa nel sonno abbandonata su una vecchia sedia a dondolo in uno dei saloni fronte mare. Le ultime luci del giorno avevano sfarinato un biancore sulle guance della duchessa e lei dormiva finalmente con la sua bocca così com'era, con le sue mani così com'erano, con i suoi occhi, pure se chiusi, finalmente vivi.

In quel momento, il rombo cupo di due grosse moto squarciò il silenzio e i pensieri. Luce ripensò di colpo al volto di Diego Ventre: malgrado tutto le era parso l'unico vivente, l'unico essere veramente vivente nel cimitero dell'impero. Gli occhi scuri di un profondo castano, la voce bassa, calma, intensa, la lentezza felina dei suoi movimenti producevano a tratti come un ruggito percepibile su basse frequenze in cui premeva segretamente lo scorrimento impietoso della vita.

Ancora uno sprazzo meccanico nell'aria. Diego Ventre, all'insaputa di Luce, accelerava lungo il muro di cinta di Villa Sangrano. Seguito a breve distanza da qualcuno che si curava di lui.

La ragazza guardava i pupi sorriderle gesti immortali nello scatto luminoso della torcia. Tra accensioni e spegnimenti, si domandava come avessero fatto i Valenti a fare tutti i soldi che avevano. Soltanto Diego Ventre avrebbe potuto spiegarglielo. Ma lei non poteva sospettarlo. Né avrebbe mai potuto immaginare che quella notte lui fosse così vicino.

9.
Napoli. 14 maggio. Prime ore della mattina. Lido Virgilio.

"Buonasera a tutti e scusate l'orario." Diego Ventre irrompe nella grande sala dal pavimento di metallo luccicante. Quarantanove tavoli vuoti e tre persone che lo aspettano sedute al cinquantesimo. "Comodi, comodi. E scusate se vi ho fatto aspettare." La stretta di mano a De Dominicis, pluripotenzario bancario, la stretta di mano a Pasquale Pepe, immobiliarista, e l'abituale buffetto sonoro sulla guancia di Alfredo Gemma, detto il ragioniere.

"Dottor De Dominicis, lo so, le due del mattino sono le due del mattino. Grazie."

"Sono sicuro che ne varrà la pena," risponde De Dominicis.

"Pepe, voi tenete la faccia del sonno."

"Ma quale sonno, avvocà, io tengo a una in macchina, e con rispetto parlando stavo dead in the bed, ma stavo morendo di una bella morte!"

"Pasquà," spezza Gemma, "tu senza soldi non chiavi, perché non è che tieni proprio una faccia da Hollywood, perciò quando l'avvocato ti chiama è conveniente che vieni, se no i soldi per inzuppare dove li pigli?"

"D'altra parte, il Lido che l'ho comprato a fare..."

"L'avvocato ha ragione," distende De Dominicis.

"Volete mettere quant'è bello il mare a quest'ora? Guardate là, le luci di Nisida, le luci di Capri... Questo è il momento migliore: il mare è come le donne, non lo dovete spogliare mai completamente se non volete rimanere delusi. E poi a quest'ora si ragiona meglio. Questo è champagne serio, fatemi l'onore. E a proposito, ragioniere, come va questo Lido? Sono più di quattro mesi che non mi portate a vedere i conti."

"E non ve li ho portati perché rimanemmo che la situazione la volevate vedere a semestre. Però il business va bene, se considerate che qua avanti è tutto come fosse un bidet scatarrato di nafta e catrame."

"Ragioniere, non è per fare sempre l'avvocato, ma i lidi non servono più per fare i bagni. Servono per contemplare il cortocircuito a cui è arrivata questa città. Voi qua venite, cenate servito come un santo e vi guardate in una inquadratura sola quello che Napoli fu e quello che Napoli è. Se guardate lontano, all'orizzonte, compare il passato remoto, se uscite dalla sala e guardate l'acqua qua sotto vedete il presente."

"Mi permette, avvocato?..."

"La prego, dottor De Dominicis..."

"Ma perché lo ha voluto chiamare Lido Virgilio? Si chiamava Aurora e tutti lo conoscevano così. Adesso, più di una persona quando l'ho nominato mi ha detto: e dov'è?"

"Già rosseggiava d'Oriente il balzo / e nel suo carro d'ostro ornata e d'oro / l'Aurora si traea de l'onde fuori, / quando subitamente ogn'aura, ogn'alito / cessò del vento, e ne fu 'l mare in calma / sì ch'a forza ne gìan de' remi a pena. Settimo libro dell'*Eneide*. Caro dottore, nessuno è perfetto e la mia debolezza si chiama Virgilio. Alla vostra. Champagne da padreterno. Le cantine di tufo qua sotto servono ancora."

Ventre poggia una borsa di cuoio marrone sul tavolino. Silenzio. L'avvocato allinea due risme di fogli numerati fitti di piantine, mappe catastali e descrizioni di suoli.

"Quello che stiamo per dire qua, si dice qua e basta. Fra qualche mese, quando vi ricorderete di questa notte e di quest'ora mi direte grazie. Vedete, in questa città stanno per succedere cose importanti. Cose grosse. So che siete persone intelligenti, perciò non provate a chiedermi niente in più di quello che vi posso dire. Nelle carte a sinistra c'è tutto quello che devo vendere. Nelle carte a destra, tutto quello che devo comprare. Nessuna delle proprietà che saranno vendute è intestata al sottoscritto e nessuna delle proprietà che compreremo sarà intestata a me. Ragioniere, voi conoscete il meccanismo."

Diego Ventre apre sul tavolo una pianta della città di Napoli.

"Ecco, in rosso ci sono segnate le cose da vendere, in blu quelle da comprare. Dove il rosso è raddoppiato da una tratteggiatura nera vuol dire vendere con urgenza. Dove il blu è accompagnato da una tratteggiatura gialla significa comprare con urgenza."

La cartina era un campo di battaglia di indicazioni, richiami con note e documenti sul tavolo. Le chiazze di colore facevano somigliare Napoli a una nazione suddivisa in regioni rosse e regioni blu. Terre convenienti e terre sconvenienti.

"E queste bianche?" domandò Pepe.

"Queste bianche sono bianche. Non serve vendere e non serve comprare. Qui vi metto dei cerchietti a matita. Sono le proprietà dei Sangrano. Ma questo è un play che dovete tenere sospeso. Fra tre o quattro giorni vi farò sapere..."

"Se è play out o play off," concluse Alfredo Gemma con la faccia furba.

"Esatto," sorrise Ventre. Poi poggiò il braccio sinistro sul tavolo, come faceva tutte le volte che stava per dire una cosa della massima importanza. "Ora, fate attenzione, le proprietà che dovete vendere le potete vendere fino al venti per cento in meno del loro valore attuale. Le proprietà che dobbiamo acquistare, le possiamo pagare fino al trenta per cento in più di quello che costano adesso. Volete sapere perché ho deciso di far perdere ai miei investitori tutti questi soldi per vendere quello che hanno e perché ho deciso di fargli perdere altri soldi per comprare quello che non hanno ancora? Perché tra qualche mese quello che stanno per vendere non varrà niente. E quello che stanno per comprare varrà sette, otto volte di più."

De Dominicis accese una sigaretta e guardò Pepe che si allentava la cravatta. Alfredo Gemma non era mai stato tanto confuso in vita sua e si mise a pulire gli occhiali con un bordo della giacca.

"Ma mi scusi, avvocato, cosa sta per succedere? La Terza guerra mondiale?" De Dominicis aveva piazzato la domanda forzando le labbra a un sorriso che non c'era. Ventre lo guardò fisso a lungo, poi soffiò piano: "Una cosa del genere".

Pepe era un animale pratico, avvezzo agli attici, ai marciapiedi e alle fogne. E come un animale scaracchiò la sua domanda in mezzo a una risata: "Ma che sarà, il Vesuvio?". Ventre si rilassò contro lo schienale della sedia, incrociò le mani dietro la nuca: "Siete lontani. Mi dispiace. Acqua... Acqua... Comunque basta con gli indovinelli, anche perché un problema c'è," aggiunse versando ancora champagne. "E il nostro problema si chiama tempo. Abbiamo trenta giorni."

Seguì un silenzio gravido di sorsi, smerigliature di accendini e schiocchi di lingua. Alla fine, dopo un sospiro corto De Dominicis disse: "Avvocato, io la stimo, ma trenta giorni... Come si fa?".

Ventre accese il sigaro e sorrise con pesantezza tagliente: "Dottore, io ho portato nelle vostre banche duecentoquarantasette industrie. Industrie medie e grandi. Da tutta l'Italia. E i miei studi negli ultimi sette anni vi hanno dato quasi venticinquemila clienti privati. Venticinquemila. E non sono impiegati. Voi lo sapete, è tutta gente con redditi da brividi. Quanto a voi, caro Pepe, settemilacinquecento affari in tre anni non sono proprio una cosa qualsiasi. E qui voglio soprassedere sulle informazioni, come vogliamo dire? tempestive?, che tutti e due avete avuto per chiudere certe situazioni che senza di me al massimo le chiudevate alla toilette.

"Se io vi potessi dire che cosa succederà a Napoli vi stareste già alzando per andare in ufficio a fare quello che vi ho detto. E allora, amici miei: To be or not to be. C'è una parola caduta in bassa fortuna di questi tempi: fiducia. E se vi pare una risposta troppo romantica, allora fatevi i conti di quello che vi rimane se tutte queste migliaia di clienti e tutti questi milioni di milioni di euro da domani si fanno un bel flight senza ritorno. Dopodiché, scusate la franchezza, sono fatti vostri, solo fatti vostri".

Alfredo Gemma allungò le mani sulle carte dopo un cenno di assenso dell'avvocato. Sfogliò. Guardò. Poi, rivolgendosi a De Dominicis e Pepe disse: "Be', i dipendenti li teniamo, no? Facciamoli lavorare". De Dominicis si alzò. Pepe lo seguì. Uno per volta strinsero la mano a Ventre con una lieve chinatura della testa. Alfredo, imbracandosi la camicia nei pantaloni, disse: "Domani alle otto vi porto le carte e facciamo la sagra della fotocopia".

"Buonanotte, Alfredo," disse Ventre, e rimase in piedi davanti alle vetrate a scrutare l'orizzonte scuro.

Bevve un altro bicchiere. Guardò le sedie ancora calde dei corpi dei tre. Guardò il posacenere traboccante di mozziconi martoriati dalla tensione del colloquio. Lui era calmo. Il sangue gli fluiva nelle vene con la velocità di una divina strafottenza. Salì lentamente lungo le eleganti scale di legno finlandese fino in cima a via Posillipo. Lo attendeva un'auto dai vetri fumé. Davanti all'auto, una moto. Dietro, un'altra. Ventre aprì lo sportello posteriore ed entrò. Fissò nello specchietto retrovisore gli occhi dell'autista e, indicando il motociclista davanti, disse: "Chi è quello?". Nessuna risposta. "Fagli togliere il casco," sibilò Ventre.

Il guidatore fece un cenno al centauro che subito rivelò per intero il volto.

"È quello della scorsa settimana," disse l'avvocato. "Mai le stesse persone. E avvisi delle turnazioni con telefonate mezz'ora prima. Comunicazioni sempre all'ultimo momento."

Ci fu una chiamata, poche parole, pochi minuti e sopraggiunse un altro uomo per liquidare l'indesiderato. Diego Ventre pretendeva una scorta mutevole, era convinto che un guardaspalle ti salva la vita solo se tiene molto alla sua. L'uomo fisso poteva tradire. L'occasionale, no.

Il motociclista addetto al controllo posteriore affiancò l'auto. "Tutto a posto?" Ventre sorrise di sì. La strada si scioglieva quasi deserta, dardeggiata dai fari. Palazzi, negozi, parole. Architetture di antichità stupefatte, aggredite da superfetazioni modernistiche: un sabba di vecchio e nuovo.

"Napoli nell'anima è stata sempre una città barocca." Poi, pensando alle rime vorticose tra vendere e comprare che aveva appena congegnato in un lido abusivo dedicato a un grande poeta, l'avvocato si disse: "E nei suoi vizi lo sarà per sempre".

Ora laggiù, in fondo, si innalzava l'imponenza giallastra di Castel dell'Ovo.

"Un uovo di che?" pensava Diego. "Un uovo di roccia? Di cristallo? O addirittura un uovo fatto d'uovo? Certo è che l'uovo si è infranto e solo io so come rimetterlo a posto." Sentì che il pensiero gli era venuto a effetto tanto per ridere compiaciuto dentro di sé. Volle correggere. "No, l'uovo non si è rotto, si tratta solo di fecondare la densità del tuorlo."

Attraverso i vetri oscurati dell'auto vedeva coppie di turisti uscire sottobraccio dagli alberghi. Sul pontile del castello due giovani fidanzati sorridevano stampandosi raffiche di baci sulle guance. I camerieri dei night si ritiravano su i pantaloni neri finiti sotto le pance soddisfatte di niente. Diego li guardava e pensava che tutti continuavano a vivere come prima, mentre, lì, in quel momento, lui solo sapeva che tra qualche mese nessuno più avrebbe potuto riordinare tavolini sulla Riviera, né passeggiare su via Caracciolo, né entrare e uscire dagli alberghi illuminati. Tutta quella gente gli parve il finale degli ultimi passi di una danza già segnata nel tempo. Si sentì solo, solo e posseduto da un segreto sinistro.

Chiuse un momento gli occhi e vide i capelli di Luce sciolti sulla sua giacca bianca.

10.
Posillipo. 14 maggio. Mattina. Villa Sangrano.

La casa fu sconvolta all'alba da uno scoppio di follia. Maria Amerigo sbandava da una stanza all'altra fiammeggiando strilli al telefono, le sue urla graffiavano la pace della villa come una carta vetrata capace a scorticare pure l'aria.

Luce portò le mani sugli occhi: distesa ancora sul letto, desiderò che il lenzuolo di batista fosse un sudario. Il passo scalzo di sua madre tambureggiava i marmi e i parquet con appoggi feroci, calcamenti sinistri. Gridava contro suo marito che non poteva fottersene come se n'era fottuto da sempre di tutto e di tutti, che gettasse il sangue a tornare a Posillipo, che nascondersi in quell'esilio da latrina nel villino di San Sebastiano non serviva a niente, che era un egoista merdoso, che sarebbe stato cazzo di giocarsi la bara pure dopo morto, che doveva venire adesso, mò, subito a casa a prendere in mano la situazione, le situazioni, che telefonasse all'amico, agli amici per otturare i buchi di questa chiavica di barca che era la sua famiglia, i buchi da dove usciva l'oro ed entrava l'acqua di mare completa di topi e piscio per tirarli tutti giù a fondo. Poi un rumore di spacco. Il telefono era stato scagliato per terra.

Luce si alzò, attraversò le stanze del piano superiore, passò davanti alla grande specchiera della camera centrale e con un giro di spalle assonnato nascose se stessa alla propria vista. Si sentiva un fantasma che avesse ricevuto il privilegio orrifico di spaventarsi da solo. Discese lo scalone fino alla sala del pianterreno. Ora, da qualche camera giù in fondo nell'ala sinistra le arrivavano i respiri spezzati di sua madre. La ragazza corse tra le penombre del primo mattino. Eccola: Maria Amerigo era lì. Smaniava tra poltrone e divani coperta da una sottana avorio scollatissima che lasciava intravedere tutto il turgore delle cosce, la tracotanza dei seni pesanti, quei seni che come lei stessa, come i Sangrano, come tutta Napoli, avevano ceduto a una bellezza troppo grave.

La donna era di schiena: sentì la presenza della figlia e le torse un'occhiata di veleno da sotto i capelli svaporati di rabbia. Batté due volte il pugno sul pianoforte e inviperì un soffio: "Ti hanno sequestrato pure questo, stronza. Così adesso te ne vai a suonare lo strumento a bocca di qualche disgraziato che ti farà la misericordia di darti da mangiare".

I colpi sulla cassa armonica avevano scosso le corde come due schiaffi su un fascio di nervi, capaci di reagire solo col gemito che ora esalava tra le pareti.

Un lume di Capodimonte scagliato per terra: Maria Amerigo pesta i cocci con i piedi nudi e si insanguina. Luce è impietrita. Giù le cornici argentate, giù i candelabri, ribaltate le poltrone, da una stanza all'altra, squassati i tavolini di cristallo, l'argenteria, le porcellane del Settecento. Luce segue sua madre di soglia in soglia e sprofonda negli otto anni dell'impotenza, quando sua madre aveva già dato spettacolo di tristezza senza però mai arrivare a questo punto. Giù i quadri, ora, e con un bastone va contro le cristalliere e le ferisce di trilli acuti di vetri; tutt'intorno, una grandine di sfrantumio. Impugna un tagliacarte d'argento acuminato, se lo punta al polso e schiaccia nella carne cercando lo zampillo del sangue.

"Mamma, no!" Nella voce disperata di Luce c'è il pianto, la fermezza, il terrore, l'incredulo rimprovero finale. La mano della figlia attanaglia il polso della madre. La madre ruota, si piega, sguscia, si attorciglia in un rantolo che cerca ancora il sangue. E ancora il grido di Luce: "Mamma, no!". Due volte mamma, dopo tanti anni, nel dolore, in quest'alba azzurrata di malinconia. Maria Amerigo e sua figlia cadono per terra. Rotolano in una lotta di abbracci. È tutto uno sfavillio di occhi e di denti, di capelli incollati alla saliva furiosa come alghe schiumate. Strusciano nel frantume deforme dei mille colori di cristalli scassati e finalmente nell'affanno della disperazione la madre singhiozza un blocco del respiro. Luce l'ha sottomessa d'amore e adesso questa muore nel bluastro cianotico che le irrora le tempie. Non rifiata. È in apnea. Non rifiata. La mano di Luce si solleva, cerca il gesto antico nell'aria: la colpisce. Lo schiaffo. Schiaffeggiare sua madre. Due schiaffi sulla faccia, tre. Questa pazza di sua madre. Questa pazza di sua madre respira. Forte, respira forte, fortissimo, come tornata da un'immersione nell'angoscia profonda. Stanno a terra, madre e figlia. Abbracciate. Occhi contro occhi. Mani dell'una nei capelli dell'altra. La sincope del fiato sfrusta scosse violente nel seno nudo di Maria. Le gambe, il ventre tra gli strappi di seta danno in singulti improvvisi, come un disgusto elettrico che cerchi l'ultimo rigetto. I capezzoli larghi e scuri, matronali da sempre, hanno adesso un pallore da ammalata. Le lacrime sfinite di tutte e due, a pochi centimetri. La madre punta le unghie nella nuca della figlia e le dice in un sussurro sinusale: "Dammi un bacio". Le cerca la bocca. Luce chiude gli occhi tra le mammelle tremanti di sua madre. Il bacio è tra i capelli.

11.
Napoli. 14 maggio. Mattina.
La casa di Diego Ventre.

"Emergenza sismica: otto esperti a Napoli per un mese." Il titolo sul giornale sormonta una grande foto a colori del Vesuvio. Le labbra dell'avvocato si aprono piano come due carte che svelano al centro quella decisiva, la lingua dell'asso.

Il telefono suona con un trillo all'antica: "Avvocà, so' Carmine. C'è la Mosca". Fine della comunicazione. Poche decine di secondi. Il lamento querulo del citofono. Passi su per le scale. Nell'inquadratura strombata dell'occhiolino c'è la Mosca. Diego apre la porta, entra una mora slanciata, capelli inanellati, occhi azzurri. Carmine del bar Jamaica controlla l'accesso al vicolo Calascione e non appena qualcuno o qualcuna lo imbocca parte l'avviso telefonico. La stradina in fondo alla quale abita l'avvocato è una vena di paradiso che si apre sotto un arco fresco in via Monte di Dio. Giardini che sfrizzano rose e arance accompagnano il basolato a destra e a sinistra in mezzo alle belle case di un tempo. La passeggiata finisce in una piazzetta minutissima: si chiama largo Calascione, appunto, e sta sul Pizzo del Falcone. Sotto, a strapiombo di tufo, tutta via Caracciolo, Posillipo e il mare. Ventre abita in un palazzo color crema sbiadita, a un primo piano di onde accecanti di luce mentre la Mosca spalanca tutte le finestre.

La Mosca è una russa sui quaranta e fin dal primo giorno del primo avviso, Carmine del bar Jamaica cambiò la russa in Mosca, così, per fare lo spiritoso, per quella ruggine del suo mestiere riservato che fa cambiare i nomi a tutte le cose e a tutte le persone. La prima mattina che l'avvocato sentì al telefono "la Mosca" rise di genio e siccome non rideva mai, dal bar pensarono che il sottonome fosse buono e lo fissarono così. Il locale è quattro metri quadrati. C'è Carmine il barista con tre pistole dietro il bancone. C'è l'Algeri, un mulatto che staziona tra il davantibancone e la soglia, con una calibro nove a caricatore bifilare nascosta in una busta di plastica piena di polpi, appesa a un chiodo del muro esterno al bar. C'è don Andrea, sui sessanta, tipo distinto, falsariga impiegato comunale in pensione: mira infallibile, esperto in perquisizioni, beretta in fondina ascellare con regolare porto d'armi. Don Andrea è da ruolo domestico di sorveglianza, non spazia per fuori, affina lavoretti quasi puliti. Informatore della polizia: così se una volante arriva al bar Jamaica è solo per fare quattro chiacchiere con don Andrea. Il movimento c'è: quattrocento caffè al giorno, cornetti rinomati. La copertura è perfetta.

Diego Ventre guarda la russa che scaracolla per le stanze e ripensa a Carmine che dell'Unione Sovietica conosceva solo la città di Mosca e quello è il nome che ha affibbiato a questa femmina dai fianchi pronunciati, le gambe lunghe, il seno amazzonico. L'avvocato riflette: non è una donna da Tolstoj, né da Dostoevskij, tantomeno da Čechov. Forse in certi momenti, quando sta in ginocchio e spolvera le parti basse di un mobile, se come adesso tira su la testa da un'accovacciatura dietro una poltrona, quel festone nero di ricci che le scendono sul naso fa pensare a una signora nella cucina di Puškin. Ma appena si alza in piedi e smuove l'aria torna a essere una cavalla da neve. Il telefono squilla, è De Dominicis: "Ah, buongiorno, avvocato, per quel mutuo, le volevo dire che si può fare. Mi saluti i suoi clienti. Ci vediamo da vicino quando vuole... Quando vuole...".

La Mosca fa bene pure il caffè e Diego lo centellina al balcone. Il larghetto Calascione è deserto, la via d'accesso strettissima, le auto quasi non ci passano, e se pure, ci arrivano solo quelle dei pochi che ci abitano. È un vicolo cieco. Altro che cieco, pensa l'avvocato, con questa scena d'aria spalancata sull'orizzonte del mare. È una giornata napoletana, dove le scintille delle increspature acquose orchestrate dai riflessi del sole sembrano dire che tutta la bellezza è immutata, immutabile.

Diego Ventre chiama al telefono l'immobiliarista: "Chi è, Pepe? Buongiorno, sono io. Volevo dirvi che per quella cosa è tutto a posto. Poi passo io... Buon lavoro".

La Mosca riempie un'altra tazzina di caffè. L'avvocato sorseggia in poltrona. Ancora il telefono: "Avvocà, so' Carmine, qua ci abbiamo il ragioniere...".

La cameriera ha finito le sue due ore del mattino. La raucedine del citofono torna a spezzare il silenzio. Ventre le fa cenno di aprire portone e porta. La Mosca e il ragioniere si incrociano sul pianerottolo: una va, l'altro entra: "Buongiorno, avvocà, però questo ammosciamento di cazzo della perquisizione non si sopporta più. Prima devo entrare al bar Jamaica, poi mi devo bere il caffè per non dare nell'occhio, poi devo andare nel retrobottega con quella scimmia di Algeri. Ma voi ci siete mai entrato nel retrobottega, avvocà? È più piccolo di una cabina telefonica. E sbottonati la giacca, e apriti la camicia e abbassati i pantaloni, e fammi vedere dentro le scarpe. Chiusi là dentro come due ricchioni. Eppure mi conoscete da vent'anni".

Ventre sorride solo con gli occhi: "Appunto, da vent'anni. Alfredo io so chi sei stato tu negli ultimi vent'anni. E so chi sei adesso. Ma fra un'ora chi sarai? Non fare quella faccia. Tieni, un poco di caffè. Non ti mortificare. I colpi bassi vengono dagli amici, no? E allora? Ci vuole un minimo di pazienza. È solo un metodo".

Alfredo Gemma vuota la tazzina di caffè: "Avvocà, scusate se entro in merito, voi siete una persona di un'intelligenza... Ma perdonate, e se vi fregano proprio i baristi?".

Ventre chiude l'ultima finestra rimasta aperta, siede in poltrona di fronte al ragioniere, poggia le mani sui braccioli, accavalla le gambe: "Muoiono il giorno dopo. Se vuoi stare tranquillo devi sempre tenere una carta truccata, una carta segreta. E per gente come noi puoi essere garantito solo da chi non è come noi. Mica li va a uccidere uno del team, uno dell'ambiente. No. Li va a trovare una brava persona e li ammazza. Devi sempre avere qualcuno che ti vuole bene veramente, e io qualcuno che mi vuole bene lo tengo. Veniamo a noi".

Il ragioniere apre una valigetta nera antiscasso. Allinea fascicoli sul tavolino: "Ecco qua, stamattina sono passato subito da De Dominicis, stava squagliato in corpo che voi vi potevate essere adombrato per quel traccheggiamento di incertezze che fece stanotte. L'ho trovato con la stanza piena di impiegati che pareva una base americana dieci secondi prima di un lancio spaziale. Poi mi sono allungato da Pepe, l'ho trovato al telefono che lavorava per noi a duecento all'ora, la cornetta scolava sudore di ebollizione. Nel pomeriggio il catasto mi prepara tutta quella roba che avete chiesto. Qui ci stanno pure i primi play che si possono chiudere entro domani. E per fare tutte queste cose per stamattina, parlando col dovuto riguardo, la sfaccimma che tenevo nelle palle mi è diventata petrolio. Ecco qua, su queste carte ci stanno gli incroci delle first situations immediatamente compatibili".

Gemma sobbalza sorpreso dal trillo del telefono.

"Alfré, tu stamattina stai troppo nervoso, mò che scendi ripassa dal bar Jamaica e fatti una doppia camomilla. Tanto al ritorno la perquisizione non te la fanno. Sì, pronto?"

Dall'altro capo del telefono, la voce di Sandro: "Avvocato buongiorno, la ragazza sta a via Toledo".

12.
Napoli. 14 maggio. Mattina.
Le strade.

“Napoli è Tokyo senza Tokyo.”

Diego Ventre esala la sua scia di pensiero nella corrente umana di via Toledo. I gorghi di folla strozzano lo spazio per poi liberarlo a un tratto come l’effetto di una risacca imprevista.

“Qui c’è tutta l’agitazione del Giappone, senza la produttività del Giappone.”

Davanti alla cioccolateria antica di Gay Odin rivede la scena di un sogno che negli ultimi anni è tornato spesso a illuminare le sue notti. Ha undici anni e se ne sta rannicchiato dentro il suo lettuccio nel retrobottega buio di un negozio che vende cioccolato artigianale. Due vetrine sulla strada rifinite di palissandro, traboccheVoli di stagnole colorate tonde, triangolari, quadrate, che vestono gioielli di gusto ripieni di rum, crema, brandy, ciliegie. All’interno, le scaffalature di mogano somigliano a un’immensa libreria d’altri tempi, arrivano fino al soffitto, e anche lì, nei fondi a specchio, si moltiplicano le scatole di baci vanigliati, marron glacés grossi come tartufi, nocciolati confezionati con trasparenze scintillanti che adescano il piacere dei denti a spaccare delizie sotto il palato. È sera e questo Diego bambino, nella rugiada calda e nebbiosa di luci del suo sogno, sa che se allungasse le mani nell’oscurità troverebbe l’accensione del piccolo lume di guardia sul tavolino accanto al letto. Sa anche che la luce rivelerebbe cataste di dolciumi impacchettati, ordinati in colonne di diversa altezza intervallate da bei libri. Ora accendo, ora accendo, pensa il bambino, e nel rinvio della ricerca che porterebbe le sue dita sopra l’interruttore rimane nella pancia di tenebre che lo protegge. La porta ad arco del retrobottega è chiusa e dalla grande sala per la vendita giunge lo scampanellio dolce dolce che accompagna tutte le aperture dell'uscio. Arrivano, ovattate, le voci dei clienti che lui si diverte a riconoscere: il cavaliere Selce, la signorina Montefusco che ha più di settant'anni, il marchese Cardone, la farmacista con la coda di cavallo, le tre belle studentesse in Medicina del palazzo di fronte, il bambino Michele, il fabbro del vicolo là dietro, una coppia di francesi di passaggio, la sorella del fotografo, don Gaetanino, il pensionato che vive da solo. Un concerto di passi e risate delicate, cento squilli di buonasera che fanno infilare i sorrisi fin sotto la porta del retrobottega come regali di vento leggero. E poi, soprattutto: le zie. I tacchi delle zie sulla pedana dietro il bancone lungo. Le zie che salutano con le lunghezze flautate dei loro saluti. Le zie, proprietarie del negozio. Le zie di lui, di quel bambino che è lui e che se ne sta nell'ombra sicura a godersi quella beatitudine mandorlata di sogno, di sonno, di veglia cosciente. Le zie che incartano, le zie che pesano, le zie che fanno rullare il rotolo di nastro rosso per le confezioni, le zie che arricciano con le forbici lingue d'oro a festone per guarnire i pacchi regalo. Le zie anziane che fanno cicaleccio con i clienti, le zie giovani che quando camminano a pochi centimetri dalla porticina del retrobottega lui sente l'attrito indescrivibile dei loro vestiti di seta, o lo striscio silenziato dello chiffon contro gli scaffali, o l'elastico di una giarrettiera riposizionata dal pollice rapido. Poi qualcuno bussa alla porta del bambino e dopo quei tre tocchi sul legno il sogno finisce.

Ora Diego ha quarantacinque anni, da due non tocca carne di femmina e di tanto in tanto, la notte, questo magazzino di madonne profumate di cioccolato viene a fargli attorno un perimetro di suoni e profumi beati. Adesso è in via Toledo all'altezza dell'arco della Galleria, Sandro, uno dei suoi, dà il cambio ad Algeri con uno sguardo, mentre con un'occhiata che rimanda l'attenzione di Diego più avanti allude alla ragione per cui ha telefonato: "Pronto, avvocato. La ragazza è in via Toledo". Seguita fin da quando è uscita dalla villa di Posillipo, come voleva Diego.

Luce di Sangrano appare solo un attimo nella griglia colorata della gente sotto il sole. Ventre prende un vicolo a sinistra, accelera, svolta a destra, si ferma in corrispondenza di una seconda stradina che discende come un dente nascosto nel rastrello dei Quartieri Spagnoli. Sandro è abituato a ogni stranezza. L'avvocato si ferma. Vuole avere un colpo d'occhio sulla ragazza quando passerà di profilo sulla strada principale. Eccola, l'inquadratura coperta in alto da bandiere di lenzuola frammiste alle sporgenze tondeggianti di antenne paraboliche, la strombatura scura dei muri a destra e a sinistra. Eccola, il passo della gazzella testarda nel conato di folla che adesso le lascia attorno un poco d'aria. È un momento: vestita di rosa antico, giacca e gonna sotto il ginocchio. Le calze velate colore della pelle. Le scarpe a slancio di stoffa e suola. Nessuna borsa. Le mani in tasca. L'effusione finissima dei capelli che fanno onde naturali sulle spalle. Capelli come la notte prima, d'un grano antico, appena maturo, posseduti da un'ansia di avvitamento che si smuove, li fa serpentare e li placa lungo la schiena. Il momento è passato. La ragazza ha attraversato lo schermo di fortuna da destra a sinistra. Le campane di San Martino battono mezzogiorno.

Diego è di nuovo in via Toledo, le schegge versicolori di teste piccole, teste tonde, affilate, calve, pettinate, scarruffate, fugano e si riuniscono come chicchi incandescenti di un fuoco d'artificio sparato a capriccio. E poco più avanti, l'asse dello sguardo di lui cattura Luce in diagonale nell'allargamento momentaneo del passeggio. Questa era l'occasione in cui lei era veramente lei, inconsapevole che qualcuno la stesse osservando, incurante sul serio di tutte le pupille che si sollevavano sul suo collo o sulla sua bocca per poi rabbonirsi attonite, incapaci a spiegarsi che quando è solo armonia la bellezza mette vergogna.

Sandro rassicura l'uomo in abito grigio che cammina dieci metri avanti, a sinistra dell'avvocato, e quello in giubbotto di pelle che cammina cinque metri a destra. Sandro rassicura e segue da sette metri dietro. Tre uomini a protezione, nel disegno di un triangolo irregolare. Posizione perfetta per difendere e, nel caso, sparare da tutte le parti con visuale libera sui bersagli. Il primo, Sandro, tutto in jeans e scarpe da ginnastica, noto agli ambienti criminali per essere uno che in vita sua ha parlato solo con la pistola. Questo serviva a dire a chi lo doveva sapere: fatevi bene i conti. Il secondo, quello in giacca di pelle, aveva fatto da scorta a due magistrati napoletani sventando quattro attentati e lasciando un morto per terra. Per aggiudicarselo, Diego aveva mosso i suoi fili in Procura generale. Serviva a dire che la protezione era pulita, istituzionale. Il terzo, carabiniere in congedo, cinquantun anni, medaglia d'argento al valor militare, colleghi in tutte le città, ponte di informazioni utilissime sugli spostamenti dei latitanti. Ma il colpo di genio era il quarto. Partiva frontale rispetto ai due che precedevano l'avvocato, scendeva controcorrente guardando quel che accadeva alle spalle di Sandro, gli girava dietro e ricominciava il cerchio. E questo non lo conosceva nessuno. Veniva da Ragusa. Un giorno si vestiva come un bancario, il giorno appresso come un ambulante. Un giorno aveva la barba e il giorno dopo no. Il lunedì usciva con una cartellina sottobraccio, il martedì con una ventiquattrore. Occhiali da sole sempre diversi. Falsi occhiali da vista a dozzine. Ventre, scherzando, diceva che non solo nessuno a Napoli sapeva chi fosse, ma che nemmeno lui stesso sapeva chi fosse.

Port'Alba è attraversata da una rasoiata di sole. Sul lato dell'ombra Luce tiene l'indice sopra la vetrina di una libreria: il commesso con barba e camicia a quadri sporge la testa e dice il prezzo. La ragazza ringrazia, rimane incerta a guardare i tre volumi degli anni sessanta raccolti in cofanetto. Si allontana. Diego va a leggere il titolo dell'opera: *Autobiografia di Giuliano di Sansevero*, di Andrea Giovene. È dietro le spalle di lei. Trova il sussurro a sorpresa.

"Bei libri. Antiquariato editoriale."

"Ah, è lei."

"Le interessa perché sa cos'è o perché non lo sa?"

"Giovene era un grande scrittore, ne ho letto qualche pagina in giro. Ma l'opera completa non si trova. Uscì negli anni sessanta e non fu più ristampata."

"Li prende?"

"No." No, dice lei e finalmente Diego la sente distendere l'arco della sua voce profonda e pulita che pare uscirle dalle ombre degli occhi.

"Sapere è patire. Sventura è la scienza. Coloro che più sanno, più amaramente devono piangere il vero fato." La ragazza si domanda se questa citazione di Byron che l'avvocato ha soffiato fuori in un attimo può farle dimenticare l'affare del play pulito proposto da Valenti nel sottobraccio untuoso della sera prima, alla festa.

Diego riprende con un sorriso: "Le piacciono le cose che non si trovano?".

"Mi piace trovare le cose nascoste."

"È per questo che se n'è andata in giro per tutte le biblioteche d'Europa?"

"Non solo per questo."

"Qua dietro a due passi c'è una cosa nascosta che forse le può piacere."

"Qua dietro?"

"Sì, qua dietro, ma non è una chiesa e nemmeno un museo. Lei non può averla vista. Se vuole ci andiamo. È proprio qui."

Luce guarda l'orologio, guarda gli occhi tranquilli di lui. Gli sente addosso come una sincerità essenziale. Sorride debolmente. Si avviano giù per calata San Sebastiano. In via Croce lei getta uno sguardo al palazzo dove tra poco entrerà per la continuazione del suo ritratto. L'avvocato lo nota e registra il portone. Prende il telefonino: "Dottor Di Lieto, sono Diego Ventre. La chiamo per quella cosa che ho visto il mese scorso. Ci ripasso adesso. Le chiavi dal portiere, come l'altra volta... Grazie, la richiamo".

Ora uno sguardo a Sandro, per dire tutto bene.

L'attraversamento accaldato in piazza del Gesù, gli artigli dei rumori storpiano l'aria, la graffiano tutta con raspamenti di motori che la riducono a frange pietose, sventolanti, strappate, tra le quali i rosoni delle chiese sembrano bocche afone spalancate in una richiesta di misericordia. Ancora un vicolo. Ancora un altro. Ci sono: Palazzo Maddaloni, uno dei luoghi più belli di Napoli. Un portale vertiginoso. Si entra. Il portiere impetra simpatia col buongiorno, avvocato e consegna le chiavi. Diego precede Luce su per la scala grigia tutta aperture e volte. Si ferma, la rassicura con un sorriso. Sono al primo piano, davanti a una porta immensa. Lui infila le chiavi nella serratura e la fa scattare con giri infiniti. Entrano nel buio. L'uscio è richiuso. Scintilla la fiamma di un accendino. Ventre cerca qualcosa. Finalmente, un vecchio lume poggiato per terra rischiara una sala d'ingresso sterminata. Finita Napoli, dietro quella porta. Finito il chiacchierio incessante che trapunta le giornate. Finito il traffico. Finito tutto in pochi metri. Un portone, una scala, un ingresso polveroso aperto e richiuso.

Luce alza lo sguardo, un affresco su in alto di azzurri e ciprie di nuvole con svolazzi festosi di fagiani. I tacchi di lei fanno eco nelle sale vuote, ora parla solo questo. E Diego sta zitto, non guarda, cerca di sentire cos'è quel palazzo attraverso la pelle di lei. In un angolo, un inginocchiatoio dove il rosso del velluto è diventato vinaccia spento. Tutt'intorno, pitture parietali con squarci insperati su orizzonti marini. Un'altra sala, un'altra, un'altra ancora. Una fuga di porte stampigliate di ori dissolti. Calcinature di polveri venute giù dai solai malfermi. Un altro salone affrescato in alto con nove muse danzanti mentre l'Apollo citaredo suona con la schiena trapassata da una fenditura nell'umidità della malta, un taglio irregolare come un capello di fulmine sfuggito alla tempesta. Intorno, un diguazzo di colonne dipinte, mozzate dalla bestemmia dell'abbandono che ha staccato sputi d'intonaco. Silenzio su tutto. Davvero nulla. Le porte sprangate. Qualche sacchetto di cemento gettato in un angolo per intraprendere lavori mai iniziati o finiti troppo presto. Adesso invece, come ovattato, il suono profondo e teso di un violoncello. Ma lontano, lontano, proveniente forse da un altro piano del palazzo, remoto da sembrare un'illusione. Un camino di marmo nero venato di grigio sormontato da uno specchio chiazzato con mille efelidi essiccate dal tempo. Un pacchetto di sigarette vuoto per terra sulle riggiole, tutte ricordo d'un verde stinto, viste come sott'acqua. Luce poggia il palmo aperto della mano destra sulla faccia di una ninfa giocosa. L'incarnato sulla gota sinistra è ancora intatto ed è lì che le dita rimangono. Diego si volta. Chiude gli occhi. Sente il piacere sepolto di una cosa che somiglia all'imbarazzo, semplice semplice, come l'avviso di una piccola commozione. Gira su se stesso con garbo. La vede, contro la ninfa, grazie a quel poco di penombra regalato da una lampadina appesa con malacura.

Luce si muove, gli cammina davanti, e il passo è come quello in via Toledo anche adesso che lei sa come lui la sta guardando. Non posa, Luce, non ne ha bisogno e lo sa. Si ferma al centro dell'ultima sala, la più grande. A destra un pianoforte gran coda, senza coperchio. Diego la supera lentamente. Ora è lei a guardargli le spalle, ampie, ben disegnate, sicure.

Lui apre piano gli scuri di un infisso malfermo, da dietro i vetri si offre lo spettacolo di un'ampia terrazza che gira a ferro di cavallo attorno a un giardino e torna all'altro balcone sul lato opposto della sala. Una balaustra di piperno, gemmata da intervalli di statue, mezzi busti di marmi femminili, i nasi e le ciocche granulati dal sole, dal vento, dal sale.

Diego aprirebbe il balcone, ma lei gli tocca la mano. Rimangono così, dietro i vetri spolverati di fumo. Lui la guarda: "Sai, dicono che Giacomo Casanova venisse qui ogni sera qualche secolo fa. A giocare a carte. Ti piace?".

Lei non lo guarda. Regala tutti i suoi occhi alle statue e sorride. Sorride con un sorriso di quelli in cui si scopre che qualche volta la realtà è solo l'angolo giusto da cui guardare il sogno. Diego infila la mano nella tasca della giacca chiara. Prende il telefono: "Pronto? Dottor Di Lieto. Sì. Sì, sono qui nella casa. Volevo dirle: la prendo".

13.
Napoli. 14 maggio. Pomeriggio.
Un attico a San Giovanni.

"Dieci anni fa a governare Napoli eravamo tredici case. I giornali, la polizia e tutti quanti appresso dicevano: la città è divisa in tredici zone controllate da tredici clan. E si faceva una bella life light. Ognuno sapeva qual era la parte sua per gli affari e fino a quando attorno ce ne stavano altri dodici schiaravano giornate ca erano 'nu cafè cu tutt' 'o zucchero dint' 'a tazza. Nessuno alzava la voce, nessuno ti faceva uno squeak. Poi, due anni dopo, si imbrogliò tutto. Prima diventammo sei team, poi tu spari ai miei io sparo ai tuoi, quelli che rimanevano vivi facevano tutti gli atteggiati che si sentivano head boss. Diventammo quindici. Quindici case madri. Nel meeting generale io lo dissi: siamo troppi, il gallinaio è piccolo. E poi dove sta scritto che l'équipe mia con trent'anni di esperienza deve sopportare a uno che si è svegliato l'altro ieri col prurito al culo? Gli head boss se ne andarono tutti al camposanto e non si è mai capito bene com'è successo. Apparentemente l'accordo c'era, ma loro facevano troppo feeling con i cinesi, e i cinesi, caro Satriano, pure se li paghi, non si sa mai bene se sono camerieri o comandanti. I cinesi sono gente precisa e a parlare con quindici entità diverse andavano al manicomio. Insomma, un poco questo, un poco quello, adesso siamo due, io e Carmine Denza. Poi c'è una marea di sotto-clan, ma contano poco. Si dovrebbe trovare pace, due belle zone per due belle agenzie. Gli appalti ci stanno per tutti e due, l'immondizia ci sta per tutti e due, la droga, i casinò, l'indotto del turismo, i piani urbanistici ci stanno per tutti e due. E invece no, perché adesso c'è la moda della criminalità intelligente, quella segatura di discorsi che non si spara, non si uccide e non si fa troppo l'esibizionista. Tutte quelle pugnette di cervello che se proprio devi eliminare uno scolacazzo lo devi fare alla fine, quando non ne puoi più. Denza si è messo a fare il doppiopetto. Dopo che ha ucciso più gente lui che formiche una ruota di camion, adesso si è messo a fare il pensatore. Ma io, caro Cutrano, se volevo andare girando senza pistola facevo l'impiegato. Di questo passo mi vado a candidare alla camera dei deputati, così là facciamo tutti quanti i teorici. E tutto questo antipasto di peli di cazzo sapete perché ve lo portano a tavola? Perché hanno scambiato il culo con la fessa. Questi non ce l'hanno lo stomaco di uscire la notte senza sapere se tornano nel vestito o nella cassa. Non tengono coglioni e si sono messi a fare gli scienziati della delinquenza. Io sono nato col sistema vecchio e muoio col sistema vecchio: a chi ti dà fastidio lo devi schiattare come una mosca in faccia al muro e lo devi fare prima che diventa moscone, perché i mosconi ronzano assai e a me il ronzio pesante me fa venì 'o male 'e capa."

Pasquale Lerro parlava masticando le cozze dell'impepata che troneggiava al centro della tavola. Cutrano si era allentato la cravatta e la cintura. Acquasanta fumava e beveva succo d'ananas. L'attico abusivo svettava di vetrate e alluminio in cima a un palazzo fatiscente di San Giovanni a Teduccio.

Lerro buttò un sorriso untuoso sul bicchiere di succo di frutta: "Acquasà, ma voi campate di gloriapadre?".

"Don Pasquà, quello se mangiava come me e voi mica teneva questo fisico."

Di pelle scura, i muscoli ampollati di sotto la maglietta nera a mezze maniche, Acquasanta viveva da quarantun anni dividendosi tra crimini e palestre. Considerava il suo corpo una macchina per l'omicidio e si preparava all'occasione con lo scrupolo di un atleta di fama impegnato a difendere il suo primato del mondo.

Cutrano versa il vino per Lerro e per sé: "Io poi non ho mai capito perché vi chiamano Acquasanta. Sì, lo so, qualcuno ha detto che è per via dell'acido, che vi siete specializzato a fare gli sfregi con l'acido, ma come vi siete imparato?".

"Effettivamente come si è imparato non lo so neppure io." Lerro aveva parlato con il tono di chi invita a un chiarimento.

"Ma mica sono stati quegli amici arabi?" Cutrano tentò la soluzione in velocità. Acquasanta serrò nella bocca un'eruttazione, poi sorrise con l'aria di chi si prepara a cantare un vecchio successo davanti a un pubblico che non vede l'ora di applaudirlo.

"Fu all'agraria."

"All'agraria?" Cutrano era rimasto con i denti sulla cozza.

"All'agraria c'era una troia che me la bruciavo. Era sposata, ma la sera prima che smontava me la bruciavo. Lavorava alla zooprofilassi. E si faceva bruciare dietro. Era più vergine avanti che indietro."

La battuta era acchianata facile e Cutrano non la mancò: "Questa era un'altra che aveva pigliato 'o culo p' 'a fessa".

"Così una volta, mentre mi stava facendo una cortesia di lingua, io mi ero fissato a guardare una bottiglia gialla. Ma quella roba che roba è, ci dissi. Quale?, disse lei col seltz in bocca. Quella, quella là, insistetti. Allora essa con tutta la gelateria sulla lingua disse: quello è acido. E fu così, proprio come vi sto dicendo. Una settimana prima un soggetto che faticava con Carmine Denza aveva azzoppato a uno dei nostri. 'Stu piezzo 'e merda si chiamava Ersilio. Andava girando con due trentotto addosso. Io chiesi il permesso a don Pasquale di fare una solution. Don Pasquale sta presente e ve lo può confermare. Mi diede il permesso. Così una sera, di luglio, mentre guidava col finestrino aperto mi affiancai con la motocicletta e gli buttai mezza lattina di acido dentro agli occhi. Una lattina di Coca-Cola tutta aperta sopra che voi ci mettete un tappo di plastica che al momento si toglie. Io però mi ero messo certi guanti speciali che mi aveva dato quella zoccola. Perché là se uno schizzo va dove non deve andare non è proprio pisciazza, vi fottete per la vita. Basta: gliela buttai addosso. Andò a sbattere dentro alle vetrine del bar Tunisi. Mò ci vede con un occhio solo e in faccia fa schifo, fa schifo come un cesso di piazza Garibaldi cacato da un marocchino con la sciorda. Lo chiamavano Ersilio 'o bello. Se ne andava girando con le camicie chic. Adesso non se lo chiaverebbe neanche una santa."

L'immancabile risata di tutti e tre scoppiò come il punto necessario che chiude la frase, perché sempre a Napoli i periodi vengono sigillati da uno schiocco di lingua, un pugno sul tavolo, una rotazione del polso nell'aria, una girata muta della testa, come per dire: parole ne servirebbero altre, molte altre, le parole non bastano mai.

"Cutrà, io e voi siamo antichi, andiamo ancora girando con le pistole. D'altronde Acquasanta ha ragione, perché poi se a un posto di blocco vi fermano con un'arma si perde tempo. Se invece vi fermano con una lattina di Coca-Cola che vi fanno?"

"E mi fermarono pure, una volta. Mi trovarono pulito. Tenevo la lattina in mano. Il maresciallo la guardò. Io dissi: marescià è calda, se no ve la offrivo."

Cutrano sospira: "Ma quando finisce questa latitanza?".

“A me la latitanza mi piace.” Lerro continua a ridere spruzzandosi limone sulle dita. “Si fa una vita movimentata.”

Ora il capo della tavola congeda la cameriera con un’alzata di mento. Aspetta lo scatto della serratura che accompagna la chiusura della porta. Sono soli. Lerro accende una sigaretta: “Comunque questo Carmine Denza ci sta pungendo le palle. Il team suo sta facendo un lavoro nei negozi che non mi piace. Stanno entrando nella zona nostra. Ci stanno entrando, però col silenziatore, con l’anestesia. Voi mi guardate? Allora statemi a sentire. Questa finanziaria che fa i prestiti agevolati ai commercianti, sapete come funziona? La vita non è solo acido e pistole. Noi chiediamo la tangente a uno. Dopo due anni vogliamo l’aumento, è giusto? Quello i soldi non li tiene. Noi insistiamo. Facciamo uno show di preavviso. Bruciamo una serranda. Spacchiamo una vetrina. Qualche giorno dopo la finanziaria manda al magazzino uno con una ventiquattrore. Questo entra e propone un prestito. Il prestito senza garanzie tiene i tassi che tiene. Il commerciante li paga per avere il prestito, perché è chiaro che qua oggi si campa e poi domani si vede. Insomma, noi chiediamo i soldi e loro li offrono. Secondo voi chi ci guadagna? Loro. E in più fanno pure un lavoro pulito”.

“E Carmine Denza che c’entra?”

“Cutrà, dietro la finanziaria ci sta lui.”

Silenzio. Acquasanta va al ribasso: “E Denza era capace di pensare questo play?”.

Lerro soffia in alto tre boccate di fumo. “Denza no. Ma tiene un avvocato buono.”

“Ventre? L’avvocato Ventre? Ma quello difende mezza Napoli. Don Pasquà, quello pensa ai cazzi suoi. Figuratevi se uno come lui che tiene l’entrance in alto bordo, uno che si mette quelle giacche inglesi e si fuma quei sigari da lasciatemistare, si mette a perdere il tempo a inventare le finanziarie per dare i soldi a quelli dove noi li abbiamo chiesti il giorno prima...”

Anche Acquasanta vuole intervenire. Riesce a dire soltanto: “Io...”. Lerro lo brucia con occhi acuminati. Finché si parla di agraria ha diritto di parola come buffone. Questi no. Questi sono fatti very heavy. “Troppe coincidenze. Troppe finezze. Denza con l’avvocato ci parla certamente. È latitante pure lui, no? E uno quando è latitante se non parla con l’avvocato con chi sfaccimma parla? Io che ne so quello che consigli gli può dare? E comunque, avvocato o no, io mi gioco le palle con tutti i peli che dietro alla finanziaria nella zona nostra ci sta Denza. Adesso ci penso un poco. Poi vi dico come. Ma è venuto il momento che gli facciamo una cosa definitiva. Un bel report.”

14.
Napoli. 14 maggio. Pomeriggio.
Una giornata di Diego Ventre.

"Niente di particolare. Viene qua ogni giorno. Entra nel palazzo e sale all'ultimo piano. C'è lo studio di un certo De Mattia, un pittore. Lei ci va per farsi fare un ritratto. Un ritratto, avvocato, come si usava una volta."

Lungo la via Benedetto Croce, spaccata nel pomeriggio tra sole e ombra, Sandro ha sussurrato all'orecchio di Ventre le informazioni richieste in mattinata. Poche ore prima, quando erano passati di lì per andare a Palazzo Maddaloni, Luce aveva avuto un moto degli occhi verso il portale d'ingresso dell'antico edificio Mazziotti. Diego aveva colto tutta la rapidità di quello sguardo e tutta la profondità con la quale lei stessa se lo era ricacciato dentro, in qualche parte segreta.

"Hai provveduto per i libri?"

"Tutto in ordine, avvocato. Tra poco saranno consegnati a Posillipo."

Ventre aveva dato a Sandro l'incarico di comprare a Port'Alba quell'*Autobiografia di Giuliano di Sansevero* sulla quale la ragazza si era soffermata lungamente. Adesso l'uomo di fiducia sorrideva di ammirazione domandandosi come avesse fatto l'avvocato, leggendo uno sguardo di quella bellissima femmina, a capire che poche ore dopo sarebbe andata proprio lì, proprio in quel palazzo.

Si erano fermati al numero 21. Diego andava a far visita a suo fratello. Citofono: scatto della serratura. Uno degli uomini di Ventre stazionava chissà da quanto nell'androne: forse già lì da più di un'ora per controllare che fosse tutto in regola.

L'avvocato libera tutti, fa un gesto che significa aspettatemi qui. Imbocca le scale di piperno. È un'ascesa marezzata di profumi tardivi, quelle zaffate di sugo e frittura nell'aria quasi spoglia di rumori che racconta le tre del pomeriggio napoletano.

Viene da suo fratello una o due volte al mese e nel salire quei gradini è preso sempre dallo stesso pensiero, dallo stesso ricordo. Gli fa ribrezzo come essere costretto a mangiare una lucertola viva. Ma è attratto dall'idea che ogni salita di scala, e ogni nuova immersione nel passato, possano rivelare alla sua indagine su se stesso un particolare prima invisibile, ignorato e finalmente risolutivo.

Sull'abbrivio dei primi scalini rivede innanzitutto suo padre, i suoi occhi buoni, le sue mani sapienti che armeggiavano dodici ore al giorno tra punteruoli e colle a costruire pastori. Rivede il basso in via San Gregorio Armeno, a sinistra, all'interno di un cortile, quasi di fronte a Santa Patrizia. Lì vivevano tutti e quattro: Diego, che il giorno del ricordo aveva quattordici anni, suo fratello che ne aveva uno, sua madre che ne aveva trentaquattro e suo padre, quarantuno. La madre va a servizio a casa dell'ingegner Gargano, proprietario di tutto lo stabile, alloggiato all'attico, uno che la sa lunga dicono attorno, rispettato in tutto il quartiere, macchina di lusso, amicizie ambigue.

Ora Diego è arrivato al primo piano: tra due porte marroni tre vasi di geranio. Il suo pensiero ronza attorno alle inutilità, ma sono proprio le inutilità quello che il suo pensiero cerca. No, nel palazzo dell'ingegnere al primo piano c'erano sì due porte marroni, ma c'era solo un vaso ed erano margherite bianche.

Una mattina Diego torna a casa prima del solito. Uno sciopero a scuola. Nel suo basso non c'è nessuno. Il padre sarà a bottega sopra San Lorenzo. Il piccolo Manlio affidato alla pazienza di Pupetta, la vicina di casa. Lascia i libri sul tavolo in cucina. Ogni giorno quando esce da scuola va a prendere la frutta per l'ingegnere. Stamattina don Antonio gli fa un fagotto di un chilo di ciliegie. I gradini di corsa attento a non farne cadere neanche una. Suona il campanello: non c'è corrente. Sale ancora, raggiunge le terrazze che sormontano tutto il palazzo. Da lì c'è una scala a chiocciola di ferro arrugginito e si scende direttamente sulla balconata dell'ingegnere. Il primo balcone è chiuso, chiusi il secondo, il terzo, il quarto. E il quarto è quello della cucina. È lì che compare la scena. L'ingegnere è in piedi a capotavola. Diego chiude il pugno per bussare ai vetri. Ma non bussa. Sulle spalle dell'uomo ci sono due scarpe amaranto con il tacco. Diego non capisce. L'uomo assesta colpi fermi di bacino. Ora è chiaro, è chiaro in un attimo. Le mani di lui spingono le cosce di lei a dilatarle e lei sta distesa con la schiena sul tavolo. Lei, sua madre. Diego guarda con lo stordimento di chi è risvegliato dallo schiaffetto di un amico nell'assopimento meridiano della spiaggia estiva. Ora l'ingegnere afferra sua madre per i fianchi e la volta, le solleva il vestito bianco fino alla schiena, le annoda i lunghi capelli neri nel pugno sinistro. Con la destra stringe quello che per Diego ragazzino si chiama oltraggio. E con l'oltraggio slabbra ancora le carni di lei, che forse ha bisogno di aiuto, che forse è aggredita, ma l'illusione è breve. Le braccia di sua madre stringono i lombi del maschio per attrarlo nell'offerta illimitata di se stessa. Diego fugge. Fa le scale a quattro, in discesa. Entra nel basso.

Ora l'avvocato è al secondo piano, oggi la ricostruzione gli viene abbastanza ordinata. Senza salti in avanti e salti all'indietro. La successione dei fatti sembra giusta.

Dopo aver poggiato le ciliegie sul tavolo è richiamato da una voce insensata: "Vado da mio padre". Come il bambino picchiato in strada da uno più grande, come il bambino ferito dall'ingiustizia, si avvia verso la bottega dei pastori. Ma ci va piano, quasi sapesse che quella confessione sarà la fine di tutto. "Ci andai piano. Sì, su questo non c'è dubbio. Ci andai piano come adesso che molto piano salgo queste scale."

Davanti al banchetto dei pastori nudi, davanti ai cestini di braccia e di teste da riunire, guarda suo padre con mezza sigaretta in bocca. Dice, sudato, storcendo gli occhi, dice. Ma cosa dice? Mamma, il tavolo, l'ingegnere. Li ho visti. Le mani di lei. Le mani di lei.

Il padre esce dalla bottega seguito dal ragazzino. Entra nell'androne del palazzo, spalanca la porta del basso. La madre è tornata e il suo sorriso d'indifferenza finisce sbattuto sul letto, distorto sotto uno schiaffo che le spacca le labbra. Il padre le lacera il vestito, il reggiseno, le mutande, le impugna la natura come a cercare le tracce ancora vive e liquide del piacere. Poi torna in cucina. Prende un coltello, si avvicina al letto dove la moglie piange tra gli stracci delle sue vesti. Diego sussurra un no. Il padre vibra un colpo contro la fotografia che lo ritrae sposo assieme alla puttana. Il vetro è infranto. La vita è divisa.

"Me ne andai in giro tutto il giorno e tutta la notte. In giro per Napoli. Ma dove? No, questo non me lo ricordo e non lo saprò mai."

All'alba il ragazzino torna al basso di San Gregorio. Sua madre non c'è. Suo padre sta preparando la valigia. "Te ne vai in America?" Il padre non risponde. "Te ne vai da zio Emilio in America?" Il padre non risponde. Un bacio sulla testa del figlio. Poi, via. Sulla tavola le ciliegie del giorno sanno di buono e di marcio.

L'avvocato è al terzo piano, il solito odore di bucato fresco.

Ora ha quarantacinque anni. Trentun anni fa, sul pianerottolo del terzo piano nel palazzo dell'ingegnere c'era lo stesso profumo. Tale e quale.

Il ragazzino è rimasto solo, attraversa i vicoli di Napoli con la testa bassa. Poco prima della mezzanotte si siede sullo scalino nero di una macelleria chiusa. Ha la sensazione che le tempie debbano cedere all'eruzione di sangue che le vene pulsano intorno alla testa. Lorenzo compare da un trivio là vicino. Lo saluta. Giocano insieme a pallone. Ma Lorenzo è più grande: ha diciassette anni e sa fare le domande giuste. Le fa spalla contro spalla, facendoti sentire tutta la sua alleanza più cruda e più vera. Diego si confessa e cerca di farlo da uomo, come uno che non sia interessato al dolore ma alla sua soluzione. Da Lorenzo arriva un consiglio solo. E dopo il consiglio arriva il coltello. Diego se lo ritrova in tasca senza nemmeno aver visto com'è fatto. Ne sente soltanto il peso.

"Io tengo la fidanzata a Palermo. Domani, dopo che hai sistemato tutto, vai alla stazione. Ci sta un treno alle tre e venti. 'A nnammurata mia tiene due fratelli. Ma roba buona. Ti mando da loro." Lorenzo batte due volte la mano sulla tasca di Diego dove ha infilato la lama. "Pe 'sti ccose nun se chiagne. 'Sti ccose se sistemano. E basta."

Il giorno seguente Diego va a scuola. Si fa interrogare in italiano e prende sette. Torna a casa, posa i libri sul tavolo. Poi afferra il fagotto con le ciliegie e sale la scala lungo la quale diventerà l'uomo che non voleva essere e che deve essere. La porta dell'ingegnere è alta e scura, come questa al quarto piano dietro la quale adesso abita suo fratello. Ora il ragazzino suonerà, l'ingegnere sarà solo in casa, lo farà entrare, lo precederà verso la cucina, gli chiederà se vuole un caffè, gli toglierà di mano il fagotto con le ciliegie, lo aprirà, annuserà, dirà ma queste sono fradice, Diego estrarrà il coltello dalla tasca del giubbotto e lo colpirà al petto, al cuore, alla gola, in un occhio. L'ingegnere indietreggia, rovescia una sedia e ci cade sopra con la pancia, toccando il pavimento con una mano e le due gambe. Diego non se l'era immaginata così questa cosa. E pure il colore del sangue è meno rosso di quello che uno può credere. Ora arriva l'emozione della lucidità. Sciacqua il coltello. Si guarda le scarpe, i pantaloni, la maglietta, il giubbotto. Riattraversa la casa mentre dalla balconata gli uccellini si giocano il cielo di giugno. Chiude la porta dietro di sé. Cancella le impronte del suo indice dal campanello.

"Un campanello come questo," pensa l'avvocato. "Non troppo diverso da questo." Il treno, Palermo, il lavoro da cameriere di bar, di ristorante, di venditore di pane c' 'a meusa, le amicizie ambigue officiate dai fratelli della fidanzata di Lorenzo, quel Lorenzo che va e viene da Napoli e che morirà a vent'anni in una strada di Messina non si sa bene perché.

Palermo. Diego ci era arrivato di notte. Abbandonando il passo tra i silenzi secolari di piazza Bologni, si era sentito subito accolto con grazia.

Lui che aveva ucciso un uomo il giorno prima.

Lui, senza un soldo in tasca, ricco di due camicie, un paio di pantaloni, un rasoio e un orologio, provava sulla pelle come una frescura di pace. Aveva la certezza di essere arrivato dove era scritto che arrivasse. Aveva la sensazione che molti secoli prima fosse stato deciso questo suo appuntamento d'amore con la Sicilia, al quale adesso si stava presentando con una puntualità disperata e gioiosa.

Per due settimane dormì nella cabina di un peschereccio, poi in una baracca al cantiere navale, fino al miraggio avverato della sua prima casa. Era una stanza sola, col soffitto basso sostenuto da travi malferme. Ma quale emozione! Abitava in via Bara all'Olivella e la sua unica piccolissima finestra guardava di sbieco su un vecchio cortile dove agli spettacoli dei pupi di legno si alternavano le tenzoni di piccoli pupi in carne e ossa, mentre da sotto gli occhi scurissimi dei loro sei anni grandeggiavano sfide di sputi e spanzamenti bambini.

Non c'era luce elettrica nella cameruccia di via Bara, e finché Diego ci stette non ci fu mai. All'ultimo anno di liceo, mentre spartiva le giornate tra D'Annunzio e le pulizie di una sala biliardo, in corso Calatafimi, traslocò in via Alloro. La casa era sempre fatta di un'unica stanza, ma questa volta era grande, con due finestre sulla strada dove fin dall'alba il sole sguainava il suo coltello di luce. Qui c'era una lampadina appesa a un filo, ma a Diego piaceva tenerla spenta quasi sempre: il buio, stranamente, gli faceva attorno un senso di dolcezza sul passato e sull'ora. Da un appartamento vicino, ogni giorno, gli arrivavano le note di un genio. Qualche anno più tardi scoprì che si chiamava Roberto De Simone. Era suo quel Requiem che sentiva ogni giorno, ed era adesso tutto quello che gli rimaneva di Napoli.

Le sue giornate erano dominate da un attentissimo controllo del tempo. C'era la scuola fino all'una e mezzo, c'era un piatto di spaghetti con le alici, c'era il pomeriggio di studio insieme a Gianfulvio, che in greco sfavillava di aoristi e parole desuete dentro la bella casa di piazza Marina, completa di cameriera cerimoniosa e tazze di tè, e biscotti e mandorlati. Poi la sera c'era il lavoro al biliardo, che svariava dalla lucidatura dei pavimenti alle pulizie dei cessi, dal servire i caffè, le grappe e i whisky fino all'oliatura delle saracinesche. E dopo, per coronare la notte, tre volte alla settimana gli toccava lo scarico delle merci di contrabbando.

Attracchi diversi: Villagrazia, Mondello e addirittura Messina.

In mezzo ai giorni sofferti e ambiziosi di quegli anni, Diego si era domandato quando sarebbe finito quel piacere di vita che Palermo gli dava.

Gli sarebbe mai venuta a noia quella medicina di buon sapore che esalava dai pori segreti della città? L'ambizione gli mordeva le mani con i denti vezzosi di un cucciolo amico. Diego si iscrisse alla facoltà di Giurisprudenza, entrò a fare le pulizie allo studio legale del padre di Gianfulvio, e dopo un paio d'anni passò dalle ramazze ai fascicoli diventando il giovane mercurio più affidabile della città. Non era ancora laureato e già si aggirava tra i corridoi dei catasti, tra i meandri di sezioni civili e penali con l'eleganza e la rapidità d'un giovane leopardo.

Gli era chiaro che le ombre dei biliardi e dei porti avevano molte cose da dirsi con i principi del Foro, cominciò a divertirlo conoscere i segreti degli uni e degli altri.

Fin dal terzo anno di università andò ad abitare all'ultimo piano di un antico palazzo in via Butera. Questa volta le stanze erano due. Da una piccola terrazza si slanciava la spirale arrugginita d'una scala rotonda. Nelle notti di primavera Diego ne percorreva le volute per raggiungere i tetti. Si stendeva sulle tegole di terracotta tiepide del sole di maggio e si arrendeva all'abbraccio di tutta la Conca d'Oro. Ora lo sapeva, Palermo non lo avrebbe stancato mai. Una sera, osservando la possanza lenta e disinvolta di una nave che puntava verso il continente, gli tornò in mente un racconto del padre. I frammenti dicevano che un suo bisnonno era nato a Palermo, che stava sui ponti delle navi, che era andato a Napoli e a Napoli s'era sposato. Ecco, se queste cose erano vere, Diego aveva con la terra di Sicilia un legame di sangue e di elezione. Di questa gente di Trinacria gli piacevano la dignità del dramma, la capacità di farti domande in silenzio. La bellezza di rispondere in silenzio a cento domande.

"È muta Palermo, o parla?" A questo pensava Diego nelle notti stellate di via Butera mentre lo scirocco gli ricopriva il torso nudo come un velo di madonna africana. Lui pensava e pensava: "Con quale lingua, quale fiato, quale pianto, quale risata parla? È magra o è grassa, Palermo? E questa piazza della Marina che cos'è? Ombelico, caviglia, omero? E quelli che partono, quelli che ti lasciano, in quale ginocchio, in quale gomito ti tengono nascosta? Febbre sei, smania virale, Palermo. Siamo tutti chiamati a sudare di te, a tossire di te, a delirare e morire di te. È madre o padre, Palermo? E noi di chi siamo orfani? È viva o morta, Palermo? Nacque per fecondare o per essere fecondata? Da quanti millenni è incinta? Dimmi, Palermo: che cosa devi partorire? Siamo noi a seguire il tuo corpo nel funerale della storia o sei tu, Palermo, a seguire il nostro corpo nella piccola storia del nostro funerale?". Diego godeva così della sua solitudine, accarezzando dentro sé la consapevolezza di essere un Ulisse ben occultato, partito da un'Itaca napoletana per ritrovare quaggiù le cerimonie ancora antiche della sua sorella maggiore.

Poi un giorno appare uno anziano, coi baffi grigi e gli dice: "Tu sei Diego Ventre? Tuo padre sta in America. Ti fa sapere che sta bene e ti manda questi". Una busta. Dollari. Dollari che arrivavano ogni mese. Il ragazzo continuò gli studi. Crebbe. Guardò la vita di Sicilia dall'angolo dei libri e i libri dai marciapiedi di Sicilia. Entrò nei corridoi della mafia e applicò il catechismo del silenzio con una perfezione senza pari. Si laureò, diventò l'avvocato. Offrì consigli e determinò svolte. Diventò un equilibrista sul confine tra bene e male.

Adesso l'avvocato suona alla porta di questo quarto piano, un quarto piano di oggi dove apre suo fratello. I capelli castano chiari un po' ondulati, gli occhi verdi così buoni e così grandi, il sorriso appena accennato e il labbro inferiore sempre un po' dischiuso: rimasto attonito da tutta la sua vita lunga trentun anni.

"Come stai, Manlio?"

"Eh." Manlio risponde così, con silenzi o monosillabi. Quando compie una frase è perché accampa una domanda.

La casa è un monovano grande, dove c'è tutto. Letto e comò antichi, un esercito di santi in statuette e figurine. Tra una santa Eufemia e un san Rocco, tre scatolette di psicofarmaci.

"Allora? La vogliamo cambiare questa baracca? C'è un bell'appartamento alla Riviera, tre stanze di fronte al mare. Basta che mi dici sì."

Manlio sorride e scrolla le spalle, si mette a fare il caffè e dice: "Io qua mi trovo bene".

"Ti trovi bene perché è pieno di chiese," sussurra Diego.

Manlio colma la caffettiera e continua a sorridere. L'avvocato cammina in giro per la stanza. Si ferma davanti ai santi sul comò e legge le istruzioni degli antidepressivi. "Mamma l'hai vista? Come sta?" Manlio mormora un altro eh. "Ti vuoi fare prete? Manlio, non è che ti vuoi fare prete?"

"No".

"E le donne che dicono?"

"Le donne? Mah..."

Ora l'avvocato ricorda un giorno di tanti anni fa. Manlio aveva undici anni e lui venticinque. Era tornato da Palermo per Natale, a sorpresa. Sua madre stava sempre dai parenti. Manlio abitava da solo nel basso a San Gregorio. La casa era chiusa. L'avvocato aveva lasciato la valigia dalla signora Pupetta e si era messo a girare per via dei Tribunali. Da lontano arrivava suo fratello intabarrato in un cappotto grigio e con in testa un cappello di lana. Davanti al bar Cafiero tre tipi sui trent'anni con gli avambracci tatuati seguono il passo del ragazzo con l'occhio di chi avvista la preda malata e quando Manlio è all'altezza del tavolino dove i tre siedono a cosce larghe uno gli dice: "Uhé ricchiò". Il secondo ripete e il terzo rincara: " 'O vuò 'nu bellu fierro 'nculo?". Manlio arrossisce e dopo pochi passi piange. Diego gli va incontro con passo lento. Lo abbraccia. Lo bacia. Da sopra le spalle del ragazzino guarda i tre che continuano a ridere. Poi l'avvocato aveva tolto il cappotto, la giacca e la cravatta, li aveva dati al fratellino sussurrando: "Avviati a casa".

Diego si avvicinava ai tre guardando in faccia solo il terzo, con lo sguardo di un animale che nella vita ha messo in conto tutto. "Scusate, solo per chiarire." Una testata in bocca a uno e due ganci per gli altri due. Buone maniere apprese in una palestra di Palermo, dove più che l'arte del pugilato gli avevano insegnato a far male scientificamente. Seguirono tavolini spaccati sulle schiene e calci nello stomaco ai tre che strisciavano per terra o da terra muovevano una mano e un piede nel tentativo di strisciare. Si fece folla, ma nessuno si avvicinò. L'avvocato si muoveva con tale lucida violenza da far sembrare la cosa un trattato dimostrativo di buone maniere.

Il giorno dopo, in completo blu andò a pagare i danni al bar Cafiero. Ricevette i complimenti del titolare che quei tre li teneva sul cazzo e non rispose alla domanda: "Ma voi adesso dove state?".

Da quel momento il piccolo Manlio era diventato oggetto di venerazione. Il barista gli offriva Coca-Cole che il ragazzino non accettava. E i tre insistevano ogni domenica mattina per offrirgli il gelato.

Il caffè era pronto. "Buono il caffè. Bravo. Vieni, vieni allo studio con me."

"Scusa Diego, ma che cosa sono le emozioni?"

La frase compiuta era arrivata. L'avvocato fece ruotare a lungo il cucchiaino nella tazzina ormai vuota e poi disse piano: "Le emozioni sono... Diciamo sono quando capisci che le cose delle quali hai paura sono le cose che ami".

15.
Napoli. 14 maggio. Pomeriggio.

“Cazzo. Bordello. Caffè. Ho fatto uno studio. Veramente. È una cosa seria. Sono le tre parole più usate a Napoli. Che cazzo stai dicendo, addò cazzo vai, nun ce scassà ’o cazzo, ma che cazzo, ma chi cazzo se crede d’essere. È succiesso ’nu burdello, abbiamo fatto ’nu burdello, ma che è ’stu burdello, ma che è diventato ’nu burdello? Jammo a fa’ ’nu poco ’e burdello, facimmo succedere ’o burdello. Pigliate ’nu cafè, pigliammoce ’o cafè, volete un caffè, gradite un caffè, fessarie ’e cafè, è cosa ’e cafè. Con un certo distacco nella frequenza dell’uso seguono le palle, che non devono essere scassate, che si sono gonfiate, che quello le tiene e quell’altro no. Appresso alle palle troviamo il culo dove uno deve andare, il culo che ti hanno rotto e quello che ti devono rompere, il culo come mazzo, cioè fortuna, che c’è chi lo ha tenuto, chi ce l’ha e chi non ce l’avrà mai. Dopo poco c’è la bocca col vai a fare in bocca, te lo faccio uscire per bocca, te lo metto in bocca, non spostare con la bocca e tiene la bocca buona. Poi, riflettete sulla parola sfaccimma: per dire che uno è un uomo da niente si dice che è un uomo di sfaccimma. Per dire che un uomo è dotato di straordinaria intelligenza si dice che è uno sfaccimma. Stessa parola per concetti opposti. Il regno dell’ambiguità. Voi mi dovete dire come deve funzionare una città dove le parole d’ordine sono queste da secoli e secoli.”

Carmine Denza parla serissimo seduto nel taxi, dietro, in diagonale rispetto al guidatore. Cinquantasette anni, latitante, jeans, scarpe di tela bianche senza calzini, giacca chiara e una videocamera a tracolla. Il taxi è preceduto da due moto e seguito da altre due per un totale di otto motociclisti. Una scorta che lo ha già salvato due volte. Prima, tre anni fa, in un ristorante a Mergellina e poi, l'anno dopo, davanti a una farmacia di piazza Dante. Leggermente sovrappeso, incredibilmente furbo, come uno che si cala ad allacciarsi la scarpa proprio mentre è stato lanciato il coltello che lo doveva uccidere. Uno che poi si rialza, guarda il coltello conficcato in una porta e dice: "Questi sono scherzi che qualcuno si poteva fare male". La sua arte è la minimizzazione. Ironizza su tutto e su tutti. Tiene già la tomba al cimitero di Poggioreale con il nome azzeccato sulla lapide, la fotografia, la data di nascita e le prime tre cifre del secolo in corso.

Prima di conoscere l'avvocato Ventre, Carmine Denza peregrinava di casa in casa. La latitanza lo costringeva a chiedere ospitalità ad amici e parenti. Poi un giorno disse: "Questi mi costano più di un grand hotel". Decise di andare in albergo, un albergo vero. Gaetano Marra, uno dei suoi, entrava e prendeva la stanza, esibiva i documenti tranquillo perché era incensurato. Prendeva sempre una stanza al piano rialzato del Royal Residence. Apriva la finestra e afferrava Denza per i polsi, mentre altri due gli facevano da montacarichi sotto il culo. Denza entrava in camera e Marra saltava in strada. Dopo un mese, si resero conto che la manovra era scomoda e poteva dare nell'occhio. Allora procurarono una scaletta in alluminio a tre gradini, di quelle che si usano nei negozi di calzature. Così Denza saliva e Marra scendeva. La mattina alle sei, prima che la strada sotto l'hotel si popolasse, l'operazione veniva ripetuta: don Carmine scendeva e Marra entrava in camera, si faceva portare il caffè dopo essersi scombinato un poco i capelli, dava una mancia alla cameriera, scendeva nella hall, pagava il conto, si riprendeva il documento, salutava, ringraziava e usciva dalla porta principale.

Quando l'avvocato Ventre lo seppe rise per tre giorni. Indicò a don Carmine un albergo di amici. "L'importante è che ci andate dopo le dieci di sera. A quell'ora i proprietari non ci sono mai. I turni li fanno due fratelli egiziani. Ci penso io. Un'altra cosa: questo Marra è incensurato ma è pure disoccupato, e che ci fa ogni sera al Royal Residence uno che non è rappresentante, non gira per affari, insomma, uno che non è nessuno? Trovatevi altri tre o quattro prestanome puliti e state tranquillo."

Anche gli spostamenti, prima che Denza conoscesse l'avvocato, rappresentavano un'apocalisse. Macchine blindate, vetri fumé, pericoli ai posti di blocco. "Don Carmine, voi dovete viaggiare in taxi. Il taxi nessuno lo ferma. Ve ne faccio approntare un paio. Un

Mercedes e un Bmw. Come se fossero veri, ma guidati da gente vostra. Vestitevi da americano scemo. Se proprio vi fermano gli amici della giustizia, voi scendete con una macchina fotografica a tracolla e con cinque o sei frasi d'inglese dite che state andando a prendere l'aereo e che se si perdono altri cinque minuti rimanete all'aeroporto. Mettete in mezzo il consolato e fatemi una telefonata. Al resto ci pensiamo noi dal mio studio. Sì, lo so, non dico che è dignitoso vestirsi da americano, ma è sempre meglio che arrampicarsi sulle finestre degli alberghi."

Così Carmine Denza aveva cambiato vita. L'hotel era ottimo. Il taxi confortevole e senza divieti di fumo. Il guidatore aveva una pistola nel cruscotto regolarmente dichiarata e risultava senza precedenti penali. Gli otto sulle quattro motociclette c'erano e non c'erano. In caso di agguato, sparavano. In caso di posto di blocco, chi li conosceva?

La città al di là dei vetri dell'auto era tutto un delirio di rumba. Una danza affrettata, come l'ultimo strillo nel si salvi chi può. Il taxi aveva attraversato anche le zone di Lerro e a due incroci Denza aveva riconosciuto tre o quattro facce rivali. Sorrideva beato e pensava che l'avvocato era un genio. "Dopotutto, si risparmia sangue nostro e sangue loro."

16.

14 maggio.
Una giornata di Maria Amerigo.

"Io me piaceria di te violentare."

Il sangue di Maria Amerigo s'era prima come ritirato per erompere un attimo dopo con l'impeto di una effervescenza impaziente. Malcolm glielo aveva detto al telefono con la voce cupa in cui lei aveva rivisto tutti i suoi denti bellissimi da pallanuotista con la pelle scura.

"Io me piaceria di te violentare." Il nero degli Stati Uniti glielo aveva detto due giorni prima, con la pronuncia fredda di chi insegue le parole in una lingua non sua. E questa lentezza nel dire aveva compresso la frase con un cinismo detonante nella testa della signora napoletana. Questo Malcolm era apparso in una festa vomerese, per la presentazione della squadra cittadina di pallanuoto. Industriali, sovvenzionatori e atleti. Mogli degli industriali, mogli dei sovvenzionatori, fidanzate e mogli degli atleti. Ma il nero non aveva né moglie, né fidanzata, né accompagnatrice. La Amerigo gli aveva versato lo champagne e lui con la voce di un jazzista americano degli anni quaranta le aveva inondato le guance col suo fiato: "A little, thank you, very little".

Il bronzo umano le si muoveva accanto con un'eleganza tutta selvatica. E lei aveva voluto sapere quante ore al giorno si nuotava per avere due spalle così. Lui l'aveva invitata a vedere le sue partite, lei gli aveva lasciato il numero di telefono e un orario. Alle diciassette e trenta o alle diciotto e trenta. Il lunedì, il mercoledì e il venerdì poco prima o poco dopo l'ora di palestra.

Ora, mentre guidava lungo i tornanti spettacolosi di via Orazio, Maria era sicura che lui l'avrebbe richiamata. Perché questo era giorno di palestra ed era l'ora giusta per l'intesa. Malcolm era tutto uno scoppio di giovinezza nella tracotanza dei suoi ventisei anni. Maria ritrovava adesso tutti i ricordi passati e recentissimi dei suoi amanti. Quegli amanti dei pomeriggi usuali, che con il torpore dell'avventura senza rischio avevano raddoppiato l'abitudinarietà cui lei soggiaceva con isteria silenziata.

Il compagno di tennis di suo marito, l'amante e il marito di una sua amica, e decine di simulacri d'uomo che adombravano incertezze e vuoti coniugali per condurla in case di vacanza chiuse da mesi, pregne di un umido che erodeva l'anima e il corpo. Aveva salito le scale di palazzi persi in strade incognite, per raggiungere appartamenti agli ultimi piani che il conoscente aveva messo a disposizione. E nello spasmo del suo ventre innalzato, nell'esultazione a sfregio della vita e di se stessa, aveva gettato lo sguardo su un muro vuoto o su una stampa dozzinale del Golfo eterno per non vedere le foto di mogli e figli stretti nell'abbraccio estivo attorno all'uomo che la stava beando.

Il telefono ecco squillava. "Io me piaceria di te violentare." Il succo involontario del piacere la pervase fino ai nervi. Sentì l'assurdo. Sentì l'attrazione dell'errore. Sentì il fascino di scendere in basso. Così, dopo un tempo di silenzio nel contrappunto del respiro pesante di lui, Maria Amerigo rispose: "Alle otto. Alla stazione della Circumvesuviana di Leopardi".

Chiuse la comunicazione ed entrò in palestra. Sudò di piegamenti e flessioni, corse sul tapis roulant che accentuò il senso della sua esistenza ferma. "Una vita corsa sul posto," si disse. Guardò i fianchi e le natiche delle signore che non si sarebbero godute Malcolm. Entrò negli spogliatoi, fece la doccia con la speranza che l'acqua fredda le stroncasse l'idea, le annientasse il progetto di oblio. Cavò dalla borsa sportiva i pizzi neri che servivano a sedurre se stessa prima del maschio. Indossò la gonna grigio fumo per specchiarsi, la camicetta bianca con le ruches per specchiarsi, la giacca stretta sui fianchi per specchiarsi. E infine le autoreggenti grigio fumo, portate in borsa da quando lui le aveva confessato il desiderio osceno. Le altre la guardavano infagottate negli accappatoi grondanti, con gli occhi delle femmine che sentono i rumori del peccato quando il peccato si veste. Lasciò guizzare il silicone delle calze sulle cosce nervose, sorridendosi dentro. Guidò fino a piazza Garibaldi godendo lo struscio tra pelle nuda, gonna e calze. Parcheggiò in un garage e montò per la salita sotterranea accompagnata dalle bestemmie eccitate di due inservienti.

Salì sul treno per raggiungere Leopardi, la stazioncina a ridosso di Torre del Greco che ricordava per esserci andata anni e anni prima in visita da lontani parenti.

Era un luogo perduto, dove scendevano due o tre passeggeri per volta. Con scalette di uscita che davano su un vicolo buio, stretto, bordato di muriccioli di pietra vulcanica.

Ecco, ora c'è. Scende. Davanti a lei, uno studente. Dietro, un signore di mezza età. Maria rallenta sul ponte che conduce ai gradini in discesa. Finge di guardare il telefono. Pensa che quel nero d'America forse non troverà la stazione di Leopardi, pensa che quel nero d'America non sa neppure cosa sia, la Circumvesuviana. Pensa che forse non c'è. È sola. Imbocca le scalette. I tacchi fanno il rumore della femmina che spagnoleggia una malia sfacciata. Il vicolo è buio. Un angolo trabocchevole d'immondizia, gatti affamati, un pupazzo di peluche azzurro senza un occhio. Il vento è lieve e accompagna il sibilo del treno che sparisce. Cammina nel vicolo, spedita. Come se avesse una meta. Respira tutto il piacere che brucia le tempie quando stai andando a prendere il piacere da non prendere.

Una grande mano sulla bocca. Una tenaglia di carne che le comprime le labbra contro i denti. L'altra mano le solleva la gonna da dietro. Maria Amerigo è come sgusciata. Il seno contro le pietre acuminate di un muro grigio cupo. Prova a respingerlo. Il suo godere è tutto nella lotta disperata contro la bestia che ha addosso. Conta che lui la voglia e che lei debba sottrarsi, conta che debba lottare veramente con le unghie per non dargli quello che lui dovrà riuscire a prendere. Il rumore della cerniera dei pantaloni di Malcolm scende e graffia le orecchie di lei che si torce e prova a gridare. Lui preme sulla bocca più forte e la fronte di lei si eleva verso un albero di limoni pesanti sui rami. La nuca è inarcata, le vertebre rischiano lo spacco. Nel mezzo del brivido arriva l'incandescenza di carne dura. Malcolm la tampona alle spalle, la tampona sotto il confine delle natiche, puntandola con decisione animale nell'attimo che precede l'affondo. È lo squasso, la raggiunge sulla bocca della sua pazzia, sulla soglia ovoidale racchiusa nella sua pancia. Il respiro di lei è tutto in uscita, come il grugnito disperato della femmina di porco quando sente la lama scucirle la gola. Il chiodo della soffocazione la crocifigge con la forza di una condanna verso cui non è possibile nessuna ribellione. Così. Così. È così che l'impossibilità a insorgere l'annega di rantoli nel piacere della sconfitta.

Il fiato di lei raddoppia, triplica sull'angoscia placata, mentre lui la sperde in un mare di notte senza luci all'orizzonte, senza fari, senza approdi. Maria Amerigo è dimentica di sé, sotto il massacro dei colpi è dimentica di sé. Ora è solo acqua vogata con furia. Ora è solo schiuma percossa che si addensa per non sapere più cos'è vita, cos'è vivere, cos'è amare.

17.

Napoli. 14 maggio. Pomeriggio. Lo studio Ventre.

“Pronto? Il duca di Sangrano? Sono l’avvocato Ventre, come sta? La disturbo? Ah, bene, la ringrazio. Infatti la sto chiamando per darle un piacere. Ho trovato una *Manon Lescaut* del ’41, un’incisione con l’orchestra della Scala. Sì, completa. Dischi mai visti. Ma non li ho comprati, erano di una prozia che viveva in Toscana. Lei ce l’ha ancora il grammofono? Bene. Non dica così, è una sciocchezza: un piccolo regalo. Ma certo, se mi invita a cena glieli porto stasera. Alla villa, naturalmente. Sì, facciamo alle dieci. A più tardi. Bene. A più tardi.”

Diego riagganciava la cornetta al vecchio apparecchio nero preso in antiquariato.

Un telefono acquistato con il gusto di un bambino, che gli piaceva usare quando la chiamata da fare conteneva qualche sottigliezza singolare.

Lo studio era tutto arredato anni quaranta: mogano e rosso. Manlio se ne stava sul divano, la schiena curva in avanti, le ginocchia unite, gli occhi sulle pagine di un’antica vita di Francesco d’Assisi.

Una delle guardie giurate addette alla sicurezza dello studio legale bussava tre volte alla porta.

“Avvocato, mi scusi, di là c’è il signor Demetrio che chiede di vederla.”

“Demetrio? Senza appuntamento?”

“Dice che è cosa necessaria.”

“Naturale, fatelo entrare. Manlio, ti dispiace aspettarmi in biblioteca?”

Il fratello dell’avvocato esce con il suo libro in mano.

Dal fondo del corridoio Demetrio arriva a passo spedito preceduto dal tailleur blu di una segretaria. Entra, e si siede dicendo buonasera solo con la testa.

"Buonasera, Demetrio. State risentito perché vi hanno fatto la perquisizione. È un atto dovuto di questi tempi. Ed è anche un atto che tutela voi. Mentre venite qua uno vi attacca uno strumentino addosso, voi non ve ne accorgete. E così, mentre parliamo insieme dei massimi sistemi, da una bella postazione radio sentono tutti i fatti vostri. Pronto? Signorina, ci porta due caffè per favore? Grazie. Allora, veniamo a noi."

"Avvocà, oggi pomeriggio verso le quattro e mezzo uno dei miei ha fatto una stronzata."

"Cioè?"

"È un ragazzo particolare, io me lo presi per fare un'opera di bene, ma questo oggi ha pisciato da fuori al cesso: ha sparato a un soggetto dell'équipe dei Lerro."

"È morto?"

"Fino a mò le notizie che abbiamo è che sta al Cardarelli con tre botte in corpo. Ma qua la cosa non è successa né per business, né per ragione di zona. Questi si sono sparati per cazzi loro, motivi di femmine."

"Come si chiama la persona vostra?"

"Del Gaudio. Del Gaudio Antonio, ma lo chiamano tutti quanti Manospiccia."

"Qual è il problema? Che volete sapere?"

"Avvocà, che devo fare?"

"Che dovete fare? Prendete Del Gaudio e fatelo costituire. Pronto? Pronto? Ah, sì, grazie. Demetrio, volete fumare? Prego. Brutte notizie: l'uomo dei Lerro è morto pochi minuti fa. In serata voi andate dall'avvocato loro, l'avvocato Sinno, lo conoscete? Tiene lo studio a via Toledo. Là facciamo venire uno della famiglia e fate una bella cerimonia di rappacificazione. Chiedete scusa..."

"Chiedo scusa ai Lerro?"

"Esatto, chiedete scusa..."

"Avvocà, ma che cazzo di..."

"Demetrio, non mi piace essere interrotto. Voi fino a qualche mese fa gestivate cento lavoratori. Adesso sì e no ve ne rimangono trenta. Tenete due fratelli in frigorifero: uno all'Ucciardone e uno a Poggioreale. Io faccio l'avvocato, ma se non facessi l'avvocato farei un patto con Lerro. A quest'ora, davanti al cancello dell'ospedale ci saranno quattro o cinque volanti della polizia. Poi ci stanno gli orfani del morto: gli amici, i conoscenti, la moglie, ci stanno perfino quelli che lo consideravano un nemico. E stanno tutti là a guardare, a piangere e ad alzare le mani. Tra stanotte e domani, una specie di sentimento patriottico che giustifica la vendetta napoletana vi farà trovare addosso la gente di Lerro. Qualcuno dei vostri morirà. Perderete i trenta soggetti che vi danno da campare e forse colpiranno voi in persona. Invece fate così: mandate Del Gaudio in galera, che da quello che mi ricordo è sposato e tiene figli. Gli fate sapere che, se si fa venire qualche strana idea di collaborazione e pentimento, mentre lui sta dentro fuori ci sta chi paga per lui. Poi invitate la famiglia Lerro a entrare nel blocco degli affari del vostro team, che sono situati soprattutto in provincia. Gli fate una proposta del cinquanta per cento e tutto si aggiusta."

"Insomma, avvocà, mi state dando la vasellina per prenderlo in culo. E ai fratelli miei che ci dico?"

"Demetrio, gli dite la verità."

"La verità?"

"Sì. Gli dite che tutto questo lo fate per montare una trappola a Lerro. Gli dite che volete stringergli la mano per tirarlo nella fossa. Demetrio, sono anni che lo volete uccidere. Voi a Lerro lo volete solo uccidere. Con me non scherzate. Non conviene. Se venite qua e mi chiedete: che devo fare? Io vi faccio fare quello che avevate già deciso, ma vi spiego come si fa per fare in modo che le cose vadano dritte. Quando i vostri fratelli usciranno, voi tradirete Lerro: lo eliminerete da una postazione privilegiata, standogli vicino. La vasellina è questa, ma ve la sto dando per andare a quel servizio a loro senza sollevare polvere inutile. Pronto? Sinno, come stai? Sì, sono Diego Ventre. Sei allo studio? Ti chiamo per quel fatto di oggi pomeriggio. Ah, è morto? Mi dispiace. Comunque aggiustiamo tutto. Fra un'ora Demetrio passa da te. Sì. Fagli trovare un rappresentante dei tuoi clienti. No. Demetrio non lo difendo io, è che ogni tanto la gente viene da me pensando che sono l'Innominato. Mi raccomando, distendi tutto. In questi casi lo sai com'è, no? Grazie, poi, ci vediamo al circolo. Come? Quello che ha sparato? Quello va in galera, come vuole la giustizia. Ciao Sinno, ciao. Tutto a posto Demetrio, bevetevi il caffè. In fondo, questo è quello che voi avevate in testa di fare. Volevate che ve lo dicesse l'avvocato? L'avvocato ve lo ha detto."

Demetrio ringraziava indietreggiando con un sorriso che diceva scusate, scusate mille volte per il disturbo e per le intemperanze. Diego rimase solo, seduto dietro la scrivania, a guardare il suo caffè ancora nella tazzina. Pensò che il caffè è buono quando l'animo è leggero. Pensò che il caffè si dovrebbe bere solo nei giorni in cui il cuore trasforma il suo battito in un suono.

"Pronto? Sono l'avvocato Ventre, desidero parlare con il Presidente. Dite che chiamo da Napoli per quel concerto. Grazie. Pronto? Sì, Presidente, sono io. Sì, le novità sono grosse. Dovrei vederla domani a Roma. No, ora non posso dirle niente. Alle cinque va benissimo. Sì, lì va bene. A presto."

Ora Diego beveva il caffè, mentre il sole delle sette di sera stendeva la sua velatura di cannella sui tetti del Rione Sirignano. Laggiù, a destra, verso il capo di Posillipo, c'era la casa di Luce. Forse, tra poche ore l'avrebbe vista. Ora sì, ora poteva bere il caffè appena raffreddato. Ed era buono come un veleno occasionale, di cui un giorno puoi saggiare il sapore senza morire.

18.
Posillipo. 14 maggio. Pomeriggio. Villa Sangrano.

"Affinché i miei pensieri si confondano ai tuoi." La frase era firmata da Diego Ventre su un delicato cartoncino turchese. Luce rileggeva piano: "Affinché i miei pensieri si confondano ai tuoi". Aveva aperto la bustina con la sola mano destra, tenendo l'altra sui tasti del pianoforte. Infilava sequenze lente di accordi inconsueti, inaugurava esili temi che finivano interrotti da dissonanze improvvise.

La ragazza era rientrata alla villa da meno di un'ora. Aveva attraversato le stanze dell'ala destra a pianterreno ed era andata a sedere al pianoforte, esitando a lungo prima di aprirlo. Dalle imposte semichiuse, l'ultimo sole infilzava i pavimenti con fili luminosi che spaccavano in due gli antichi parquet.

Quel pomeriggio i pensieri di Luce stavano mortificando il potere della ragione con una folla di immagini fuori fuoco. E quando le parole non bastavano più, fin da bambina lei chiedeva alla musica l'ingrandimento dei dubbi, l'ingrandimento dei misteri. Stringeva con la malinconia un patto di amorosa accoglienza, ne sperimentava tutta l'indomabile selvaticheria, ne accettava le seduzioni e si denudava cercando con le dita i tasti bianchi e i tasti neri.

I motivi inventati all'istante erano finiti risucchiati nel vortice dell'*Incompiuta* di Schubert, cento volte interrotta e cento volte ripresa, impossibile a spegnersi. La cameriera aveva poggiato sul pianoforte un involucro di carta color perla. Un regalo. Continuando a suonare, Luce si era domandata: di chi? Di Diego Ventre: "Affinché i miei pensieri si confondano ai tuoi".

Ora lei liberava il pacco dalla nastratura d'argento: libri. Tre volumi. L'*Autobiografia di Giuliano di Sansevero*. Era l'opera di

Andrea Giovene che lei aveva corteggiato davanti alle vetrine della libreria di Port'Alba quella stessa mattina.

Il battito del cuore le andò fuori tempo innalzandole al seno una piccola marea zuccherosa che la raggiunse in gola. Negli ultimi giorni si era sentita soffocare, stretta dalla morsa delle ore volgari. Adesso, in mezzo a tutto il tolto, qualcuno le dava. Il fantasma incomprensibile di un uomo le aveva inviato tre libri e una frase. "Affinché i miei pensieri si confondano ai tuoi." Diego Ventre: che lei non sapeva chi fosse veramente. Diego Ventre che si era comprato la tonnara della sua famiglia, che faceva il grande avvocato dei play puliti ma leggeva le pagine dell'Ottocento dimenticato. Diego Ventre che possedeva la città e le sue facce con l'occhio affilato del felino sul popolo della savana. Lui che l'aveva invitata nel buio delle fughe di Palazzo Maddaloni, che aveva carezzato col respiro di un bambino gli stucchi sbrecciati dei sovrapporta principeschi, che aveva comprato quei saloni stravinati di bellezza in un pugno di attimi. Diego Ventre, che aveva acquistato l'appartamento fatato dov'erano rimasti i passi di Casanova scoprendo negli occhi di lei la vertigine del piacere a imboccare il passato con cucchiaiate di gusto e di gioia. Diego Ventre, che quella casa di silenzi aveva preso solo per lei, regalandogliela in un istante senza dire te la regalo, tuonando in fondo al sangue di Luce: tutto questo è per te.

19.
Napoli. 14 maggio. Sera.

Mentre Maria Amerigo preme la bocca contro il muro di pietra lavica a Leopardi, mentre Vincenzo di Sangrano inala nelle orecchie il *Messiah* di Haendel, mentre alla Biblioteca Nazionale cinque signore lucidano i vetri che proteggono manoscritti di Foscolo pronti alla mostra del giorno dopo, mentre a Pietrarsa uno di ventiquattro anni uccide uno di quarantotto per una partita di cocaina, mentre un lui e una lei americani sui settanta sorridono all'ambulante che insegue sul mandolino *Fenesta vascia*, mentre i gas dei Campi Flegrei ribollono sul pelo del mare oscuro di Pozzuoli, mentre al Teatro di San Carlo si apre il sipario sul *Barbiere di Siviglia*, mentre un neonato muore di crisi respiratoria in una clinica del Vomero, mentre una studentessa calabrese cammina piangendo in piazza Plebiscito perché non ha i soldi per pagare l'affitto, mentre un grande scrittore newyorkese scrive un fondo su Salvator Rosa che sarà pubblicato da un quotidiano cittadino, mentre sei simulacri di assessori regionali si incontrano in un ristorante di via dei Mille per costruire un nuovo gruppo di maggioranza, mentre pare voglia piovere, mentre Carmine Denza e Diego Ventre stanno andando a Portici per vie diverse all'appuntamento fissato, mentre una fogna è scoppiata a via Manzoni, mentre un architetto giapponese presenta all'Hotel Excelsior il progetto per una strada sottomarina a via Caracciolo, mentre Pasquale Lerro visita una trans di Montesanto perché non c'è nessuno che con la lingua dica quello che sa dire lei, mentre due giovani amici bevono il caffè da Gambrinus e l'uno dice all'altro quanto era grande Pergolesi, mentre le spiagge di Napoli, della Costiera amalfitana e del Cilento hanno perso un altro metro di sabbia, mentre un ordinario di storia dice al telefono a un giornalista che Giambattista Vico aveva previsto tutto, mentre un corteo di finti disoccupati blocca la tangenziale, mentre un deputato dichiara al telegiornale che sul problema Napoli lo Stato dovrà reagire, mentre l'immobiliarista Pepe sta comprando un palazzo a via Toledo secondo gli ordini dell'avvocato, mentre il languore del cielo viene a dire stellandosi tutto che certo per stasera non pioverà, mentre un ragazzo di quindici anni muore dietro il muro di un parcheggio a Secondigliano soffocato da un mix di droghe sintetiche, mentre un Antonio bacia una Carmela alla fermata del tram, mentre la reggia di Capodimonte apre le porte a Picasso e le antiche palme del parco seccano per una malattia incomprensibile, mentre Federico II in forma di statua se ne sta riparato sotto una cupola di Palazzo Reale, mentre un portuale piscia in faccia a un'ancora arrugginita, mentre Luce legge l'autobiografia di Sansevero, mentre chissà se domani è una bella giornata, mentre è tutto un mentre nella Napoli del mentre, nella città dove mentre succede quella cosa ne succede pure un'altra, nella città che chi l'avrebbe mai potuto immaginare che mentre a quell'ora quello faceva questo, quell'altro faceva quell'altro.

"In questo posto non c'è niente che si possa analizzare con precisione. Qui mentre esamini gli elementi di un problema, il problema è già cambiato e finisci per studiare una cosa che è già vecchia rispetto a quello che nel frattempo è diventata." L'avvocato Ventre pensava così, mentre la sua auto drappellata dai motociclisti di scorta triturava brecciolino sotto le gomme all'entrata del viale di Villa d'Elboeuf. Diego scende davanti alla doppia scalea. Un magnifico edificio del Settecento che si è aggiudicato due anni prima, anche questo all'apparenza non suo e suo nei fatti. Lavori di restauro iniziati. Vista sul porto del Granatello di Portici. Da lontano arrivano melodie dei primi del Novecento, ripassate di elettronica, cantate in detonazioni di "p" che squassano il microfono. "Questa musica napoletana è una siringa finita in suppurazione. Ci ha infettati per sempre. E il farmaco ci è marcito nelle carni. Adesso siamo tutti assediati dal pus." L'avvocato guarda l'orologio, Denza è in ritardo e i ritardi di Denza fanno sempre pensare a imprevisti poco piacevoli. Si erano conosciuti molti anni prima, per caso. Per mentre. Perché mentre Carmine Denza cenava in un locale di Amalfi, Diego stava al tavolo di fronte con in mano i *Canti barocchi* di Lucio Piccolo.

Denza spacconeggiava con due figuri seduti affianco, e l'avvocato di trentadue anni, con in corpo l'esegesi mafiosa di Sicilia, aveva inquadrato la scena rapidamente. Quelle frasi su cui calava il piombo delle palpebre di Denza, quelle frasi come non è gente nostra, è un fatto che io mi regolo a modo mio, se vuoi entrare nell'ambiente; quelle mezze parole come mi sono spiegato, è chiaro, si devono stare accorti, erano inequivocabilmente le note sfuggite all'immensa sinfonia criminale e malata che avvolgeva Napoli e il Sud.

L'avvocato si alza, paga il conto alla cassa, esce. Accende un sigaro. C'è uno con un casco in testa accovacciato vicino a una motocicletta, finge di controllare una ruota. Un altro, occhiali scuri di sera, che finge di parlare al telefono. Un terzo in sella a uno scooter, motore acceso, rigonfio sospetto tra la cintura dei pantaloni e il giubbotto chiuso.

Diego Ventre infila una mano nella tasca interna della giacca, poi si tasta quella posteriore dei pantaloni, fa la faccia di uno che non trova il portafogli, rientra nel ristorante e va diritto al tavolo di Denza. Si siede nel silenzio acuminato dei tre.

"Permettete? Sono l'avvocato Diego Ventre. Scusate l'intrusione, ma qua fuori ci stanno tre soggetti che non vi vogliono bene."

Denza infila la mano tra la giacca e la fondina ascellare dove riposa la calibro nove. Gli altri due mettono le mani in tasca. Ventre sorride. "E allora non ci siamo capiti. Bevete un caffè? Cameriere, quattro, grazie. Se uscite da qua, quelli sparano; sì, lo so che sparate pure voi, ma mentre spara uno spara anche quell'altro e mentre uno sbaglia quell'altro colpisce. Chi sarà a sbagliare? Chi sarà a colpire? Certo, è chiaro: adesso state pensando di me: ma questo chi cazzo è, che cazzo vuole? E vi state pure chiedendo se non è il caso che cominciate a sparare proprio a me. Però siete gente del Sud, gente di fede. E allora fatevi venire la buona educazione di credere che san Gennaro vi ha mandato un amico. Io faccio il penalista e certe cose le so. Voi tenete una zona e quei tre che vi aspettano armati ne tengono un'altra. Pure se li lasciate morti per terra, non siamo arrivati a nessuna soluzione. E voi lo sapete meglio di me. Stasera i vostri problemi sono cinquanta, domani diventerebbero cento, moltiplicazioni di fastidi da parte di polizia e carabinieri, caccia spietata da parte degli orfani della famiglia rivale. Morire? E perché? Campare male? E perché? Gli spaghetti alle vongole non li fanno all'altro mondo. E a giudicare da come ve li siete mangiati vi devono piacere assai. Zucchero? Prego. Dopotutto, all'altro mondo non fanno neanche il caffè, e che vogliamo scherzare? Invece statemi a sentire:

io adesso vado fuori, parlo con i giovanotti, ve li porto qua dentro, li facciamo sedere con noi, ordiniamo uno champagne e trattiamo. Trattiamo fino a che non gli fate la proposta di passare dalla vostra parte. Sì, gli dite che li volete a lavorare con voi, ma che il passaggio da una famiglia all'altra dev'essere lento, ben pilotato, insomma, un tradimento con l'anestesia. Gli promettete il venti per cento in più di quello che guadagnano e stiamo tutti a posto. Un regalo in anticipo glielo fate stasera, e se non vi trovate appresso il libretto degli assegni, senza offesa, ci penso io."

Tutto era cominciato così. Una settimana dopo, Ventre era diventato l'avvocato di Carmine Denza. Quattro anni più tardi, Denza aveva detto a Ventre: "Sei più bravo di me. E non una ma dieci volte. Da oggi ti faccio da copertura. Solo da copertura. Ma il capo sei tu". Era stato il colpo di genio di Denza prima di abdicare. Fino a quel giorno lui era stato il capofamiglia e Ventre il suo difensore. Da domani il difensore sarebbe stato il capofamiglia e il capofamiglia il difensore. Un incrocio spiazzante di ruoli dove quello che dovrebbe fare i cross segna e quello che dovrebbe segnare fa i cross.

L'avvocato ci volle pensare. Era sincero, Denza? Sì, lo era, per quella malattia irrimediabile che continuava ad appestare il cervello di buona parte della criminalità organizzata napoletana: il sentimentalismo. O meglio, la recita del sentimentalismo. Nella sua carriera Ventre aveva capito che una buona parte dei capomanovratori di piccoli, medi e grandi clan erano morti o finiti in galera per il morso velenoso del romanticismo. Una madre ammalata da rivedere malgrado la latitanza, un figlio piccolo con la febbre alta, una moglie adultera, un fratello offeso. Certe parole come madre, figlio, fratello, tradimento, zoccola, possedevano un tasso alcolico micidiale, ubriacavano fino a sostituirsi ai sentimenti reali, fino a divenire più forti dei fatti con un potere persecutorio che risuona nell'anima come la potenza allucinatoria di un disco incantato.

Così, l'avvocato aveva accettato, sapendo bene che era stato lui stesso a guidare Denza a quella soluzione finale, attraverso un labirinto di discorsi che erano poi sfociati in quella decisione.

"Tanto, comunque comandi tu. I suggerimenti, le dritte, il da farsi e non da farsi li stabilisci tu. Così almeno facciamo che le cose si chiamano col nome loro."

Diego aveva posto una condizione: segreto assoluto. Tutti i collaboratori dell'agenzia, come lui chiamava la famiglia, dovevano continuare a credere che il capo fosse Denza. Si erano stretti la mano.

Denza era stato sincero. Ormai da anni faceva la controfigura di Ventre, come un siparista furbissimo onorato di spalancare la scena al mattatore.

Quella sera, con i suoi cinquantasette anni, mentre baciava Diego davanti a Villa d'Elboeuf, pareva un fratello maggiore che avesse riconosciuto il genio del più piccolo.

"Avvocà, non ho capito perché mi fai venire sempre in posti strani. Ci mancava il Granatello di Portici."

Diego sorrideva.

"Io penso una cosa, che tu sei appassionato di sfondi, che a te ti piace che certe cose si devono dire con una bella scena indietro alle spalle. Ma una volta di queste, per fare i poeti del cazzo ci fanno i sacramenti con una trentina di palle in corpo e facciamo la fine di quelli che ti piacciono così assai, quelli che vanno buttando il sangue sul palcoscenico del San Carlo, fucilati, accoltellati, avvelenati. Solo, avvocà, quelli là finita la musica si alzano all'impiedi e il pubblico ci fa un bell'applauso, mentre a noi invece ci uccidono e basta."

Diego rideva, Carmine sorrideva. La facciata della villa era candida di un color ocra sanguigno.

"Vieni, Carmine, facciamo due passi. Hai saputo dell'affare Demetrio? È venuto a studio da me. Se tutto va bene passa con i Lerro. E se tutto va bene, quando i due fratelli usciranno per decorrenza dei termini, Lerro si piglia l'estrema unzione. La società di finanziamento e prestiti per i commercianti tangentati sta andando benissimo. Ti ricordi com'eri scettico? Ora stammi a sentire, nel quartiere che sai la situazione si è sovraesposta. I ragazzi tuoi chiedono ai commercianti più di quello che tu gli hai detto di chiedere. Arrotondano. A te dicono una cosa, ma nella pratica ne fanno un'altra. Sì, però non ti infumare. Calma. Là, adesso, in quel quartiere sai che facciamo? Un bell'esperimento. Fondiamo una cooperativa di guardie giurate. Imponiamo ai centri commerciali e ai negozi un servizio di sicurezza per tutto il quartiere. I picciotti si pigliano uno stipendio, li legalizziamo e finisce la storia. Dopotutto, tra la legalità e l'illegalità c'è sempre un ponte. C'è chi da una sponda va all'altra e c'è chi rimane dove si trova. Noi, invece, noi dobbiamo stare al centro del ponte. In una posizione che quando uno ti chiede da che parte stai, basta fare solo un passo, a destra o a sinistra, e ti metti dove vuoi, con il vantaggio che tutti quelli che passano avanti e indietro li puoi guardare in faccia e li controlli.

"Adesso ti devo dire una cosa importante. Tu te ne vai a Raito. Là ti faccio fare una latitanza protetta. Non mi guardare così. Dobbiamo spostare tutto da quella parte, verso Salerno. L'hai mai provato un sigaro? E provalo. Stasera provalo. Le emozioni forti si devono accompagnare ai gusti forti. Carmine, stammi a sentire e ricordati bene che quello che ti dico lo sta dicendo un morto a un morto: al massimo fra cinque mesi, Napoli finirà di esistere."

20.
Posillipo. 14 maggio. Sera. Villa Sangrano.

L'ouverture di *Manon Lescaut* spalmava l'aria di dolcezza. Nella grande sala da pranzo di Villa Sangrano, quattro specchi con dorature ovali sormontavano quattro console Ottocento con zampe di leoni. E lì, negli specchi spruzzati di marroni secolari, passavano i riccioli di fumo del duca e i riccioli di fumo del sigaro di Diego Ventre. Se ne stavano seduti uno di fronte all'altro, nelle poltrone accanto al caminetto spento. La cameriera appariva silenziosa, girando intorno al grande tavolo centrale per apparecchiare tre posti.

Vincenzo di Sangrano di tanto in tanto alzava gli occhi e sollevava il mento impercettibilmente, disponendo il volto affilato alle note di Puccini, come dovessero scorrergli lungo la fronte, le palpebre, le guance, fin sotto il colletto della camicia, fino al collo.

Luce non c'era. Diego armava dentro sé quel suo intuito animale per indovinare se la ragazza fosse in una delle stanze della villa o lontano da casa. No, non la sentiva lì. Ma non era lontana.

Il portone d'ingresso, di là dalle fughe delle camere, si aprì e richiuse con sgradevolezza. Un passo di femmina ben calcolato si avvicinò lungo l'infilata dei salotti. Alla luce dei paralumi di seta rossa comparve Maria Amerigo. L'ouverture finiva in quel momento e la puntina del grammofono unghiava il vuoto del disco producendo una sgraffiatura snervante. Lei salutò il marito con un cenno e Diego le lesse negli occhi tutta la sorpresa di trovarlo lì, inaspettatamente a casa sua. La signora rallentò il movimento del braccio nel poggiare la borsa sul camino, strinse la mano all'avvocato con un sorriso mal zuccherato e si avvicinò a una console aprendo il portasigarette d'argento.

Diego notò che la Amerigo aveva il polso sinistro arrossato, notò una linea a rilievo sotto la gonna, una linea impercettibile che raccontava calze autoreggenti, e quando sedette a tavola nell'accavallamento delle gambe l'avvocato colse una sfilatura profonda all'altezza del ginocchio destro. Le gote erano un poco irrorate di calore, i capelli ripettinati da poco. Su entrambi i tacchi a spillo c'era un lieve impasto di terriccio. Diego sorrise dentro di sé: chissà da dove veniva.

La prima volta che l'aveva vista era stata quando era andato a fare un sopralluogo a Cetara per l'acquisto della tonnara Sangrano. Era stata proprio la duchessa a riceverlo, a fargli visitare la torre aragonese, sempre precedendolo lungo scale tortuose e ardite per regalargli lo spettacolo delle sue caviglie, dei suoi fianchi, dell'esibita protervia del suo fondoschiena, persa in quella giravolta mentale della femmina, desiderosa che il maschio la guardi nascostamente, ma ferma, fermissima nel non volere che egli alluda alle sue grazie.

Così, in quell'occasione, mentre lei si era ravviata i capelli carezzandosi la nuca, mentre con le dita aveva sgranato un rosario profano sulle perle della collana, mentre sedendo aveva allungato la gonna sulle ginocchia, l'avvocato si era immerso in un silenzio murato, che era esploso fino in fondo all'utero della femmina. Lui lesse nel cuore della bella signora di Posillipo tutte le sue immagini segrete, dall'afferramento alla vita lungo una scala fino alla piegatura violenta e non annunciata su una vecchia cucina in muratura. Ma Diego comprò la tonnara e non toccò la duchessa.

"Ci andate mai a Cetara?" Maria Amerigo parlava. Parlava del luogo a cui Ventre stava pensando, perché pure lei era di quella razza ferina che sente il respiro mentale della gente.

"Qualche volta, signora. Posto meraviglioso. Ma il lavoro strangola."

"E lo credo. Voi fate il penalista e in questa città ci sono rimasti quasi solo delinquenti. Ma poi, dico, i fatti loro ve li dicono veramente? Che so, avvocato ho ucciso, avvocato ho rubato?"

Sangrano guardò sua moglie con l'occhio svogliato e tuttavia per dirle di non esagerare. Ma Diego, muovendo nel piatto forchetta e coltello, rise tranquillo: "Signora mia, i fatti suoi nessuno li dice a nessuno. Anche quando si è commesso un omicidio plurimo e aggravato, dall'avvocato si va per riconoscersi innocenti. L'avvocato deve combattere per farvi assolvere, e se la battaglia per l'assoluzione si può fare vuol dire che siete innocente in partenza. L'omicida non si riconosce nella sua coscienza e neppure nel tribunale che dovrà giudicarlo. L'omicida si riconosce nel suo diritto di uccidere. L'avvocato deve solo convalidarlo come il prete che solleva dal peccato".

"Hai capito?" disse la Amerigo al marito. "Sentiti assolto pure tu."

Ventre non raccolse e piazzò una battuta che doveva servire ad aprire il discorso che gli interessava: "Ma il duca non ha ucciso nessuno".

"Voi dite?" rispose lei.

"Mia moglie si riferisce alle mie difficoltà patrimoniali."

Ventre sollevò una mano a mezz'aria per significare che non era suo diritto entrare nei fatti.

"No, no, avvocato. Tanto lo sa tutta Napoli. Però mia moglie si dimentica la decina d'anni che ha vissuto bene, tutti gli anni che ha fatto la duchessa di Sangrano."

"Bravo. Così siccome abbiamo corso qualche metro adesso ci adattiamo tutti quanti a fare i paralitici per la vita intera."

La cameriera entrò per servire il dolce. Silenzio.

Nello sforchettio nervoso tra moglie e marito, l'avvocato si poggiò comodo allo schienale della sedia: "Forse posso fare qualcosa".

Vincenzo di Sangrano lo guardò con un rapido pentimento degli occhi. Maria Amerigo si versò un calice di bianco e riaccavallò le gambe.

"Dovete vendere," sussurrò Ventre.

"È tutto ipotecato," disse lei.

"Mi offro di risolvervi il problema. Le ipoteche le pago io." L'avvocato affondava la forchettina nel pan di spagna. La Amerigo lo guardava con sospetto e sollievo. Qualsiasi cosa somigliasse a una soluzione le rimescolava il sangue con beneficio.

Il duca avrebbe voluto dire qualcosa e gli uscì dalle labbra solo un "ma".

"Lo so, lo so. Questa villa è tutta la vostra storia. Lo so. Lo so che non c'è pietra tra le vostre proprietà da Napoli a San Sebastiano che non sia, come vogliamo dire, ricordo di qualche altro ricordo. Ma statemi a sentire bene: io non vi faccio vendere tutto per farvi perdere tutto. E capisco che un Sangrano non se ne può andare in un appartamento anonimo al Vomero o a Fuorigrotta. Io vi faccio vendere tutto per farvi ricomprare tutto. Ci sono importanti novità politiche che riguardano Napoli. Proprietà come queste nel giro di pochi mesi avranno un destino tutto particolare. Non chiedetemi di che si tratta. Vi posso solo assicurare che parlo con cognizione di causa, come si dice. Io risolvo le ipoteche su tutte le proprietà Sangrano e voi vendete pulito a una delle società di cui sono consigliere. Il resto dei creditori che in questi giorni si sta costituendo a vostro danno non troverà più niente da prendere. Andremo a pattuire la soddisfazione dei debiti con poco denaro. Accetteranno tutti perché in quel momento non sarete più proprietari di nulla. Bere o affogare, o si pigliano i quattro soldi che gli offriamo o non si pigliano niente. Perché a quel punto non ci saranno più né ville né castelli, né quadri d'autore né collezioni da sequestrare. Una cosina la date alle sanguisughe. Una bella cosa ve la mettete in tasca e ve ne andate a vivere decorosamente in affitto finché non ve lo dico io. Nel giro di cinque o sei mesi al massimo, considerato quello che succederà, le vostre proprietà che oggi valgono molto non varranno quasi niente. La società che ha acquistato rivenderà a voi. Ma attenzione. Dopo qualche altro mese le vostre proprietà varranno un'altra volta molto, anzi il doppio, il triplo di molto. Così tornerete a fare i Sangrano avendo soddisfatto tutti i creditori e con un patrimonio moltiplicato."

Il duca era confuso. Vendere a molto. Sanare tutti i debiti. Vivere in fitto. Ricomprare a poco. Ritrovarsi, pagando pochissimo una proprietà enormemente rivalutata.

La Amerigo respirava senza dire nulla. Suo marito disse: "Ma le ipoteche ammontano...".

"Lo so, duca, lo so. Poi mi restituirete tutto con calma, a operazione finita."

Ora l'avvocato desiderava far capire a Sangrano e a sua moglie come mai si stava prodigando per loro oltre ogni limite ragionevole. Si alzò in piedi e sorrise a lungo: "Vi state domandando perché faccio questo. Perché pago i vostri debiti. Dovete fidarvi. Lo faccio per una buona causa. Dov'è Luce?".

Il nome della ragazza e il tono dolce e saldo con cui Diego seppe pronunciarlo chiarirono veramente tutto. Il seno della duchessa si rilassò in un sospiro di ovatta che fu avvertito solo dall'avvocato, poi disse: "Luce a quest'ora sarà al casino diroccato, in fondo al giardino, se ne va sempre a leggere là".

Un baciamano alla Amerigo, una stretta di mano al duca: "Domani vi faccio chiamare dallo studio per avviare l'operazione. Ma non mi ringraziate".

Ventre attraversò i salotti fino alla sala d'ingresso. La cameriera gli allungò il soprabito e aprì il portone. All'aria del giardino maggio erompeva. Miscele di rose francesi inseguivano zaffate di fiori d'arancio. Lungo il viale di terra battuta che tagliava in due il parco della villa si inarcavano rami di ulivo. Diego intravide sull'estremo del promontorio un tempietto a quattro colonne neoclassiche sormontato da una cupola a vele. Avvicinandosi al belvedere, un annuncio di maestrale rafficava lievissime polveri di sale marino. All'ombra del piccolo casino Diego assorbì dalle narici l'acidità pungente del salmastro. A destra e a sinistra, due gradinate scendevano a tenaglia sulla piccola spiaggia. Su uno degli scalini di pietra lavica stava seduta Luce. Lui la guardò lungamente. La ragazza leggeva illuminata da una debole fiaccola. Il cartolinismo di Napoli, pensò l'avvocato, era nato nei secoli per eccesso di bellezza. Perché certo bastava che una donna come Luce sedesse nel grigio-azzurro poroso di una scalea per fecondare canzoni, liriche e poesie. Qui, pensò, recita innanzitutto il paesaggio. Qui recita l'immateriale. Qui recita ciò che non dovrebbe parlare. Qui recita il mare e recitano gli alberi. Noi ci siamo adeguati a questa tirannia del sublime e siamo finiti sul palcoscenico della città assieme alla città. Ma la città muta ha sempre recitato meglio di tutti i parlanti. E così, mentre lei ha sedotto, noi abbiamo finito per fare solo gli svenevoli.

"Buonasera, Luce."

"Buonasera."

"La disturbo?"

"Grazie per i libri."

"L'autore viveva vicino casa mia. Sì, Andrea Giovene abitava in via Monte di Dio. Io sto in viale Calascione, che è proprio lì. Le sta piacendo?"

"Molto. Amo gli scrittori che non si sentono scrittori."

"E perché?"

"Sono sinceri."

"Le piace la sincerità?"

"Mi piace la sincerità dell'errore. Quest'*Autobiografia di Giuliano di Sansevero* mi pare il racconto di un errore che si compie per amare la vita."

"Cara Luce, ci vogliono molti errori per vivere bene. Non sorrida, è vero. Lei ha ragione. L'errore testimonia l'istinto."

"Perché mi ha regalato questi libri?"

"Per errore."

"Per errore?"

"Perché lei ama gli errori. Che c'è, è malinconica?"

"No. Pensavo che la Napoli raccontata in queste parole, questa Napoli di appena cent'anni fa, non è nemmeno lontana parente di quella in cui vivo io."

"Luce, sa, io credo che Napoli non esista. Napoli, come la chiama lei, non esiste più."

"Che significa?"

"Ogni cosa, un oggetto, una pianta, una persona, esiste finché sopravvivono le sue essenze fondamentali. Prendiamo per esempio una sedia. Ecco, una sedia senza schienale è una sedia rotta. Una sedia senza schienale e senza due gambe è una sedia molto rotta. Una sedia che non ha più nemmeno la seduta non è più una sedia. A quel punto, la sedia non esiste più. Esistono pezzi di sedia sparsi, separati. Ma l'oggetto è finito. È finita la sua funzione. Questa era la città del tempo controtempo. Correva quando tutto il mondo andava piano e andava piano quando tutto il mondo correva. Era anche la città del sonno, della controra, noi siamo figli di un grande sonno pomeridiano, un immenso sonno storico mentre tutto l'universo attorno a noi si muoveva e vegliava. Era la città dei sorrisi, abusati, finti, illogici. Era la città in cui perfino il dolore era fatto per essere recitato. E il dolore veniva recitato o perché la troppa sofferenza rende insensibili, o perché la si desidera pazzamente. Era la città dove il pigliamoci un caffè durava mezza giornata. Era la città dove l'idea del calcolo non esisteva. Qui si amava gratis e una giornata era un secolo. Era la città del presente eterno: un napoletano non diceva 'domani andrò al mare', diceva invece 'domani vado al mare'. 'L'anno prossimo vado in Francia.' Fra due anni mi ritiro a vita privata. Alla fine, era la città dove c'erano molte altre cose che non ci sono più. E Napoli, come la sedia rotta e molto rotta e poi smembrata, non esiste più. Il nome è vuoto, come quello di una persona cara che è morta, adagiata sul letto, pronta per essere chiusa in una bara e sepolta."

"Lei pensa questo?"

"Sì."

"Ma lo pensa veramente?"

"Lo penso veramente. Della signora è rimasto l'avanzo di qualche gioiello. Due orecchini, un paio di bracciali, un anello senza rubini. Ma la signora non c'è più. Non c'è più collo per le sue perle, né polso per i suoi bracciali, per il suo anello non c'è più anulare. Ci sono rimaste le parole, le parole che invocano cose morte, cose che non rispondono. Se lei oggi cambiasse nome a questa città, e dopo averlo fatto ci portasse uno che non c'è mai stato, se ce lo portasse bendato attraverso un viaggio di centinaia di chilometri, se si curasse di non fargli vedere il Vesuvio e Capri, be', quello non capirebbe dove si trova. Non penserebbe di essere a Napoli. E avrebbe ragione, perché camminerebbe su un cadavere in avanzato stato di decomposizione."

"Caro avvocato, c'era un dio egizio che si chiamava Osiride, era figlio di Geb e Nut. Si innamorò di Iside. La volle come sua sposa. Un giorno Osiride fu ucciso da suo fratello Seth. Seth dopo averlo ammazzato sparse i pezzi del cadavere per la terra d'Egitto. Ma Iside, lei, la sposa, Iside si avventurò in una ricerca disperata. Ritrovò tutti i pezzi dell'amato. Ricompose il corpo di Osiride e lo resuscitò. Lui divenne signore del mondo dei morti. Ecco, io credo che il corpo di Napoli sia massacrato, smembrato, disperso in mille pezzi. Ma credo anche che questo corpo si possa rianimare in un'unica carne. Ci credo. Ci devo credere. Ci voglio credere."

"Luce, vorrei che fosse vero. Vorrei che fosse possibile. Ma vede, la coda mozzata di una lucertola, la coda tagliata che si muove, non deve ingannarci. Riflessi nervosi, riflessi autonomi la fanno vibrare. Ha un fascino, è vero, perché ci parla della lucertola a cui apparteneva. Ma la lucertola non c'è, non c'è più. Domani mi piacerebbe invitarla a vedere un prodigio così. Non lontano da qui c'è una coda di Napoli che si contorce ancora, è un luogo meraviglioso. Ci verrà?"

Luce sorrise. Diego le prese la mano destra e la baciò. Le prese la mano sinistra e la baciò: "Sa, non c'è mai stato al mondo piacere più grande che fare due volte lo stesso errore".

21.
Napoli. 15 maggio. Alba.

Carmine Denza apre gli occhi nella stanza d'albergo asfaltata di buio. Un brutto sogno gli ha appena strozzato il respiro. Era in un deposito di marmo taglieggiato dal sole. Per terra, un'immensa distesa di polvere bianca. Nell'accecamento della luce passa un lavorante con un grembiule nero, strascica la camminata e tiene in mano una cifra d'ottone, un numero, un semplice numero, ed è quello dell'anno in corso. Lo poggia su un banco di legno, lo incarta in un involucro di velina rossa. Un ragazzino in bicicletta imbocca di corsa l'ingresso e riga con le ruote la rena vergine lattosa. Frena. Il lavorante gli consegna il numero d'ottone appena incartato: "Per la tomba Denza". Il ragazzo se lo mette tra i denti. Impugna il manubrio e pedala via. Adesso Denza si è svegliato, ha spalancato le palpebre senza muovere il corpo, con la freddezza di un ramarro, giace attaccato al grande letto. Una striscia di blu scuro infilza il centro dei tendaggi. Mezzo bicchiere di whisky sul comodino. Un giornale spiegazzato sul parquet. Il pacchetto di sigarette e l'accendino sotto le lenzuola. Basta allungare la mano, la fiamma dà un momento di conforto. Brutto sogno.

La cifra che manca alla sua lapide è pronta. Lui che si è fatto preparare la tomba al cimitero di Poggioreale, col nome già scritto, la fotografia già racchiusa nell'ovale bronzato, le prime tre cifre dell'anno di morte attaccate sul marmo, lui che da anni sputa ironia. Uno sgorgo di fumo gli parte dalla bocca e sale verso i bracci di vetro di un lampadario finto Murano. Pensa a Pasquale Lerro. Quando lo ha visto l'ultima volta? Più di dieci anni fa. In un bar di piazza dei Martiri. Qualcuno urta Denza alle spalle mentre in piedi davanti al bancone si sta zuccherando il caffè. Si volta e scontra lo sguardo nella faccia di Lerro. Lerro starebbe per chiedere scusa, ma quando gli si presenta in viso la cera di Denza mette il guinzaglio alle parole. Si guardano come per dire non ti conosco. Non esisti. Uno di noi due ammazzerà l'altro. Viviamo per questo. Ognuno di noi due sogna di essere ucciso o di uccidere. Ma non qui. Non oggi. Da quel giorno, di Lerro, nessuna traccia. Foto sui giornali. Articoli dettagliatissimi sui luoghi della sua presunta latitanza. La fuga di Lerro è comoda: si sta svegliando a San Giovanni a Teduccio, in un letto mezza luna con la testiera a ventaglio tutta pelle e corniciatura d'argento. Non si muove come un ricercato. Si muove come uno che non vuole fastidi. Non ha sognato niente questa notte, Lerro. Guarda verso il divano dorato che sta messo proprio di fronte al letto. Due ragazze sui vent'anni dormono ancora. Nude. Abbracciate. Hanno entrambe il naso arrossato. La mano dell'una poggia sul braccio dell'altra sfarinandole il gomito di un pugno di cocaina. Lerro prende il cellulare dal comodino e fa un numero: "Buongiorno. Sì, tutto a posto. Vieniti a prendere queste due puttane".

All'alba, Lerro pensa sempre a Carmine Denza. Dove si sarà nascosto? Che starà facendo? Chi morirà per primo tra loro due? Ogni mattina pensa a quella spacconata della tomba bella e pronta al camposanto di Poggioreale, pensa alla cifra che manca alla data di morte. Pensa: "Non ti preoccupare, rotto in culo, te lo vengo a mettere io l'ultimo numero sulla lapide. Ci vengo proprio io personalmente".

I risvegli degli uomini di Denza e Lerro sono scatarranti, caffè, compresse per la pressione che sale e scende dal cervello come vento di tramontana. Telefonate. Appuntamenti. Rifornimenti di benzina. Risate. Pacche sulle spalle. Oliature di pistole, odore di ferro, odore di grasso. Si sveglia su questo la città. A vederla da lontano, dall'alto dei tetti del Gesù Nuovo, a vederla da lì come la sta vedendo il pittore De Mattia, in quest'alba blu pavone sembrerebbe che Napoli soffi il suo immenso fiato in faville fuocose fino al mare. Tutta questa luminescenza lieve sembrerebbe un lenzuolo di nozze dove si fa l'amore e dove si sogna. Sembrerebbe, pensa Francesco, e invece è solo un grande sudario pronto a imbracarci tutti quanti, tutti dentro, già morti mentre ci crediamo ancora vivi. Il ritratto di Luce campeggia al centro della grande sala profumata dall'acrore degli oli. Il pittore lo osserva da più punti, nudo, con in mano una tazza di tè, mentre l'azzurro della prima ora e l'azzurro delle sue vene intonano un'armonia momentanea e illusoria.

Si sveglia anche Luce nella villa di Posillipo; e più che svegliarsi smette di dormire. La sua mente è ancora sul confine del buio, dev'essersi rivoltata nel letto come una gatta addolorata e giocosa. La trapunta di cotone bianco le copre il petto e il bacino, mentre le gambe, le belle gambe, le lunghe gambe snudano fuori e si colorano di bronzo chiaro all'albeggio sul golfo. Il suo ritratto le appare nella memoria torpida come l'immagine di una bellezza non meritata, mentre Francesco cura con un pennello inavvertibile l'inserzione dei peli delle sue sopracciglia nel derma.

Si sveglia anche Maria Amerigo, tre stanze più in là. Si sveglia, a pancia sotto, si annusa i polsi per ritrovare o credere di risentire il profumo di Malcolm, inarca la schiena, offre il dietro di sé alla potenza del ricordo nato la sera prima, poi cerca di nuovo il sonno.

Vincenzo di Sangrano è già allo specchio, si sbarba nella camera da bagno del villino di San Sebastiano, ripensa all'avvocato Ventre, alla sua proposta di salvare le proprietà, alla maniera in cui poche ore prima ha detto: "Dov'è Luce?".

Manlio non ha dormito. Ha gli occhi di un bambino che da anni aspetta di veder mantenuta una promessa, una promessa che neanche lui sa quale sia. Ha pregato tutta la notte. E adesso piange sulle prime luci di Napoli, piange per non avere nulla da desiderare, piange perché niente gli fa paura e niente lo attrae. Sente il suo corpo come nausea del suo corpo. Non sa dove andare. Non sa per cosa sorridere. Prega, prega non sa perché. Prega non sa per chi. La sua insonnia e le sue chiese, le sue parole e le sue orazioni assumono il tono dolente di chi porge l'estrema unzione a se stesso.

22.
Napoli. 15 maggio. Alba.

Diego Ventre apriva gli occhi con la naturalezza di chi non ha mai ceduto al sonno. Dormire non era per lui una sospensione della vita; dormire era per lui un'illuminazione riverginata sulle cose dell'esistere quotidiano. La notte era la lucidità, l'impietosa lucidità necessaria per denudare gli uomini, i fatti, le parole del giorno prima. Si destava e ridestava di continuo, come per saggiare uno stato di coscienza raffinatissimo, dall'alto del quale si assicurava che sì, che stava dormendo, che poteva controllare il suo sonno e i suoi sogni. Dormire era per lui lo sguardo della pantera, che vede tutto quando gli altri, nel buio, non sanno vedere più niente. Ma in questa notte e in quest'alba, un'unica immagine gli si era incantata nella camera oscura della testa: le mani di Luce. Le mani chiare di avorio e miele, le mani immobili, il palmo della sinistra sul polso della destra, entrambe poggiate al ginocchio mentre stava seduta su un gradino sbrecciato, laggiù a Posillipo, nel casino rimpetto al mare. Le mani ferme mentre la voce di lei modula armonici profondi, armonici improvvisamente solari, armonici soffiati, appena irrorati da un sorriso. Le mani ferme e lente, come nell'appiattitura studiata di un ritratto spagnolo. Le mani esperte che scorrevano i fogli dei suoi libri, le dita oblunghe, forti, che accarezzavano i numeri delle pagine dell'*Autobiografia di Giuliano di Sansevero*. Le mani di Luce gli avevano rapito una vena della testa, tutta la notte, e con un gioco sapiente di indici e pollici gliela avevano filata, quella vena, allungandola, tessendola col telaio della seduzione involontaria, mentre il suo cervello stava diventando un fuso generoso dal quale la vena si srotolava abbondante per lasciarsi intrecciare da lei.

Le mani di Luce gli avevano allargato la sera, con il palmo esperto della femmina che lavora il piccolo pane di lievito e farina per stenderlo in tondo e in largo, sottilissimo.

Eppure, proprio in momenti come questo, Diego dominava l'abbandono, osservava se stesso, ascoltava i moti della sua anima, rimanendone fuori.

Come un direttore d'orchestra ascoltava i suoni degli strumenti e li soppesava, pronto a indurire una lascivia lacrimosa, a correggere i fraseggi sentimentali, a sorvegliare i cedimenti patetici. I suoi respiri di dentro si erano messi a suonare la partitura di Luce e sembrava che Diego dicesse suonate per me, le note sono vostre, ma il colore lo faccio io, il tempo, il volume, i crescendo rapinosi e i movimenti in abbandono li accolgo, li libero, li tengo.

Ora allunga la mano sul telefono: "Pronto? Pepe, buongiorno. Sì, sì. Tutto in ordine. Alfredo Gemma passerà da lei nel pomeriggio e le darà informazioni sull'affare Sangrano. Belle proprietà. Mi raccomando, priorità assoluta. A presto".

Il campanello. L'avvocato indossa una vestaglia da camera, raggiunge l'ingresso stringendo lo sguardo per difendersi dalle scudisciate di luce che trapassano i vetri.

"Bianca?"

"Io, avvocato."

Bianca è bella come i suoi occhi azzurri, come i suoi riccioli neri, come la sua bocca appena carnosa, come i suoi fianchi curvati bene in tensione sulle gambe forti.

Entra con un incarto di dolci, va diritta in cucina, poggia sul tavolo, snastra l'involucro.

"I raffioli, avvocato!"

"I raffioli! È un sacco di tempo..."

Diego non può non guardarle le mani, perché anche quelle mani, quando le aveva viste la prima volta, sei anni prima, erano state un'apparizione. Le aveva trovate sofferenti, arrossate, screpolate, le unghie tagliate male e spezzate. Bianca aveva ventisei anni e ramazzava le scale del palazzo dov'era e dov'è la casa di Ventre.

Quella mattina lei spazzava e piangeva. L'avvocato l'aveva sorpresa, così Bianca si era voltata passandosi una mano sulle lacrime. Lui l'aveva superata, si era fermato tre o quattro gradini più giù. L'aveva guardata e poi le aveva detto: "Si aggiusta tutto".

Si aggiusta tutto? Lei lo conosceva appena. Eppure lui aveva risalito gli scalini, le si era avvicinato, le aveva tamponato le lacrime sulle guance con il suo fazzoletto e l'aveva portata al Gambrinus a bere una spremuta d'arancia.

Un mese più tardi Bianca aveva un lavoro da impiegata, suo padre la pensione di invalidità civile che gli avevano sempre negato e Carlo, il suo fidanzato, era entrato come operaio in un grande stabilimento tipografico. Lei era incinta. Fu trovato un alloggio di cortesia a basso costo e fu celebrato il matrimonio. Bianca adesso aveva due figli: un maschio di cinque anni e una femmina di tre. Tutto grazie all'avvocato Ventre.

Ora le mani di lei servono il caffè, mentre Diego si sbarba. La tazzina fumante poggiata sulla mensola dello specchio lo distrae quel che basta, la lama del rasoio taglia sotto il mento. Lei prende uno spicchio di ovatta e la preme sul sangue. Vi tiene le dita premute con dolcezza, sorridendo a lungo. Ora solleva la nuvola di cotone dal taglio, e vi poggia le labbra tiepide in un bacio improvviso. Diego prende la tazzina, beve il caffè, si volta a guardarla. Lei avvicina la bocca alla bocca di lui. L'avvocato muove il capo impercettibilmente a sentire il secondo bacio fermarsi sulla sua guancia. Un'ombra di malinconia trascolora nelle pupille di lei. Lui le porta via con l'indice un puntino di sangue rosato dal labbro inferiore. Le posa il terzo bacio sulla fronte, per rimettere al tempo il battito del cuore di Bianca.

"Perché?"

"Perché hai un marito. Perché hai due figli. E perché ti voglio bene così."

"Quando l'ho sposato credevo di amarlo."

"Quando l'hai sposato lo amavi. Forse oggi non è più come allora, forse oggi credi di non amarlo più. Ma è il padre dei tuoi figli e un giorno potresti amarlo di nuovo."

"Perché mi hai protetta?"

"Non per fare di te la mia puttana."

"Perché mi hai protetta?"

"Perché mi piace proteggere chi non ne ha bisogno."

"Io ho amore per te."

"Riconoscenza, Bianca. Riconoscenza vera e amore sono fratello e sorella. In una vita accadono pochi fatti veramente puri. Tutto deve rimanere così. Io ti ho chiesto una sola cosa e solo questa sarà per sempre: se un giorno qualcuno mi ucciderà, tu lo ucciderai."

"Promesso."

"La pistola sta dove sta e tu lo sai. Ricordati..."

"Lo so."

"Ogni mese ti invio un messaggio scritto sul telefonino."

"Numeri."
"A ogni numero corrisponde una lettera. Di lì esce il nome del mio assassino."
"L'ultimo che mi è arrivato è..."
"No, mai. Non si dicono mai i nomi."
"Ma siamo soli."
"Forse siamo soli. Forse."
"Ma chi potrebbe ucciderti? Tu fai il penalista."
"Appunto. Appunto. Difendo delinquenti. E se un giorno uno di questi non lo difendi come desidera... no? Capito?"
Il telefono squilla, l'avvocato risponde. Dal bar Jamaica annunciano l'arrivo di Alfredo Gemma.
"Perché ti chiamano dal bar ogni volta che qualcuno viene a farti visita?"
"Mai domande."
"È vero che li fai perquisire tutti nel retrobottega?"
"Tutti tranne te. Sei l'unica che può venire ad ammazzarmi agevolmente. Pensa se un giorno inviassi un messaggio sul tuo portatile per comunicarti il nome di chi mi ucciderà e quel giorno, decifrando i numeri, venisse fuori il tuo nome. Che faresti?"
"Mi ucciderei."
"Se accadesse, vieni a uccidere me. Vorrebbe dire che mi sono sbagliato. E un errore così meriterebbe la morte."
"Diego..."
"Vai ora. Vai. Ti prego."
"Questa russa non è brava come credi. Sui mobili c'è polvere che non vedi. Verrò a controllarla, un giorno."
Bianca aprì la porta, i suoi passi incrociarono sul pianerottolo l'affanno di Alfredo Gemma, i due si scambiarono un cenno di saluto con imbarazzo reciproco.
"Entra, Alfré. Accomodati. Stai lavorando?"
"Come un ciuccio violentato."
"Bravo, c'è da curare un altro play."
"Ancora?"
"La villa dei Sangrano si vende. E così tutte le altre proprietà che tengono. Chiama il duca, siamo già d'accordo. Fatti dare tutte le carte e portale a Pepe nel pomeriggio. Sul tavolo ci sono gli assegni, sono i soldi che anticipiamo per estinguere le ipoteche. A vendite effettuate, pagate Sangrano."
"Ma perché gli dobbiamo anticipare i soldi per estinguere le iscrizioni ipotecarie?"

"Primo: i beni vanno venduti liberi dai gravami. Se no perdono valore. Secondo: stai facendo troppe osservazioni. Terzo: ti do due giorni."

"Due giorni?"

"Due giorni, sissignore. Oggi ne abbiamo 15. Per il 17 sera, massimo 18 mattina, dev'essere tutto a posto."

"E che è, un miracolo?"

"Alfré, tu tieni la reputazione di quello che fa i miracoli. Perciò falli e statti zitto. Solo la villa vale almeno sette milioni di euro. Tu e Pepe la vendete a cinque. Un milione e tre sono per le ipoteche. Ai Sangrano, dopo che avremo recuperato la cifra anticipata, vanno tre milioni e settecentomila euro. E niente allargamenti personali sugli importi. C'era quell'armatore di Castellammare con smania di nobiltà... quello se la prende subito. Le altre proprietà sono tutte notevoli: per i nove appartamenti alla Riviera mi bastano pure nove compromessi e poi facciamo il rogito fra un mese. Gli appartamenti al Vomero vanno via facilmente. Il villino a San Sebastiano lo date a quell'animale del ristoratore là vicino, ma accertati prima che ci sia il vincolo della Sovrintendenza, e se non c'è faccelo mettere. Là dentro chi compra non deve toccare neanche un chiodo. Domande?"

"Sì, volete che entro il 18 mi faccio pure una camminata sulle acque? Tenete bisogno di una moltiplicazione dei pesci? Dei pani? Dite, basta che lo so."

"No, questo per oggi non mi serve. Magari te lo chiedo domani. Il resto delle proprietà le vendete al trenta per cento in meno di quello che valgono. E quelle le potete vendere a chi cazzo vi pare. Adesso avviati. Io sto andando a Roma."

"Scendiamo insieme..."

"Mai insieme, Alfré, mai insieme."

23.
Napoli. 15 maggio. Pomeriggio. Studio De Giuseppe.

Alle diciassette Maria Amerigo entrò nello studio del suo psicanalista. Il dottor De Giuseppe la guardò sorridendo, rigirandosi tra le mani una vecchia pipa che non fumava mai.

La signora indossava quel giorno giacca e pantaloni neri, un maglione leggero a collo alto sotto il mento, scarpe da ginnastica chiare, un foulard bianchissimo ricamato da leggeri fili in argento. Poggiò la borsa su una delle due sedie davanti alla scrivania e si distese per la prima volta su quel lettino-dormeuse che aveva sempre guardato con orrore e attrazione. Fino a quel momento i suoi colloqui con il dottore si erano svolti faccia a faccia. Ma in quest'oggi voleva saggiare tutto il cedimento vittorioso che si nasconde nella resa a se stessi.

Si era vestita come non aveva mai fatto e ora lasciava scorrere nella mano la lunga coda di capelli neri ondulati fino a distenderli da un lato del seno. La pettinatura tirata scopriva la fronte altera sulla quale regnava adesso un'ombra di inquieta mortificazione.

Era entrata in silenzio. Rimaneva in silenzio. Il dottore cavò da un cassetto un taccuino di pagine paglierine e una matita. Il tempo scorreva muto.

Passarono quindici, sedici, diciassette interminabili minuti, poi Maria Amerigo congiunse le mani sul ventre, chiuse gli occhi e disse: "Sono stata violentata. Sono stata violentata. Mi hanno... ieri sera io... Mentre andavo dai parenti di Leopardi, ieri sera, sono scesa dal treno della Circumvesuviana, e lì la stazione è buia e c'è una scala che non si vede niente, e quando sono uscita sul vicolo era tutto buio e camminavo per i fatti miei, ma lui mi ha... È arrivato da dietro... Mi ha sbattuta contro il muro e mi ha chiuso la bocca con una mano che era una mano grande e mi faceva male e mi ha alzato la gonna e dietro ho sentito che mentre cercavo di divincolarmi lui premeva giù e si è aperto i pantaloni, e io odio mio marito che mi fa andare in giro sola e non mi accompagna mai da nessuna parte, e odio mia figlia che pensa solamente ai fatti suoi perché se lei fosse veramente con me forse non sarebbe successo, ma lui premeva e mi graffiava, che questa città di merda dev'essere tutta quanta maledetta, me lo ha infilato e mi ha fatto male e io gridavo come se fosse solo fiato dentro alla sua mano, perché noi questo siamo a Napoli, gente che grida con la bocca chiusa da una tenaglia nera, perché lui era nero, era nero e grosso, grosso sopra e sotto, mentre dico che mi sono sposata a fare, che me lo sono messa a fare il vestito bianco quel giorno se forse non ero innamorata né di lui né di me, perché mi sono introiata e basta, mi sono venduta dentro e fuori, culo e cuore, incantata da un niente che era un poco più elegante e più niente di quel niente che ero. Me le ero conservate tutte queste cose, queste mani e questi capelli, questi denti me li ero conservati per uno che doveva venire e non veniva mai, e siccome non arrivava, un giorno che ho visto mio marito e mi sciacquavo una gamba sotto lo schizzo di una fontana ho detto che finalmente ci credevo, che ci potevo credere a uno ricco e distinto che leggeva John Keats seduto avanti al bar. E ho sbagliato, tutto ho sbagliato, perché nei mesi prima c'era un pescatore di Capri che era giovane e bello come una statua sempre a guardarmi i fianchi mentre la voglia gli fumava come l'umido dalle narici. Mi guardava quello, mi sapeva guardare, mi guardava, mi respirava fuori tutto il desiderio che gli avevo schiantato in corpo, perché i maschi ci fanno aggravare di carne ma le femmine ingravano un'idea. E lui premeva, ieri sera, spingeva, e io stavo contro i pizzi del muro come ci sto da sempre, da sempre che penso: non mi desidero più, non mi voglio più, mi specchio per non vedermi, mi specchio per non guardarmi. Sono una cavalla che non sa chi è, cavalla da festa, cavalla da ricevimenti di bicchieri e buonasera, tutta una cerimonia spaesata, senza una cosa che tu dici mi emoziona, senza che voglio essere madre, senza che voglio essere moglie, perché pure loro, mio marito e mia figlia, mi hanno chiuso la bocca e mi hanno messa in faccia a un muro, e lei, mia figlia, se l'è creata lui, come voleva lui, e tutti e due fanno l'amore con le cose, ma io le odio le cose, le cose non sono niente. Che me ne fotte di un quadro, del mare e di un libro se io non ci sto, se io non sono quadro di me, mare di me, storia di me. Così adesso non so se lo devo denunciare, se glielo devo dire a mio marito, che se lo meriterebbe di sapere che sua moglie è una cornice vuota e che un nero violento se l'è alzata dentro a un vicolo sbattendola come lui non mi ha mai saputo sbattere, marchiandomi fino all'utero lo strazio e il piacere. Io non lo so che devo fare. E non sapevo nemmeno se è giusto dirglielo a lei, dottore".

Maria Amerigo fece silenzio. Si asciugò una lacrima che le gocciava sulle labbra e mise la mano destra sul petto per dominare l'affanno. Un'eccitazione folle la corrompeva con l'impeto del fango che non si dilava e mai aveva goduto in vita sua come in quell'ora in cui aveva raccontato al suo terapista l'altissima bugia. Il dottore le piaceva come tutto ciò che sotto il crisma dell'irraggiungibile produce un gusto sublime speziato di nausea. Mentiva per sedursi e per sedurre, vogliosa di esporre una ferita che le piaceva raccontare profonda. De Giuseppe considerava il modo in cui si era vestita, nuovo, inedito, ostentatamente castigato dopo settimane e mesi di scollature sfemminanti. Quei capelli annodati, quel maglione accollato, quelle scarpe non alte gli facevano pensare a una violenza desiderata, non subìta, a una violenza che Maria Amerigo avrebbe voluto procurarsi, a una violenza che Maria Amerigo si era forse procurata nella disperazione delirante di non averne mai potuta sopportare una vera. Richiuse il taccuino e la matita nel cassetto della scrivania.

La signora si alzò, riprese la borsa, la aprì, lasciò cadere i soldi sullo scrittoio. Poi guardò attraverso i vetri della finestra e disse: "E comunque il sole è uscito pure stamattina. Questa città dice solo puttanate. Come se niente fosse".

24.
Napoli. 15 maggio. Pomeriggio. Al Miglio d'Oro.

Luce scendeva lungo via Mezzocannone. Aveva in testa i cento giorni insapori in cui si era abbandonata all'oblio del sole, annientando la mente in una dimenticanza tutta serena, con gli occhi alle vetrine dei libri.

Ma oggi c'era in lei tutta una nostalgia di vita, una nostalgia di essere, uno spasimo a vedere il passato delle pietre e delle facce come in un quadro di bellezze da spartire col cuore di un altro. E quell'altro era Diego Ventre. Quest'uomo sicuro come un padre, giovane come un complice, questo uomo Ottocento con gli occhi scuri, le mani bellissime, il sorriso sorvegliato e accogliente. Quel gentiluomo senza affettazione che regalava plichi introvabili, che faceva il penalista nella melma della città, che parlava di play puliti ma aveva letto Landolfi. Questo zorro impenitente che le aveva baciato le mani nel casino di tufo davanti al mare. Che le aveva parlato di una misteriosa coda mozzata da farle vedere, coda di lucertola nascosta e ancora viva, raccontandogliela con la "r" siciliana e uno sguardo di mistero vergine.

Luce aveva voglia di non saper cosa fare. Amava immaginare che sarebbe andata dove non avrebbe mai immaginato di andare. Sboccò sul Rettifilo, attraversò la strada. Si perse nella corrente dei passanti. Si ritrovò alla fermata dell'autobus. Salì sul primo che le aprì le porte. Sedette dietro un finestrino sporco. Socchiuse gli occhi sentendo lo scaracchio del motore. Poi giocò al gioco che faceva da bambina. Nel bel mezzo delle tempeste litigiose tra suo padre e sua madre, sapeva produrre a bocca chiusa un suono che riusciva ad avvertire solo lei. Un suono della sua voce che montava dal petto fino alla gola, su per le tempie. Un suono continuo, liscio, lungo, che la isolava dal resto.

Così, nell'autobus, non sentiva più niente. Né frenate, né scrosci di bestemmie, né il clangore delle porte automatiche dalle guarnizioni consumate. Osservava i volti dei viaggiatori, considerava l'assenza dei sorrisi, le cere rannicchiate in un ronzio di pensieri dolenti. Guardava con attenzione le mani che estraevano telefonini dalle tasche e le mani che ricacciavano telefonini nelle tasche. Considerava il sudore, il lezzo di ufficio e di negozio, l'odore di tragedie anestetizzate che avvolgeva ormai tutta Napoli. Vedeva i letti tristi della gente che aveva di fronte, immaginava le loro cucine al neon, l'assideramento notticolore degli schermi al plasma, come enormi lampade votive accese nella veglia perpetua del sonno rassegnato. È la plebe, si disse, è ancora la plebe, ieri macerata dall'aumento del macinato, oggi deportata dal bisogno di avere bisogni, ricattata dall'angoscia del denaro che dovrebbe servire a sedare l'angoscia che risorge. Deportati tutti, tutti noi, col numero di matricola scritto sulla carta di credito. Deportati e obbligati a seguire questo spettacoloso funerale delle illusioni.

La guardavano di sottecchi marocchini dai giubbotti di finta pelle, senegalesi con borse gonfie, un giovanotto con la cravatta dal nodo grandissimo, uno che fino a tre anni prima certamente spallonava in una piazzetta là intorno. La guardavano signori di mezza età con addosso l'allentamento pomeridiano delle fragranze da dopobarba, la guardavano gli studenti, la guardavano le femmine, quelle che belle non erano più e quelle che belle non erano mai state.

Il pullman avanzava come la caricatura di un vascello fantasma, destinato al trasporto di anime.

Corso San Giovanni a Teduccio. Le spalancature di cortili rappresi in un sole nebbioso, ne usciva un vomito di scooter cavalcati da facce invaiolate da una giovinezza spoglia. In alto, vecchi balconi foderati di pagliarelle per le signore che non volevano farsi guardare le gambe, nella sopravvivenza di un pudore che conviveva con i culi troneggianti nei televisori serali. I gerani smunti, le rare gabbie di pappagallini appese al chiodo accanto alla finestra, le piante grasse silenti. La via era tutto un sorpasso di motociclette che ferivano l'aria. Pensare che al di là di questi cortili ci sarebbe il mare. Ci sarebbe e c'è con le sue mille derive fognarie, con delta di plastiche e plastiche maciullate dal rotolio, dalle piogge, dal sale. Davanti agli occhi Portici, la città che si disse era il giardino di Napoli, adesso esibiva finestre murate che gridavano ancora la grazia di un Settecento dai sorrisi spenti. E fra i secoli, come una bestemmia, i falansteri degli anni cinquanta, sessanta, settanta; tristezze di tapparelle, alberghi dell'infelicità condominiale. Sulla destra il palazzo del Lido Dorato, un cortile con colonne e il giardino stuprato da un parco di villette per buone famiglie. Più avanti, il palazzo del principe di Bagnara nel rossastro della facciata che sembrava implorare il bacio di altri tramonti. La piazza di San Ciro. La via dell'Università, il Palazzo Reale, con la cappella dove un giorno si esibì Mozart bambino. Villa Maltese nel lattecaffè della facciata gentile. L'ingresso agli scavi di Ercolano, Villa Aprile, Villa Campolieto, la chiesetta di Santa Maria del Pilar, Villa Materazzi. Tutto questo, pensava Luce, un tempo si chiamava Miglio d'Oro. Ci siamo giocati ogni cosa. Tra quello che crollava, tra quello che periva e quello che era ancora in piedi le sembrò di attraversare il lungo viale di un cimitero dove, che fossero ben tenute o squassate, le pietre erano lapidi, tombe. È un romanzo senza storia. Un romanzo senza capitoli. Le parole sembrano montate a caso, senza un vero prima e senza la speranza di un dopo.

L'autobus si fermava adesso al capolinea: Torre del Greco. Luce scese, camminò verso il porto e trovò davanti all'orizzonte del golfo le ciminiere di impianti industriali dismessi. La stazioncina ferroviaria era lì accanto. Comprò il biglietto. Passeggiò lungo i binari aspettando il treno per Napoli. Sbirciò nella sala d'aspetto dove sedevano tre ferrovieri anziani: l'epicentro dell'annientamento. Facce limate dagli stessi giorni che erano diventati un giorno solo. Stessa vita non vita. Stesso binario per sempre. Il treno frenava nello stridio di attriti laceranti.

La ragazza salì, sedette sul lato del mare. Eccolo, finalmente. Le acque grigio argento della sera, l'ostinazione roteante dei gabbiani, i lidi in costruzione sulle sabbie vulcaniche, nere di lapilli, nere di catrame e di nafta. Le palazzine mai intonacate, gli allumini, i canali di eternit, le costruzioni insolenti del dopoguerra che defloravano la pace di ricordi delle ville. Memorie di aranceti, incoronate da giri e giri di antenne paraboliche, collana infinita di perle attonite. Ci siamo giocati tutto. La natura e la storia. Ci siamo giocati tutto scientificamente. La rabbia le fece un gorgo intorno allo stomaco.

Alla stazione del Granatello salì una vecchia signora curva, sedette di fronte a lei, la salutò con un sorriso breve. Poteva avere poco più o poco meno di novant'anni. Fissò le barche ormeggiate al molo di Portici con occhi azzurri ancora luminosi, guardò dall'altra parte l'insegna della stazione e sussurrò pulito con un suono d'altro mondo: "Portici, Napoli. La prima ferrovia d'Europa". Guardò di nuovo Luce e questa volta sorrise più a lungo. La bellissima vecchia poggiò la nuca allo schienale rancido e chiuse gli occhi. Luce vide morta la natura. Luce vide morta la storia. Ma, o Vesuvio, *adveniat regnum tuum*.

25.
Roma. 15 maggio. Pomeriggio. Casina Valadier.

"Si serva, avvocato. Qui fanno il miglior caffè della città. Venga, sediamo in terrazza."

"Grazie, Presidente."

"La sua Napoli è bella, ma Roma non scherza. Ecco, tutta per lei, a perdita d'occhio."

"Magnifica, Presidente, veramente magnifica."

"La prego, si accomodi."

"Da tutto questo panorama dovrebbe venire una lezione che non abbiamo mai imparato, Presidente."

"Una lezione?"

"Una lezione, sì. L'abitudine alla bellezza partorisce l'indifferenza. L'indifferenza italiana è il vero cancro che ci riguarda. E nelle città d'Italia a maggior densità di bellezza, si registra per la bellezza un alto tasso d'indifferenza."

"Come i mariti che avendo una moglie irresistibile non si capisce perché vanno a puttane."

"Esatto, Presidente. Ai napoletani, ai calabresi, ai pugliesi, ai siciliani, tutto è stato già dato. Il lavoro che avrebbero dovuto svolgere, in gran parte se l'è caricato direttamente il Padreterno. Quando per secoli avete il mare, Capri, la Costiera amalfitana, i limoni, le fragole, le magnolie che vengono fuori come un capriccio spontaneo, quando siete circondato dalle città dei Greci e dei Romani, quando gli Aragonesi, gli Svevi, i Borbone, vi hanno fatto castelli e vie, quando vi hanno regalato la storia come un film, non vi rimane che guardarvelo in silenzio. E dentro quel film che ha la durata di circa venticinque secoli non siete attore, non siete musicista, non siete scena. Di quel film non siete il regista. Il vostro ruolo è inequivocabile: siete spettatore. Non vi resta che sedere al buio e guardarvelo. E alla fine avete pure il privilegio di dire che non vi è piaciuto."

"Non credevo lei avesse inclinazioni filosofiche così forti, avvocato."

"Tutt'altro, Presidente. Tutt'altro. La filosofia come mestiere non mi piace. Noi abbiamo la colpa di aver guardato questo film secolare senza muovere un dito. Abbiamo detto che non era bello, che non ci era piaciuto. Qualcuno ha trovato affascinante una scena isolata, qualcuno un'altra. La proiezione ce la siamo vista ogni qualvolta ce lo hanno chiesto. E all'uscita dalla sala abbiamo fatto eruttare tutto il veleno che ci fermentava in corpo. Siamo diventati critici di professione. Ma un altro film, con le nostre mani, non l'abbiamo mai fatto. Sa qual è uno dei talenti più spiccati nella storia dei napoletani, Presidente?"

"L'alleggerimento ironico dei guai?"

"No. È la lamentazione. Nell'arco di centinaia di anni Napoli ha elaborato una raffinatissima strategia della lamentazione. Per ellenizzare potrei dire che laggiù abita un popolo *logolamentazionale*. Secondo i napoletani, la colpa di tutte le catastrofi e di tutto il male, una volta è di san Gennaro, una volta del Vesuvio, una volta degli Angioini, una volta dei tedeschi, una volta del terremoto e una volta degli americani, una volta della Prima guerra mondiale e una volta della Seconda, una volta della Cassa per il Mezzogiorno, un'altra della classe politica, una volta del Nord e la volta appresso del colera. Ecco, la colpa è sempre di una terza persona o di un'altra cosa. I napoletani si credono innocenti. Innalzano il loro canto lamentevole contro il destino, si fanno la ninna nanna da soli e si addormentano."

"Ma sanno anche ridere, avvocato."

"Lei pensa, Presidente? Nei giorni delle festività di Natale, soprattutto in quelli, una certa Napoli, una certa numerosa Napoli, va a teatro a sentire i classici della sua storia del ridere. Uno fra tutti: *Miseria e nobiltà*. Ogni anno che passa le compagnie lo mettono in scena sempre peggio. I napoletani hanno stampato in testa il film con Totò, di quel testo conoscono a memoria ogni battuta. Eppure ci vanno. Entrano in teatro, siedono e finiscono col ridere un secondo prima che il motto di spirito sia stato detto dall'attore. I napoletani, quando vogliono, ridono un attimo prima che ci sia da ridere. La risata non la vivono, la risata la decidono. Sa perché lo fanno? Perché li rassicura. Sanno che andranno a ridere. I napoletani sono dei grandi doppiatori della vita, ma alla vita danno voce sempre in anticipo. Questo li protegge da se stessi."

"E tutt'oggi è così?"

"Sì, Presidente, è così. Magari con altre miserie e altre nobiltà. Al napoletano in genere i sentimenti piace recitarli, non provarli, perché provarli davvero espone al dolore."

"Eccezioni, avvocato?"

"Se l'eccezione c'è e non viene capita, è come se non ci fosse. Se l'eccezione c'è e viene capita, scatta l'appropriazione dell'eccezione. E allora, l'eccezione non è più tanto eccezionale, Presidente."

"Non c'è salvezza, secondo lei?"

"La salvezza non affascina, non interessa. Alle temperature dell'inferno ci si abitua. Se uno si fa l'identità del dannato, appena l'aria si ripulisce va a finire che non sa più chi è, gli vengono le vertigini e torna alla dannazione."

"Ancora un caffè, avvocato?"

"Sì, grazie."

I tetti di Roma vibravano sotto un velario di nebbiolina sottile. Il sole premeva in cielo senza successo. Intorno alla Casina Valadier si muovevano i passi degli uomini della scorta del Presidente e quelli della scorta di Diego Ventre.

"Ma, Presidente, non sono venuto a farle l'omelia."

"Non avevo dubbi."

"Sono venuto per parlarle della cosa più importante di cui lei e io abbiamo mai parlato."

Nella grande sala vuota all'ultimo piano dell'edificio le tende ai balconi esalavano abbandoni impercettibili. La terrazza era deserta.

"Quando ha preparato questo posto, Presidente?"

"Stamattina."

"Siamo soli, allora, senza insetti sotto il tavolino, giusto?"

"A parte le mosche, avvocato."

"Bene. C'è una notizia importante che devo dirle. Riservata, come tutte le cose che io ho detto a lei e lei a me. Dopo che l'avrà saputa dovrà mettere in moto tutto il suo genio. Deve starci, prima che gliela confessi, se no le chiedo scusa e me ne torno nella capitale del lamento."

Il Presidente avvertiva le parole di Ventre come una prova di forza. Se l'avvocato affilava la lingua fino a quel punto, la posta in gioco doveva essere di un'altezza impensabile.

"Sono pronto."
"Presidente, al massimo tra cinque mesi Napoli non esisterà più."
Silenzio. Il Presidente accese una sigaretta. Dal fondo della sala un giovane cameriere si affacciò timidamente da una porta, come per significare vi lascio tranquilli ma poi non dite che non ci sono. Un cenno dell'avvocato intimava un altro caffè. Qualche minuto senza parole. Un altro vassoio poggiato sul tavolino in terrazza. La sparizione del cameriere. Il sorseggiamento.
"Avvocato, se io non sapessi chi è lei le direi: sta scherzando? Di che cosa si tratta?"
"Dell'eruzione dei Campi Flegrei."
"L'eruzione dei Campi Flegrei?"
"Entro cinque mesi, Presidente."
"Cinque mesi..."
"Ho bloccato la trasmissione della notizia alle istituzioni. Per ora nessuno saprà nulla. I vulcanologi di tutto il mondo che sono venuti a Napoli per ufficializzare la cosa sono stati impacchettati all'Excelsior. Bevono limonate e mangiano mozzarelle, completi di mogli. Staranno zitti per un mese. E anche lei, Presidente, riservatezza assoluta, per un mese. Faccia conto che oggi lei ha incontrato una bellissima femmina sposata disposta a offrirle il suo corpo. Se dice una sola parola la perde."
"Può stare tranquillo, avvocato."
"Se sto tranquillo io, sta tranquillo anche lei. Questa è una mappa sintetica della città. Tutta questa parte sarà distrutta. Fuoco, fango, acqua. Acqua di mare. Quest'altra parte più su si salverà parzialmente. Questa invece sarà interessata da fenomeni marginali. Le mie società hanno iniziato a vendere tutto quello che non servirà più dopo l'eruzione e a comprare tutto quello che dopo l'eruzione sarà prezioso."
"Perché prezioso, avvocato?"
"La ricostruzione, Presidente. La ricostruzione. La più gigantesca ricostruzione della storia. Perché non si tratterà di rifare la città per quelli che ci vivevano. Si tratterà di rifarla per quelli che non ci hanno mai vissuto. Non cambieranno solo i muri dei palazzi. Cambierà la destinazione d'uso."
"Comincio a capire."
"Ne ero sicuro, Presidente. Lei si occuperà della ricostruzione. Quando fra un mese avrò finito di comprare quello che devo comprare e vendere quello che devo vendere, lei parlerà al Governo. Dovremo avere tutte le assicurazioni necessarie per lo stanziamen-

to di fondi imponenti che ci aiutino a ricostruire Napoli, il gioiello del mondo. Guideremo il denaro e gli appalti, Presidente, gli appalti. Tradotto, significa vincere le prossime elezioni politiche e anche quelle dopo. Lei non sta in nessun partito, lei è sopra tutti, dalle sue mani parte energia allo stato puro e tutti la stanno a sentire. Oltretutto, i fondi dello Stato non li chiederemo per la totalità della ricostruzione. Lo Stato partecipa, al resto ci penso io con gli amici di New York. Gli investitori dovranno essere di prima scelta, mi serve gente di classe, gente che ha capito che la mafia e il potere non servono né per uccidere, né per estorcere: servono per trattare, servono per determinare. La vera mafia è la perversione dell'intelligenza. E l'intelligenza perversa diventa arte. Sa cosa significava fino al 1880 la parola 'mafia' a Palermo? Significava baldanza, orgoglio, perfezione, eccellenza. Una ragazza bella che aveva questi requisiti veniva definita col sorriso sulle labbra: mafiusedda. Graziosità, Presidente. Graziosità, perfezione, eccellenza, questo significava."

"Ma, avvocato, come sarà data la notizia alla popolazione?"

"Non sarà data, Presidente. Non sarà data. Le istituzioni annunceranno un piano di esercitazione per l'emergenza Vesuvio. Napoli, Pozzuoli e i diciotto comuni a rischio intorno al vulcano saranno evacuati. Ma tutto con l'anestesia. Si studierà uno scaglionamento che durerà due mesi. Prima Napoli e Pozzuoli, un quartiere alla volta, poi tutto il resto del territorio a rischio. Comunicheremo che al fine di mettere a punto un piano di emergenza efficace e compiuto, la simulazione prevederà per i cittadini il raggiungimento delle città italiane e dei centri di accoglienza destinati a ospitarli. Si dirà che dovranno rimanere lontano da Napoli una settimana affinché le autorità possano attivare un'azione di monitoraggio sulla città vuota. Si dirà, Presidente, ma dalle città che li accoglieranno i napoletani non torneranno mai più."

"E lo Stato aiuterà gli amici di New York a costruire un'altra cosa..."

"Esatto. Il rischio diventerà permanente. Si tratterà di consolidare i beni architettonici di valore con interventi di alta tecnologia. Il centro storico diventerà un villaggio di elevatissimo livello turistico. Faremo nascere i più straordinari alberghi del mondo, inventeremo casinò mai visti prima. Rivaluteremo la ricchezza paesaggistica della città, le sue mille bandiere culturali. Napoli sarà un museo a cielo aperto."

"Avvocato, qui, a questa cosa, bisogna lavorarci anche la notte."

"Appunto, Presidente, noi due ci siamo conosciuti di notte e so che lei la ama molto."

"Ma mi tolga una curiosità. Come ha fatto? Come ha fatto a capire... a sapere..."

"Presidente. La storia si può illudere di cambiare la natura. Ma è sempre la natura che cambia la storia. Sa perché Napoleone fu sconfitto a Waterloo? Non fu una questione militare o strategica. L'imperatore, il più grande stratega dell'arte della guerra, è stato battuto dal coraggio anglo-prussiano o c'era un altro avversario contro di lui? C'era, Presidente, c'era. Invisibile, ma c'era. Le truppe francesi avevano il loro asso nella manica nell'uso della cavalleria leggera. Era un reparto che galoppava veloce in qualsiasi campo di battaglia, aggirando il nemico, sorprendendolo con azioni lampo che infuocavano smarrimento e scompiglio. Ma a Waterloo la cavalleria leggera si mosse con pauroso ritardo e i francesi persero tutto. E sa perché? Il fango, Presidente. Il fango. Il terreno di scontro era diventato un vero e proprio pantano. I cavalli facevano cinque volte la fatica normalmente richiesta per muoversi. Il galoppo era impossibile. Era piovuto per giorni. Strano, perché anche se il Belgio è una terra notoriamente piovosa, questo non succede in giugno e luglio, che anzi sono i mesi più secchi. Incredibile. Ma perché piovve così tanto in quei mesi del 1815? Era successa una cosa che Napoleone non poteva prevedere. Ed era successa lontano, dall'altra parte del pianeta. Il vulcano Tambura sull'isola di Sunbawa, fra Timor e Giava, il vulcano Tambura era esploso tremendamente sbriciolandosi in mille schegge di fuoco. Le ceneri sparse nell'atmosfera fecero il giro del mondo. Il giro del mondo, velocemente. Quelle ceneri determinarono un cambiamento climatico che cancellò l'estate e rovesciò tonnellate d'acqua su tutta l'Europa. Così, caro Presidente, il Vesuvio, il bradisismo di Pozzuoli, il fumo dei Campi Flegrei, io li ho sempre tenuti d'occhio. Li guardavo come il mio fango. Frequentavo l'Osservatorio vesuviano, parlavo con gli esperti. Mi facevo domande. E allora vede, Presidente, bisogna vincere la battaglia un giorno prima del fango di Waterloo."

26.
Napoli. 16 maggio. Mattina.

Diego Ventre saliva le scale di un vecchio palazzo in vicolo Sant'Anna dei Lombardi. Sandro, il suo fedelissimo, lo aveva preceduto fino al primo piano e si era fermato sul ballatoio, davanti alla porta cui l'avvocato avrebbe dovuto suonare. Sulla soglia del portone dai battenti scardinati, un altro uomo stazionava con la mano nella tasca destra del giubbotto scuro. Le dita sul calcio della pistola automatica senza sicura, l'indice carezzevole giusto sul grilletto.

Diego pigiò il pulsante del campanello. Niente. Pigiò ancora. Niente. Guardò l'orologio. Tentò la terza volta. Finalmente la porta si aprì. L'avvocato entrò, lasciando Sandro sul pianerottolo. La signora che gli volgeva le spalle imboccando la fuga di porte giallastre tutte spalancate andò a raggiungere l'ultima stanza: la cucina. Sembrava bassa, le spalle leggermente curve. Un corpo sgraziato incline a una obesità innaturale. Ora armeggiava attorno al cucinotto a tre fuochi per preparare il caffè. Aveva il viso disteso in un gonfiore malato. Gli occhi cristallizzati in uno sguardo capace di un'unica intenzione: il nulla. I capelli erano cortissimi, rasati, rasati quasi a zero. Quella figura che l'avvocato guardava era sua madre. Le faceva visita ogni mese e la osservava mentre girava per le camere ingombre di scatole di cartone, abiti abbandonati sulle spalliere delle sedie, file di scarpe allineate lungo i muri. Contemplava quell'essere ricavandone l'impressione di una bambola meccanica giunta al disgusto della vita per assenza di sentimenti.

Mentre caricava la macchinetta del caffè, lei sussurrava parole incomprensibili. Ora accendeva il fornello e gettava un cucchiaino nel lavabo con una noncuranza nervosa che, nata da una stizza cronica, attraverso i rumori prodotti montava fino all'ira.

"Come stai?"

Diego non ebbe risposta.
"Ti ricordi di prendere le medicine?"
Silenzio.
Il caffè schiumava. Lei lo versò in un grande bicchiere. Lo poggiò sul tavolo ricoperto da una tovaglia plastificata bisunta. Aprì un vecchio stipo, prese una zuccheriera bianca a fiorellini blu, la mise accanto al bicchiere fumante e sedette. Sedette senza guardare il figlio. Teneva lo sguardo sulle pantofole. L'avvocato iniziò a zuccherare, a girare e lentamente a bere.
"Perché ti sei tagliata i capelli così corti?"
"Sono cazzi miei. Qua andate tutti bene a parlare. Parlate a casa vostra. La gente parla sempre dei fatti miei. È un paese di sfaccimma questo. E tu non ti credere che siccome tieni la giacca blu e la cravatta di seta, tu non ti figurare che sei meglio degli altri."
"Manlio ti viene a trovare?"
"Non me ne fotte niente di nessuno. Sono stata maledetta e sono maledetta. Io da qua me ne voglio andare."
"In tre anni hai cambiato cinque case."
"E allora? Io stavo bene dove stavo. Quando ero giovane. Quando tenevo i capelli. Quando gli uomini mi guardavano in bocca. In bocca mi guardavano. Quando facevo le pulizie ai palazzi di San Gregorio e i masculi cercavano le scuse con le mogli per scendere proprio a quell'ora, perché mi dovevano guardare le mutande da sotto agli scalini. Allora stavo bene. Quando andavo a servizio in casa dell'ingegnere. E l'ingegnere era un uomo e si abbruciava per me e mi voleva e mi saziava d'amore e mi faceva sopruso di baci e mi dava la saliva e lo schianto e io allora stavo bene e poi un figlio di zoccola me l'ha ucciso e io lo so chi è quel figlio di troia perché è una merda che mi viene a trovare una volta al mese e mi lascia una cosa di soldi e se ne va e quello è uno stronzo di chiavica che pensa solo ai denari e lui me l'ha ucciso perché io mettevo le corna al padre e ce le ho messe a tutti e due le corna, al padre e al figlio, e lui è un figlio di zoccola."
Il cuore di Diego rallentò fino a sembrare fermo. Gli parve che non battesse più. Ebbe la sensazione che il suo respiro fosse finito. La rabbia produceva in lui un effetto contrario a quello del resto dei mortali. Il suo sangue smetteva di scorrere, le palpebre rimanevano immote. In Sicilia gli avevano insegnato bene che la furia, la follia, l'odio devono essere regolati da una matematica del controllo. La donna lo guardò. Quella mattina, per la prima volta dopo anni, lo stava guardando. Sembrava vedere in fondo agli oc-

chi del figlio quel tempo in cui era stata giovane, quelle ore in cui era stata bella e felice. Sembrava che, penetrando le pupille di Diego, potesse incontrare l'immagine del piacere e del sangue, della fine e della morte.

"Tu sei un figlio di puttana. Sei tu. Sì, io sono una zoccola. E tu sei un vero figlio di zoccola. A tuo padre non gli hai fatto giustizia. A tuo padre lo hai ucciso. Perché quello che hai ucciso era tuo padre."

Diego poggiò sul tavolo il bicchiere ambrato di caffè. Guardò la madre con occhi da leone calmo. Stava dicendo la verità? Si alzò impassibile. Aprì il portafogli e lasciò cadere una mazzetta di banconote tra la zuccheriera e il cucchiaino. Poi, senza dire una parola, attraversò le stanze umide e oscure fino alla porta. La aprì, uscì, la richiuse. Suonò il campanello dell'appartamento di fronte. Aprì una signora sui quaranta con una bambina in braccio che le stirava con malavoglia i lunghi capelli neri, afferrandoli, attorcendoli.

"Ah! Buongiorno, avvocato."

"Sinceratevi che prenda i farmaci, per favore. E la casa... È tutto un disordine."

"Avete ragione, io la faccio sempre la casa, ma un'ora dopo lei scombina un'altra volta le cose e io..."

"Va bene... Va bene..."

Diego aprì di nuovo il portafogli.

"Ma no, avvocato è troppo..."

"Lasciate stare... Mi raccomando..."

Scendendo le scale, l'avvocato si domandava se poteva essere vero quello che sua madre gli aveva appena detto. Dunque era così? Era nato dalla passione di lei per l'uomo che lui stesso aveva ammazzato? Si poteva credere a una donna imbottita di psicofarmaci? Nel cervello gli straripò il ghigno della scienza: il Dna. Ma fu un attimo. Non gli interessava sapere di chi era veramente figlio. I padri, i padri veri, sono un disegno della fantasia affettiva. I padri non sono ciò che abbiamo, si disse, ma ciò che desideriamo e basta.

Quando fu in strada sentì lo svetrare di un balcone malfermo che si apriva. Istintivamente alzò la testa. Sua madre si affacciava con i soldi in mano. Li strappava in dieci, cento, mille tagliuzzi colorati e li lanciava dall'alto. Diego si fermò a osservare la pioggia di coriandoli buttati giù dal primo piano, e soprattutto guardò se stesso mentre guardava quella scena col sorriso sulle labbra. Alla fine, lei, fissandolo con sfregio, con gli occhi stretti e attigrati, si sporse dall'inferriata e sputò.

27.
Posillipo. 16 maggio. Mezzanotte. Villa Pollione.

Splendeva in questa notte la luna piena iniettata di arancio. Ombre irrosite mestruavano la rena della villa romana.

Diego era giunto all'appuntamento con un anticipo di oltre un'ora. Passeggiava tra antiche mura di *reticulatum* sorseggiando la dolcezza del sigaro e la dolcezza dell'attesa. Il tempo strazia ogni giorno la nostra vita, pensava. Il tempo stinge l'esistenza in un nodo scorsoio incordato di doveri. Ma il tempo, a carezzarlo, sa anche essere amico, basta allungare tutto il supplizio che annuncia il piacere.

Luce appariva ora in fondo al lungo viale di terra battuta. Vestita di un cotone leggerissimo, bianco, i pantaloni e la giacca mareggiavano piano, docilmente, sotto l'onda del vento.

Diego sentì l'annuncio respiroso di una pulsazione di sangue alla gola. Lo domò e le andò incontro con passo lento.

La ragazza, vedendolo, ebbe un raddoppio di fiato che andò in risacca nel seno, giù, fino allo stomaco, per ritornare in un accenno di arrossamento alle gote.

Lui fu circonfuso da un sentore bello e misterioso di femmina. Le poggiò il palmo della mano sulla schiena con una pressione impercettibile. La invitava con quel gesto a procedere ancora, sei o sette passi. Oltre un cespo di lauro si apriva la spianata dell'antica villa di Vedio Pollione. Uno slargo sabbioso zigrinato qua e là del verde d'un'erba che non lasciava capire se volesse sparire o emergere dalla terra. Il promontorio di roccia dirupava sul mare.

Una collana di fiaccole rischiarava i resti dell'antico odeon, e più in fondo quelli del teatro in scale digradanti cariate dal sale.

"Ecco. Ecco, Luce. La coda di lucertola mozzata. La coda tagliata che si muove ancora."

Laggiù, il profilo scuro dell'isola di Nisida; l'ansa serpeggiante di Posillipo; dall'altra parte, l'affondo roccioso della zampa di drago del Capo Miseno. Le stelle parevano pulci inquiete che brillavano di salti inverosimili.

"Pensa, Luce: là in fondo le terme di Nettuno, un po' più avanti la grotta della Sibilla, il tempio di Apollo, il sepolcro di Agrippina, il Sacello degli Augustali, il Lago d'Averno, la Piscina mirabile, il tempio di Venere. Tutto in un pugno di terra e tutto in un pugno di mare. Ma è solo coda di lucertola. È solo coda tagliata. Tutto è profanato e soffocato dalle ciminiere arrugginite di Bagnoli, da un labirinto di strade asfaltate dove si stenta a campare e si delinque, da tangenziali e viadotti, da epilessie edilizie che hanno vomitato cemento. I pezzi di quello che fu divino sono martoriati e dispersi. Nessuna Iside potrebbe... Vieni."

Sedettero su un piccolo muro giallo dal quale la vista abbracciava l'odeon fiammeggiante nel disseminio delle ciotole di cera. Diego guardò Luce con quel sorriso che nei suoi occhi prendeva sempre una densità seria. Lei parve interrogarlo con lo sguardo. Lui le sussurrò di contare fino a dieci. Glielo disse piano, quasi all'orecchio, come un segreto. Quando la ragazza ebbe contato tutto il gioco fino a dieci, dalle profondità delle pareti di pietra dell'antico auditorio apparvero ombre di musicisti vestiti di nero, le camicie cremose di luce, le cravatte a farfalla. Archi, fiati, percussioni e infine un'arpa. Tutto avveniva come in un rituale incomprensibile. Erano pronti. Il direttore d'orchestra entrò con l'aria di un prete, si fermò, attese e diede a piumeggiare la bacchetta nell'aria.

Diego Ventre aveva scovato il violoncellista di Palazzo Maddaloni, quello che aveva accompagnato la sua visita con Luce tra le stanze del grande appartamento ammantato di polvere. Era un giovane musicista, e faceva i suoi esercizi per una sinfonia che avrebbe debuttato al Teatro di San Carlo. La musica era di un singolare compositore palermitano. Un concerto per arpa e orchestra di rarissima seduzione. Diego era andato a parlargli all'Hotel Vesuvio e lo aveva convinto a far suonare il pezzo tre giorni prima dell'esecuzione ufficiale nel teatro più bello del mondo.

Gli era parsa una coincidenza fascinosa che quelle note venissero dalla terra di Sicilia, dal mondo che da giovane gli aveva insegnato le regole mute di quell'immensa partita agli scacchi che è la vita.

Il cuore di Luce tambureggiava di gioia e imbarazzo e folle godimento e tenerezza. Capiva che tutto era stato preparato per lei e sprofondava come verso l'alto, tra accenti di Rachmaninov e sole insulare, mentre gli ottoni di una banda popolare da funerale palermitano crescevano da sotto il tappeto dei violini come il reclamo di una terra antica che intoni il diritto alla sopravvivenza.

Quale donna aveva avuto tanto? Quale donna aveva incontrato un uomo che in una manciata di ore le aveva regalato il libro del passato che lei amava, che aveva comprato la casa delle decadenze che lei corteggiava, che l'aveva portata chissà come tra le mura della Roma imperiale sedotta da Napoli? Diego sembrava l'incarnatore dei sogni di Luce e Luce cominciava ad aver paura di tanta bellezza.

La musica la aggrediva di passione, la graffiava nelle ossa, le sfilava le calze e le vene, la portava via, fino al nascondiglio dove lei ritrovava il segreto di se stessa accuratamente celato.

Diego le era accanto. Le dita delle mani intrecciate intorno al ginocchio destro, gli occhi fissi all'orchestra senza un solo battere di ciglia.

Di tanto in tanto, il mare infilava uno schiaffo di spuma a tempo nei calando della sinfonia. La brezza alitava in mezzo ai fogli delle partiture istigando la musica al duello imprevisto con la bellezza del vento.

Tutto finiva. Tutto finiva, adesso. Diego si avvicinava al direttore attraversando il pianoro sabbioso. Gli stringeva la mano. Ringraziava gli orchestrali con spruzzi di sorrisi.

Nel deflusso ieratico dei professori d'orchestra, l'avvocato si voltava. La giacca chiara, i pantaloni blu, cercava la dea del silenzio. Si avvicinò a lei con in tasca un altro sorriso e lo tirò fuori quando le porse la mano per farla rialzare. Luce ci impiegò un tempo lungo. Era rimasta seduta, tutti e due i palmi sotto il mento: rappresa di incredula dolcezza nell'incanto. Ora tendeva la mano a Diego: erano in piedi, l'uno di fronte all'altra.

"È stato per te, Luce."

Lei chinò appena la fronte da un lato e la massa ondosa dei capelli chiari le rivelò l'orecchio e il collo. Strinse più forte la mano di Diego e la lasciò.

Camminarono in silenzio verso le colonne dell'odeon. Poi finalmente lei disse un "ma".

"Ma... Ma... Ma... Luce, ma avevo capito che questa musica ti era buona parente di sangue. Quel giorno a Palazzo Maddaloni... Ho indagato un po'."

Lei scrutava tutto il luogo di tufi e di resti. Diego indovinò la domanda imminente.

"C'era una proprietà privata accanto a una proprietà demaniale. Quella privata l'ho comprata, è una piccola casa dietro quei pini. Su quella demaniale ci cammino come se fosse mia. Buoni amici in Sovrintendenza e il mio massimo rispetto per le antichità."

Lei si ridestò dal rapimento dei sensi, rise con decisione perché le tornava in mente Stazio: "Qui gli uomini hanno per legge la loro costumatezza e l'equità non ha bisogno di fasci. E che vedute magnifiche e campagna e templi spaziosi segnati da tante colonne! Il circo e il teatro, enormi, e i giochi vedrai, pari a quelli del Campidoglio; e quante risate a quelle commedie di Menandro, sfacciatelle un poco e un poco serie: un misto insomma di Roma e di Grecia... Ed è intorno dovunque la gioia della vita: Baia, spiagge piene di carezze, il tetto della Sibilla, il Capo Miseno, i vigneti del Gauro ricolmi, e Capri, laddove agli incerti nocchieri lucente come la luna che va di notte splende il faro dall'alto, e i poggi di Sorrento dove il forte vino matura... Qui con le onde sue lente batte il mare tranquillo, ed è la pace sicura e il dolce far niente ed una quiete senza fine".

"Stazio?"

"Stazio, Diego. Stazio."

"Ma tutto questo non esiste più, Luce. Stanotte stai vedendo un fremito di bellezza staccato dal corpo morto. È una coda tagliata di lucertola persa. Tutto questo non esiste più."

"Perché?"

"Perché ce lo siamo mangiato. Siamo un popolo di cannibali. E forse nessuno sospettava che oltre a divorare i corpi di noi con noi, saremmo arrivati al punto di mangiarci pure le anime."

"Questa città è ancora bella, Diego."

"Questa città non c'è più. È l'eco di un suono. Chi ha accarezzato il violino con il suo archetto è morto da un pezzo. L'eco corre disperata e si ripete finché può, ma è orfana, morirà, si spegnerà e nessuno più potrà partorirla di nuovo."

"E chi era il violinista? Che cosa è morto?"

"Il violinista era il popolo. Napoli non ha più il suo popolo. Quelli che una volta erano fruttivendoli e falegnami e scarpari e pizzaioli ambulanti oggi non fanno più questi lavori. Vendono polveri chimiche, acidi, cocaine. Se fanno ancora questi mestieri li fanno come paravento, come attività di copertura. C'è ancora una minoranza che fatica onestamente, ma è una minoranza isterica. Non le basta più niente, ha bisogno di troppe cose per poterle comprare con un lavoro cristiano. Il sacro è morto. La Chiesa non fa più effetto. La festa è una pretesa quotidiana. Te ne sei accorta? Non sorride più nessuno. Nelle metropolitane, sugli autobus, sui marciapiedi, non sorride più nessuno."

"Tutti delinquenti?"

"No, Luce, non tutti. Ma qui non si può fare più niente senza andare da qualcuno a nome di un altro che ti ci manda. I camorristi sono delinquenti, ma non sono fessi. Quando hanno capito che la politica si era fatta i suoi territori, quando hanno capito che i politici si erano fatti i loro feudi nei loro palazzi, allora si sono fatti i propri nei propri quartieri. La politica ha iniziato a dialogare con loro: gli ha chiesto voti, gli ha offerto appalti, si sono capiti. D'altra parte, spesso lo Stato affida alla delinquenza i compiti sporchi che lo Stato non può svolgere."

"Non può essere così."

"Luce, stammi a sentire. Chi va a dire a un ragazzino di quindici anni che guadagna settecento euro a settimana spacciando che è meglio trovarsi un lavoro onesto, cioè un lavoro da garzone o da barista? Chi può andare a spiegargli che cinquecento onesti euro al mese sono meglio di tremila disonesti? Chi ci va? Il politico? Ci va il politico che ne prende diecimila? Che ha sistemato la moglie e i figli? No. Non ci può andare. Parlerebbe in una lingua incomprensibile. A quello che era il popolo hanno detto che una bella macchina è meglio di san Gennaro, che per campare ci vuole un bel vestito, una bella motocicletta, un bel computer, un bel mazzo di banconote nella tasca. Loro se lo sono creduto. E adesso lo vogliono."

"Stai dalla parte dei criminali?"

"I criminali sono un prodotto. I politici fanno raccomandazioni. I criminali chiedono tangenti. I politici impongono la legge del loro clan. I clan impongono la legge della loro politica personale. Gli uni e gli altri pensano ai fatti propri. E spesso collaborano. In più, i criminali rischiano la vita. I politici la fanno rischiare ai loro poliziotti, ai loro carabinieri e a qualche giudice che ci crede ancora. Questa città non interessa più a nessuno. È come una buonanima che si nomina per rivendicare i propri interessi. È come un morto che si tira in ballo solo per averne i quattrini lasciati in eredità.

"Devi guardarla da lontano, Napoli. Valla a guardare da Capri e sembrerà ancora bella. Pensala da Milano e ti farà nostalgia. Oppure scrutala dai tetti delle case e punta gli occhi verso l'alto, se ti tappi le orecchie ti sembrerà come duemila anni fa. Il cielo, la luna, le stelle, il mare, da lontano, sembrano ancora gli stessi.

Ma sembrano e basta. E perfino il merito di quel che sembrano non è nostro."

Luce camminava in silenzio. Diego la seguiva di fianco, mezzo passo indietro. Chi era quest'uomo che regalava all'anima colpi di scena? Chi era quest'uomo che amava le antichità, difendeva la camorra in tribunale e conosceva Stazio? Chi era? Da dove venivano la sua gentilezza e la sua lucidità?

Lei si fermò davanti a un cespugliare di ginestre. Taceva.

"A che pensi, Luce?"

"Niente. Pensavo che mentre ci amano dobbiamo sempre ricordarci che non siamo proprio noi quelli che stanno amando. E pensavo che il giorno in cui i nostri amanti non ci amano più, quelli che non sono più amati siamo proprio noi. Siamo solo noi."

28.
Posillipo. 17 maggio. Mezzanotte. Villa Pollione.

Lo scirocco spalmava caldo vischioso sul promontorio di Pollione. La spianata di terra chiara era spazzolata da ondate improvvise di vento.

Al tavolo rettangolare di antico marmo e ferro battuto, Diego e Luce si sorridevano. Due cameriere in grembiule bianco allacciato sull'abito blu avevano servito leggeri piatti di mare. Di tanto in tanto, la ragazza scrutava l'enorme spazio di velo color perla allestito in fondo al pianoro. La penombra non le lasciava capire cosa nascondesse. Cercava gli occhi di Diego e lui con gli occhi le rispondeva che sì, una sorpresa c'era, ma non era quello il momento.

"E il tuo lavoro com'è? Che significa fare l'avvocato penalista a Napoli?"

"Del mio lavoro non parlo mai."

"Ah, sì?"

"Immagina Picasso che spiega il senso di una sua tela. Immagina. Non si può fare. Siamo nel regno dell'incommentabile."

"Ho pensato molto a quello che mi hai detto ieri."

"Cosa?"

"I ragazzi che vendono droga. Ne parlavi come di dannati irrecuperabili."

"Luce, un ragazzo napoletano di quindici o sedici anni vive a quell'età la sua fase dell'ambizione inconsulta."

"Ambizione inconsulta?"

"Sì, Luce. A quell'età si vuole tutto e se una rabbia storica, come posso dire?, imponderabile, ti morde l'intestino da dentro, come una vipera, allora l'ambizione diventa pioggia battente. L'acqua piovuta se ne va dove trova sbocco: è fatta per ristagnare o scendere. A chi si ispira un ragazzo di quell'età? Per chi lavora? Tanti anni fa avremmo detto che cresceva in un tessuto popolare, magari era analfabeta o quasi; forse era un po' ladro o quasi. Ma niente di più. Tranne eccezioni, niente di più. Quello stesso ragazzo, nato oggi, non vive più in un contesto popolare, vive in un contesto degradato. La sua religione è il consumo. Vuole consumare le cose, i fatti, vuole consumare se stesso, vuole consumare il suo tempo. Vive una strana attività vampiristica: desidera succhiare sangue per offrire più sangue a chi lo succhierà dal suo corpo. Vuole una moto potente, un cellulare alla moda, insomma, vuole un passaporto in euro che gli permetta di trasmigrare da una discoteca all'altra, da un bar all'altro, da un ristorante all'altro, con lo spasmo dell'alcol e del gioco d'azzardo. Così si mette a fare il palo per strane operazioni di smercio. Oppure vende direttamente la roba. E sai una cosa, Luce? Se io e te andassimo a chiedergli perché lo fa, ci risponderebbe che la sua cocaina e le sue pasticche le vende a stimati professionisti della città, a napoletani che hanno una famiglia irreprensibile, una bella macchina, un bel lavoro: gente che paga puntualmente le tasse. Poi potrebbe aggiungere che i suoi clienti migliori sono giovani a modo: la mattina vanno all'università e la sera si cercano la dose. Infine, concluderebbe che la sua è una clientela selezionata, referenziatissima. Persone con due lauree: volete che non lo sappiano, loro, se questa roba bianca gli fa bene o gli fa male? "Siamo proprio sicuri, Luce, che la camorra stia da una parte sola? "Cosa produce, la camorra? E per chi produce? In fondo, se ci pensi la città criminale lavora per la città perbene. La città nera vende droga alla città bianca. La città nera, da decenni, commercia in favori, piaceri, appalti e voti con la città bianca. Anche la città bianca vive da decenni in una grammatica dell'illegalità legalizzata. La città perbene ingolfa gli uffici pubblici domandando cortesie a nome di un amico. Cerca lavoro per i figli, e se lo trova, spesso lo trova grazie a un amico. Perfino quando un'auto viene rubata, la città bianca, per ritrovarla, sette volte su dieci si rivolge alla città nera, non alle forze dell'ordine. È storia di tutto il Sud. Da decenni, le segreterie di un bel numero di onorevoli sono divenute agenzie per il collocamento della speranza. La camorra nera dialoga con la camorra bianca, e spesso le due camorre si intendono perfettamente. Come dicono i giornali, le forze di polizia intervengono perché si sono rotti gli equilibri tra clan. Fa ridere questo: se gli equilibri tra famiglie camorristiche non si guastano, lo Stato non interviene?

"Vedi, Luce, in Inghilterra la camorra non esiste perché esiste il senso dello Stato. La camorra, socialmente, è un effetto. Un effetto, Luce, non una causa."

"E il lavoro con i collaboratori di giustizia?"

"Nel novantanove per cento dei casi è gente che è arrivata all'ultimo stadio delle sue possibilità. Collaborano quando raggiungono il fondo di un corridoio molto scuro. Ci sono due porte: una dà direttamente sul camposanto, l'altra sul pentitismo. Certo, molte volte sono stati utili, ma..."

"Ma?"

"Il collaboratore di giustizia, quando lo arresti, è perché qualcuno te lo ha fatto arrestare. I capi dei capi, quando li prendi, è perché qualcuno te li ha fatti prendere. C'è sempre un capo dei capi più capo di loro che rimane fuori, libero. È una staffetta infinita. Quando un pentito parla ti racconta cose interessanti, ma quelle cose, mentre te le spiega, sono già cambiate. Così la giustizia finisce troppo spesso per lavorare sul passato, mentre il presente muta con una velocità impressionante."

"E la mafia?"

Diego sorseggiò il vino bianco. Accese un sigaro guardando la spettinatura delle foglie d'ulivo sotto una rastrellata di vento.

"La mafia è un'altra cosa. La camorra è anarcoide. Soprattutto, la camorra soffre di esibizionismo. Domani mattina tre o quattro squilibrati si svegliano, si procurano una pistola e fanno un clan. Se vuoi fare attività con la mafia è peggio che aprire una farmacia, ci vogliono autorizzazioni, timbri mentali, pareri positivi di questo e di quello. C'è sempre qualcuno a cui devi rispondere. Nel lavoro di un mafioso crea più difficoltà la cupola che lo Stato.

"Pensa, Luce, tra l'Ottocento e la prima metà del Novecento Napoli non ha avuto un grande romanziere di fama internazionale. Ti pare normale? Mentre in Sicilia fiorivano i Verga, i De Roberto, i Brancati, i Lampedusa, a Napoli invece niente."

"Abbiamo avuto il teatro."

"Appunto. In Sicilia scrivevano in silenzio per gente che avrebbe letto in silenzio. A Napoli scrivevano cantando e ballando. Scrivevano parole per dirle, per gridarle, mai per pensare in silenzio, mai per fare silenzio. Il silenzio ci fa paura. Il nostro amore per lo spettacolo è una forma di ninna nanna autonoma, bellissima qualche volta, ma serve a colmare l'orrore del vuoto. Così, abbiamo dovuto aspettare la metà del Novecento per avere la grandezza di La Capria, la bella insolenza di Patroni Griffi, la malinconia tagliente della Ortese."

"Li hai letti?"

"Li ho letti. Li ho letti. E proprio per questo ti dico che fino a quel momento, mentre la Sicilia costruiva una strategia antistato di altissimo livello, mentre la Sicilia lavorava in silenzio per costruire in silenzio, noi a Napoli facevamo spettacolo pure con la delinquenza. Facevamo spettacolo e lo facciamo ancora. A Napoli piace il rumore, piace il canto e lo sparo. Nei secoli nobili le è piaciuto il suono, ma Pergolesi e Cimarosa sono morti da un pezzo.

"Lo scrittore siciliano sa scomparire, come il mafioso. Entrambi amano l'ombra. A Napoli conta il corpo: più ci sei, più ti vedono, meglio è. La camorra è una rappresentazione del male.

"La mafia è il male, con tutto il suo carico di orrore e di fascino.

"La mafia è un sistema. Un sistema cerebrale. L'ho vista negli ospedali, nelle università, nei Comuni, nelle Province e nelle Regioni. Un sistema che cammina parallelo al sistema Stato, qualche volta diverge, poi converge di nuovo. Abile, sempre più abile nel nascondersi, nel creare passaggi infiniti che non ti consentono mai di arrivare alla fonte.

"Se in Sicilia da sempre fosse esistito lo Stato, la mafia non sarebbe nata.

"Ancora un po' di vino? Il punto è che a Napoli parlano sempre più di quello che hanno da dire. A Palermo dicono sempre molto di più di quel poco che hanno parlato. I napoletani dettagliano all'infinito e dettagliando perdono il filo principale del discorso. I siciliani alludono segretamente e il filo principale del discorso rimane sempre invisibile. A Napoli parlare è un'esplosione musicale. Il gusto di intonare le parole gonfia i significati fino a farli scoppiare di suono. A Palermo, invece, nessuno rivela mai con le parole ciò che veramente le parole nascondono."

Diego Ventre aveva sorriso su quasi tutte le frasi appena dette. La sua voce era stata un sussurro con gli occhi al fumo del sigaro. Quando tre o quattro volte li aveva fatti cadere sulla fronte di Luce, il suo sguardo aveva emanato una potenza calmissima.

Adesso stava facendo un cenno alle due cameriere che se ne stavano di là dai cespugli di rose a guardia del carrello con i dolci. Una delle due fece un gesto a qualcuno che doveva essere lontano, nascosto tra gli alberi sulla schiena della collina. Luce lo notò e capì che era giunto il momento della sorpresa.

Dal mare una lama di luce fece una smagliatura diritta nel nero del cielo. Poi una raffica infinita di semi brillanti di rosso sprizzò una centrifuga pazza tra le stelle. Erano fuochi d'artificio. Luce si alzò. Luce sorrise. Il crepitio delle esplosioni frustava lo scirocco con tremiti violenti. Il sipario di perla si apriva con lentezza. Finalmente, apparve una giostra di bronzo. Tonda come quelle antiche intraviste nelle piazze di un tempo. Tonda e ripiena di sette cavalli con le zampe piantate sulla bella pedana. Dal centro partiva una lancia lunghissima, come un pennone di nave achea in cima al quale c'era l'infilzo di una piccola testa, cranio di morto o bambino nascente, feto che promette la vita. Sui dorsi dei cavalli erano confisse vele triangolari tutte d'argento.

Gli spari irrigavano di fuoco l'orizzonte del mare, facevano brillare l'antica giostra esaltando il mistero del bronzo.

Luce ammirava il grondare delle efelidi di fiamma nel ricasco dal cielo.

La giostra prese a muoversi, ruotava con lentezza severa, i cavalli sfilavano, tutti uguali, davanti agli occhi di Luce, e il ruotio del vasto cerchio produceva una strana musica. Sembravano carezze di suono sprigionate da cembali arcaici.

Nel fragore degli scoppi Diego abbracciò Luce e le disse all'orecchio: "È un'opera di Mimmo Paladino, il più grande artista del nostro tempo. La giostra è progettata per muoversi col vento. A seconda del vento il suono muta. E questa sera il vento è tutto nostro".

29.
Posillipo. 18 maggio. Mezzanotte.
Villa Pollione.

Quando Luce apparve al di là del rigoglio dei mirti, Diego pensò che fosse infinitamente più bella di quanto avesse creduto fino a quel giorno. Vestita di nero con un abito in chiffon di seta, il seno delicato e radioso nel décolleté ben profilato, la ragazza effondeva tutta una sua personalissima grazia che illanguidiva di semplicità lungo le braccia, fasciate in gros-grain.

Lei scendeva lungo il sentiero di ciottoli che digradava verso la spianata delle rovine romane. Lui la guardava da lontano, fumando, seduto su un avanzo di capitello.

Luce s'inombrava e illuminava negli intervalli di scurore e di fiamma disegnati dalle fiaccole sul ciglio del cammino.

Sì, era bellissima. Più bella della sera a Villa Valenti; più bella di quel mattino a Palazzo Maddaloni; più bella dell'ora trascorsa nel casino di Villa Sangrano; più bella delle prime due notti che era venuta tra le rocce di Pollione.

Diego fu preso come da un'esalazione di nausea insapore. Un effluvio di vertigine d'aria gli salì dalle narici alla fronte. Sentì tutta la seduzione dell'armonia spirare da quel corpo, si sentì pervaso come da un'antica fatatura e questo gli diede fastidio.

Lui, così abituato al dominio su se stesso e sul resto, era adesso l'ostaggio dorato di quello che aveva voluto.

Ma quando Luce allungò la mano in quella di Diego, il predatore avvertì l'offerta di un animale selvatico pronto a mostrare la vena più vulnerabile del collo.

Le baciò le dita, le sorrise, la seguì mentre si avvicinava alla giostra di Paladino. Questa notte il vento era sostenuto: la scultura circolare ruotava con lentezza sinistra, si fermava, riprendeva a girare daccapo, sprigionando singulti di ferro accuratamente intonati su più ottave di re, di fa, di la diesis. Una scultura sonora, con i suoi sette cavalli infilzati da vele, goccianti di una pioggia venuta da chissà dove. I suoni s'intonavano come richiami remoti. Parevano vecchi cancelli che si aprono dopo cinquant'anni sul giardino di una dimora abbandonata.

"Una musica purissima."

Questo disse Luce. La ragazza guardò Diego e continuò: "Sembra la promessa dei rumori del mondo. La promessa che un bambino sente quando è ancora ben chiuso nella pancia della madre. Però forse mi sbaglio. Forse sono le note che vorremmo tornare a sentire come quando eravamo protetti dal ventre, sono le note che sentimmo con la completezza dell'incoscienza. Ecco, forse questi lamenti del ferro sono la nostalgia. Potrebbero essere il fascino del richiamo, per riandare a comprendere tutta la felicità che ci passò addosso come un refolo d'aria".

"La musica e i rumori sono tutto, cara Luce. Il nostro primo contatto con l'universo in fondo è un ritmo, un tempo. Ce ne stavamo chiusi nella pancia di nostra madre, come dici tu. E quando non eravamo ancora niente sentivamo il battito del suo cuore. Il cuore della madre è il primo tamburo della nostra vita: rulla per le belle cerimonie, sprigiona la carica della cavalleria, oppure ci preannuncia il patibolo."

"Sì, credo sia vero. Si potrebbe scrivere una storia di Napoli ricostruendo la storia dei suoi rumori, la storia delle sue voci. Sarebbe magnifico avere una collezione di dischi che uno può dire: ecco, sentiamo le voci e i rumori di via Toledo nel 1715. Sentiamo una notte del 1850 a calata Sansevero. Sentiamo le grida di piazza Mercato intorno alle condanne a morte del '99. Sentiamo l'interno del Gambrinus nel 1930. Sentiamo i cortili, i falò dei pescatori, i richiami del mare, sentiamo i carri, le carrozze, gli ambulanti di una volta. Sentiamo com'erano.

"Pensa, quando ero bambina, qualche volta, la mia bisnonna veniva a trovarci alla villa. Io avevo nove anni e lei novantuno. Era magrissima, sembrava camminasse sulle punte. Ma quello che mi è rimasto impresso con chiarezza era la sua voce, sottile, acuta, tutta pulita. Veniva da noi con una sua vecchia amica, la signora Mainenti. E pure lei aveva una voce così, come se fosse di cristallo. Mi sono fatta l'idea che i napoletani di una volta amavano prendere le note alte."

"È vero, i vecchi parlavano così."

"Parlavano all'aria, Diego. Sì, fuori dalle labbra. Oltre la bocca. Parlavano all'orizzonte, o come posso dire? al cielo. Oggi invece la voce dei napoletani rimane troppo spesso nella gola. Forse esagero, ma mi pare che sia tutta una raschiatura, come un'otturazione di rabbia. Ecco, quella di oggi è una voce che non trova uscite, non trova gli spazi, né le prospettive. L'altro giorno, in un negozio del centro c'era un bambino che faceva capricci. La madre provava a calmarlo e lui la prendeva a calci e dava fuori con un pianto tutto finto, tutto graffiato. Nemmeno la guardava, sua madre. Sua madre era solo la gonna che tirava, le gambe e le scarpe con i tacchi che lui scalciava come una furia. Ora, io credo che Napoli, nei secoli, sia stata la più materna delle città del mondo. Per un bambino, Napoli era la grande madre che conteneva la sua piccola madre. Il bambino passava dalla dolcezza del seno alla dolcezza delle spiagge. Giocava a casa della sua piccola madre di carne e nei vicoli della sua grande madre di pietra. Il bambino passava da un'armonia all'altra. Dall'armonia della pelle di mamma, all'armonia della sabbia di madre. Dai baci della madre umana alle moine sorridenti della madre naturale. Sì, le moine sorridenti degli schizzi di mare, e soprattutto quelle della libertà. Una madre è l'accoglienza, l'accoglienza al di là di tutto. Vieni da mamma, si dice a un bambino per confortarlo. E la città con il suo clima, materno, con i suoi specchi d'acqua materni, con i suoi sfizi materni, con le sue lune, diceva proprio così: vieni da Napoli, vieni da me. Ma ora la città si nega. La città respinge. Non accoglie, non chiama, non calma. È come una fidanzata che ti fissa ogni giorno un appuntamento al quale non si presenterà mai. Non ha più limpidezza. Non ha più tepore. È una madre distratta. È una madre violata. Depressa. E i suoi figli, alla fine, non li vede più.

"Sai cos'ha detto quel bambino dell'altro giorno, mentre la mamma se lo trascinava fuori dal negozio e lui la riempiva di botte? Le ha detto: 'Tu sei cattiva, perché non capisci le mie parole'. Ecco, tutta la rabbia dei napoletani contro Napoli è questo: la prendono a calci perché la città non può capire le parole che i suoi figli non sanno più dire."

Diego camminava piano, tra i resti romani, accanto a Luce. Ascoltava la sua voce e si sentiva colpito dall'incantesimo due volte. Gli piaceva quello che lei diceva e gli piaceva il modo in cui lo diceva. Gli piaceva quella tenerezza fermissima che al sortilegio del corpo aggiungeva quello del cuore.

"Hai ragione, Luce. Però il mondo è pieno di consolazioni inaspettate."

"Consolazioni?"

"Sì, Luce. Il tuo piccolo pezzo di maternità antica è al sicuro."

"No. Non capisco."

"Luce, le proprietà dei Sangrano sono salve. I debiti di tuo padre sono risanati. Ora bisognerà fare soltanto dei passaggi che sembrerebbero un po' complicati a spiegarli, ma che ti assicureranno le tue cose per tutto il resto della vita."

"Te ne sei occupato tu?"

"Faccio l'avvocato, no?"

"Ecco perché a casa si stava più quieti."

Luce si era fermata: guardava Diego e si guardava le mani, imbarazzata, incerta.

L'*Autobiografia di Giuliano di Sansevero*, l'appartamento di Palazzo Maddaloni, il concerto e la giostra a Villa Pollione, i fuochi d'artificio, e adesso, adesso anche la risoluzione felice della catastrofe di famiglia. Nel suo istinto trovò una rissa tra sollievo e preoccupazione. Disse "ma". Diego le rispose "ma niente".

Lui la prese per mano, le sussurrò "vieni".

Ora scendevano lungo un camminamento che serpentava tra gli ulivi. Il mare cominciava a incrudire giù in basso agli strapiombi.

Luce stava per scivolare e Diego le strinse la mano fortissimo. Erano davanti a un varco: una spaccatura nella collina di tufo che segnava l'ingresso di un antro. Entrarono. Nel lungo corridoio brillavano lanterne a petrolio conficcate nel muro a intervalli di alcuni metri una dall'altra. Il cuore di Luce batteva come quello dei bambini quando si dicono: sì, voglio avere paura. I passi risuonavano sotto le volte del cunicolo e il cunicolo, a mano a mano che si procedeva, diventava più alto e più ampio. In fondo si intravedeva uno slargo. Si avvicinavano sempre più. Eccolo, c'erano. Un perimetro tondeggiante, come una grande sala che si chiudeva quasi a cono su in alto. Al centro dello spazio, una tela coperta da un drappo di seta rossa. Si fermarono. Diego guardò Luce, si avvicinò al quadro occultato e con la voce ispessita dall'ambiente echeggiante le disse: "Qual è il pittore che ami di più?". Lei portò la mano destra alla tempia. Era persa davvero. Poi guardò lui con occhi di sfida: "Caravaggio," disse finalmente.

"Meno male," rispose lui.

Diego lasciò cadere la cortina rossa e svelò l'opera dipinta.

Era l'*Adorazione dei pastori con i santi Lorenzo e Francesco*, di Michelangelo Merisi da Caravaggio. Luce la riconobbe immediatamente. Era proprio quella, eppure non ci credeva. Non ci credeva, eppure era proprio quella. La ragazza fece due passi in avanti per vederla meglio. Poi guardò Diego stringendo appena le labbra.

"No. Non è una copia, Luce. Non è una copia. È proprio quella, l'originale, l'unica."

"Ma l'*Adorazione* fu rubata a Palermo, nel 1969..."

"Lo so. Non l'ho rubata io. Conosco uno che conosce un altro che conosce quello che la volle per sé. È un prestito. Un cortese prestito. E almeno per questa notte ho voluto che questo quadro fosse tuo."

Luce avvertì un singulto allo stomaco, una contrazione mai provata. Guardava la Madonna in ginocchio dipinta nella tela, guardava il Bambino disteso per terra su di uno straccio, nella posizione non convenzionale di un piccolo Gesù che tiene la sommità della testa verso l'osservatore, non lasciando intravedere né il volto, né gli occhi. Guardava Diego Ventre e sentiva che il peso del suo sguardo su di lei e la bellezza dell'opera di Caravaggio erano pari nell'emozione struggente: diabolica e misteriosa.

La ragazza arretrava continuando a fissare la tela. Ora ricordava le parole di Longhi: "L'angelo che spiomba dall'alto come un giglio scavezzato dal proprio peso; il Bambino abbandonato a terra come un guscio di tellina buttata". Quanto aveva amato quella pittura di Caravaggio, quel quadro visto e rivisto solo nelle pallide riproduzioni in mezzo ai giorni dei suoi esami di storia dell'arte. Quanto aveva amato la congiura delle luci risucchiate dal nero. Quanto aveva fantasticato su quel trafugamento avvenuto a Palermo nell'oratorio di San Lorenzo. E adesso tutto era lì, davanti a lei.

Diego si avvicinò a una delle tre fiaccole infisse nella parete, e ne soffocò la fiamma in un piccolo cratere del muro. Poi prese la seconda e andò ad annegare il fuoco in un vecchio cache-pot di ottone.

Solo un legno continuava ad ardere, ed era attaccato alla roccia di fondo, dietro il quadro. Il dipinto era finito in un'invisibilità riluttante che spandeva tutt'intorno la lucentezza del neonato. Diego andò verso Luce lentamente. Il suo viso giunse a un palmo dal viso di lei. Le guardò la fronte, le gote, il mento. Le guardò gli occhi e sentì la bellezza della predizione più inquietante, la predizione che ti nasconde cosa avverrà tra un momento. Si dispose a indovinare ed essere indovinato. Avvicinò la bocca alla bocca di lei. Luce fece un movimento lieve lieve, un'inclinatura della testa che le bastò a deviare il bacio sulla guancia. E lì, sulla guancia, mentre lei continuava a tenere le mani incrociate dietro la schiena, lì, sulla guancia, il bacio di lui non si aprì e seppe non scoccare, rimanendo su quella faccia con una tenerezza mai sentita. Le respirava sul viso e da lei gli arrivava il respiro sul collo. Capelli e pace. Incredulità e profumo.

Nell'infuso sciropposo del buio, Diego le raccolse la mano destra nella sua e ancora una volta le fece sentire le sue labbra sulle dita in una promessa di bacio che non apriva nessun bacio. Stettero così, un tempo molto lungo, tra gocciolii di acque remote che scorrevano silenziose lungo le vene delle pietre e i pentimenti di volo di una grande falena.

Finalmente, Diego strinse il palmo sinistro di Luce e imboccarono un sotterraneo dove altre fiaccole s'erano quasi ammortite. Un passo, un abbraccio. Due passi, un annusamento della nuca di lei. Tre passi, la fronte di lui sulla nuca di lei, in una stretta alle spalle che pareva il più serio dei giochi all'agguato.

Luce si voltò di colpo cercando la sfida negli occhi di Diego. Lui ritentò la bocca sulla bocca, ma ancora una volta lei ritrosò le labbra e il bacio le cadde chiuso all'orecchio.

Luce sentiva tutto il morso dell'aria di maggio, tutto il sentore del salmastro, sentiva i denti della primavera sommersa nel corpo profondo di Napoli.

Diego le fece una nuova poggiatura contro il muro giallastro di quel corridoio secolare scavato, le compose sul viso i lunghissimi capelli e le baciò le ciocche a protezione della bocca con la sua bocca chiusa. Sentì le gambe di lei nello struscio delle calze contro le calze; il tacco alto di Luce fece un'impuntatura contro il tufo e produsse un lieve sfarinamento per terra. Lui la fece girare su se stessa, le baciò il cominciamento della schiena. Si staccò da lei con una sferzata di fiato, si abbandonò al muro di fronte nel metro e mezzo di distanza tra le pareti. Guardò le linee informi e sognanti che era possibile vedere nell'appannamento del buio e se ne fece negli occhi un amore mai provato. Le prese ancora la mano, la condusse avanti per altri pochi metri, aprì una vecchia porta di legno e la invitò a entrare per prima. Quando l'uscio si spalancò furono inondati da un fragore ventoso di mare. Agli occhi di Luce si impose la visione di una grande sala tutta vetri e acciaio, tempestata di tavoli rossi su cui brillavano piccole candele. Sala in penombra. Sala deserta. Un ristorante irreale. Il ristorante del Lido Virgilio. Fuori, tutt'intorno, pioveva, ma gli schizzi dell'acqua sembravano proiettati come dal basso all'alto, parevano l'escandescenza di una frittura di gioia servita dalla bella stagione. Lui rimase sulla soglia, tra il cunicolo e il salone. Lei si incamminò tra i tavoli raggiungendo la vetrata sul mare. Guardò la massa bruna di Capri all'orizzonte. Lui, adesso, le si avvicinava piano, godendosi tutto quello sfarzo d'innocenza con il rispetto che accompagna la contemplazione di una lama di spada, quando da ferma è un poco gioiello e un poco arma, quando promette lucentezza e ferita. Lei sentì il respiro di Diego contro i capelli, come era stato in quel mattino a Palazzo Maddaloni.

Si voltò e lo guardò. Lui le cercò la bocca con il patto del bacio chiuso. Lei lo deviò ancora una volta sulla guancia. Diego se ne distaccò tenendole tutt'e due le mani. Le disse: "Sei cattiva. Perché non capisci le mie parole?".

Luce ebbe un rimbalzo nel petto. Le labbra le si schiusero un poco, per far passare quel pegno di fiato che l'aveva commossa. La testa ebbe un abbandono inavvertibile all'indietro, i lunghi capelli spiovvero nel vuoto. Eccomi, pensava, sola col mistero di me, dinanzi a lui, a pochi colpi di remo da quella Cuma che fu la prima colonia dei Greci in Occidente, a pochi passi dal Lago di Averno, porta nera per il regno dei morti; vicina a Miseno, dove vagava la flotta imperiale; vicina a Puteoli, il secondo porto del Mediterraneo dopo Alessandria; vicina a quella baia che Properzio chiamava *crimen amoris*, luogo di tutte le perdizioni.

Diego le sollevò il vestito, le scoprì le gambe fasciate da autoreggenti color carne, le scostò la seta nera all'altezza del pube e con un colpo compiaciuto del pugnale affilato che ritrovi la protezione calda del suo fodero di cuoio, le fu dentro a saggiare l'altra seta, quella profonda. Lei perse gli occhi in uno sguardo da cieca, perse il respiro in una pausa mortale, toccò le spalle di lui e si ritrasse, le toccò di nuovo e si ritrasse ancora, inchiodata, in piedi, contro la condensa sottile dei vetri.

Lui le prese la mano destra nella sua sinistra, gliela sollevò come per un valzer, e incrudendo la penetrazione con fermezza le disse: "Danza con me. Ora danza con me".

La ragazza gli chiuse la bocca con la mano e ricadde all'indietro con la schiena sul più grande dei tavoli rossi. Il valzer piegava nel tango e contro il rosso della tovaglia damascata lui si faceva tutta un'ammirazione della più bella cena cui fosse mai stato invitato in tutta la sua vita.

Luce si sentiva spinta e remata, spinta e remata dentro, spinta e remata come da un fascio di sole che vibra nelle profondità marine fino a sparire, e spariva difatti irradiandole le braccia e il fegato, l'utero e il cuore con l'escandescenza di brividi multicolori, indecifrabili e pazzi. Dov'erano finiti i ricordi dei suoi primi fidanzati pesanti su di lei? Pesanti sul suo corpo e basta? Diego la possedeva di una forza che liberava leggerezza con la potenza di un veliero di cui si dimenticano le tonnellate per ammirarne solo lo scivolio sull'acqua, come fosse la più naturale delle cose.

Luce sentiva in quest'uomo la bellezza del padre amante, del fecondatore sapiente, della scossa tra le cosce che si fa protezione.

Luce sentiva libere e domate le maree dei suoi pensieri, le maree dei suoi piaceri che tracimavano in schiume giù in basso e lacrime negli occhi.

Era questo l'uomo predestinato. Rapace e sicuro, malinconico e selvatico. L'uomo che le segnava il tempo nella pancia, che l'accompagnava verso la musica che il corpo sa intonare sullo spirito.

Dal tavolo cadeva un vaso di cristallo pieno di rose, rovinando sul pavimento in mille frantumi. Lui la impassionava di sangue, donandole il mare aperto, donandole il Palazzo Maddaloni, un vecchio libro, donandole una giostra di cavalli greci, i fuochi sull'acqua, donandole la musica di Palermo, un sotterraneo di tufo, un'antica villa romana, donandole la sua Villa Sangrano che pareva perduta, donandole l'*Adorazione* di Caravaggio e l'adorazione sua, e forse, donandole se stesso, quel se stesso che non era ancora riuscito a baciarla.

30.
Los Angeles-Santa Monica. 19 maggio. Pomeriggio.

Diego entrava negli uffici della House International alle diciassette in punto. L'edificio era a un isolato dalla spiaggia di Santa Monica e si presentava all'esterno come un'enorme scacchiera di cristalli multicolori. All'interno trionfava un surfing style che faceva rimbalzare la luce tra vetrate acquamarina e pareti di un bianco accecante stilizzate sulla forma delle vele da surf.

"La beach culture," pensò l'avvocato, "la beach culture d'America".

Al grande bar disegnato con tavoli e banchi, Ventre ebbe chiara l'idea che tutti gli arredi fossero stati pensati come schegge di schiuma eruttate dall'oceano vicino. Gli offrirono da bere e gli presentarono Clive Wilkinson, l'architetto che aveva progettato quelle meraviglie.

Diego gli strinse la mano e gli disse: "Complimenti. Temo che presto dovrà venire a Napoli".

Wilkinson spiegò che aveva osato: "È un disegno ardito per un ufficio. Volevo un'atmosfera estremamente rilassante e gradevole. Qui siamo nella California meridionale, vede? Il mare è lì. Le terrazze affacciano su quella foresta di palme. Ho creato forme sinuose, tondeggianti, acuminate, per raccontare l'energia dell'acqua, il suo movimento. I pannelli divisori delle scrivanie e degli uffici s'impennano verso l'alto come tavole da surf, o se vuole come le spume lasciate sulla sabbia dalle grandi onde".

Diego sorrise di nuovo e ripeté: "Temo che presto lei dovrà venire a Napoli".

Roberta Belding infilò il suo garbo tra le parole dei due: "Avvocato, la stanno aspettando nella sala conferenze".

Il lungo tavolo ovoidale campeggiava su un pavimento color panna spruzzato di polveri luminose. Diego salutò tutti e sedette. Aprì la sua valigetta e allineò planimetrie e documenti.

"Signori, grazie per questo incontro. Sono qui per parlarvi di due cose. La più grande distruzione della storia. E la più grande ricostruzione della storia. Entro pochi mesi, la città di Napoli sarà interessata da una delle più violente eruzioni vulcaniche che il pianeta ricordi. I Campi Flegrei stanno per esplodere."

John Merris si carezzava la piega dei pantaloni di flanella.

Henry Blosi stava pulendo gli occhiali con un fazzoletto di seta rossa e si fermò. Jerry Morese accese un sigaro. Sammy Taylor guardava le carte di Ventre sul grande ripiano bianco, le fissava come per dire: se non apriamo quella roba non ci capiremo niente. James O'Connor poggiò i palmi delle grandi mani nere sul tavolo. Gregory Trollope, che prima di fare miliardi di dollari era stato fisico nucleare, si toccò le orecchie.

Delia Brown, la presidente di una catena di multinazionali americane schiuse le labbra e sorrise con i suoi denti bianchissimi. L'avvocato sfogliò i documenti con la levità di un prestigiatore.

"Signori, qui abbiamo tutto. C'è una cartina per ciascuno di voi. L'Istituto di vulcanologia di Napoli, con il conforto di otto esperti provenienti da tutto il mondo, esaminati i sintomi naturali degli ultimi mesi e interpretate le analisi dei rilevatori tecnici hanno prodotto parere unanime. Ci sarà un disastro incredibile."

"Fra quanto tempo?"

"Cinque mesi, signora Brown. Cinque mesi e forse anche meno. Le linee blu segnate sulle piantine indicano le zone che saranno distrutte. Le linee rosse, le aree che saranno molto danneggiate. Quelle nere invece sono le aree che saranno mediamente o poco danneggiate.

"I confini gialli racchiudono i territori che non saranno interessati dalla catastrofe. Dove le linee sono rinforzate da un segno marrone significa che oltre al fuoco lì arriverà anche l'acqua."

"Acqua?"

"Sì, mister Trollope. Acqua. Il mare entrerà a Napoli."

Henry Blosi continuava a pulirsi gli occhiali e disse: "Ci spieghi la sua idea".

"La città sarà evacuata. Molti perderanno la loro casa per sempre e non potranno tornare mai più. Quelli che torneranno potranno farlo solo se avranno voglia di venire a lavorare in una città diversa. E saranno in pochi a potersi permettere questo lusso. Mentre io sono qui a parlare con voi, le società immobiliari delle quali mi occupo stanno acquistando gran parte degli edifici della città che saranno interessati dalla ricostruzione. E la ricostruzione si farà solo per i palazzi e le case di interesse storico. Il Governo e la Comunità europea stanzieranno una pioggia di fondi. Le risorse serviranno a fare di Napoli una capitale del turismo mondiale. Alberghi, casinò, soggiorni da favola. La ricostruzione dovrà avvenire secondo rigorosi parametri antisismici, antieruttivi e antialluvionali.

"I visitatori saranno di livello medio-alto, alto e altissimo. L'elemento di attrazione sarà la città distrutta, fumante, con ricorrenti alluvioni marine per le quali dovremo essere attrezzati. Signori, Napoli diventerà il luna park della storia."

Delia Brown si ravviò i capelli rossi e inforcò gli occhialini: "Vada avanti, avvocato".

"Io avrò le proprietà che ci servono. Poi arriveranno i quattrini dello Stato. La fase successiva sarà quella dei progetti e degli appalti. E su quelli entrate in scena voi. Voi, perché siete quelli che conoscono i cicloni e le trombe d'aria, le alluvioni, gli incendi e i vulcani. Voi, perché avete gli studi di progettazione più straordinari del mondo e perché fate belle architetture."

"E perché abbiamo amici importanti, forse."

"Signor Morese, noi siamo qui perché io ho amici importanti. Altrimenti non vi sareste presentati in sei per sentire cosa ha da dire un italiano."

O'Connor si strofinò il naso: "Ma gli appalti non li vorranno quelli di Napoli?".

"Li vorrebbero, O'Connor. Li vorrebbero. Ma non devono averli. Questa dev'essere un'operazione seria."

"Sì, ma come reagiranno?"

"Mi sta chiedendo se spareranno, signora Brown? No. Non spareranno. Loro oggi hanno dieci e non sanno nemmeno cosa sia mille. Noi li porteremo da dieci a cinquanta. Alla grande cena della ricostruzione non dovranno partecipare, ma si apriranno per loro molte vene d'oro dalle quali potranno bere. Berranno e ci ringrazieranno. È una macchina troppo grossa, questa. Non la saprebbero guidare. Sono ambiziosi, ma non sono fessi. E non hanno nessuna voglia di schiantarsi contro un muro. Però, signori miei, se accettate desidero un impegno scritto entro tre giorni."

John Merris allungò le braccia sul tavolo e guardò Ventre diritto negli occhi. "Scusi, avvocato, ma chi ci assicura che i fondi per la ricostruzione arriveranno veramente?"

Ventre poggiò le spalle contro lo schienale della poltrona imbottita. Accese un sigaro: “A me lo assicurano i miei amici importanti. Voi fatevelo assicurare dai vostri. Signori, è stato un piacere”.

All’aeroporto, Diego Ventre era protetto da Sandro e da tre amici della California. Li rassicurò e sedette in una luminosa sala d’attesa con le poltrone rosse e i vetri opachi. Aprì il “New York Times” e lo sfogliò. Una mano lo carezzò sulla spalla. Diego si voltò. La bella faccia imponente e olivastra di un grande vecchio dalla fronte alta gli sorrideva con occhi di Sicilia. Era lui. L’uomo che venticinque anni prima aveva visto a Palermo, in una villa ai Colli di San Lorenzo. Un pomeriggio d’estate certi amici lo avevano portato lassù, dicendogli con l’emozione nel cuore che avevano avuto il permesso di andare a salutare *lui*. Lui era *lui*. Il nome lo sapevano in pochi e quei pochi lo chiamavano *lui*. E *lui* adesso lo stava guardando fisso sedendo su di una poltrona accostata con lo schienale alla poltrona di Diego. Tutti e due si erano voltati di tre quarti per essere l’uno a favore dell’altro.

“Bravo, Ventre. Bravo. Ti sei fatto strada. Ti ho seguito da quando eri giovanotto. Bravo. Hai fatto bene a prendere la laurea in Giurisprudenza. Conoscere la legge serve più di quanto si possa immaginare.”

“È un onore per me... Un onore...”

“Lascia stare l’onore. Tu sei il primo napoletano che ha fatto cose serie negli ultimi cinquant’anni. Sei il primo napoletano che pensa da siciliano. Fino a oggi non hai fatto nessun errore. Ti ho dovuto salvare solo un paio di volte, una decina d’anni fa.”

“Salvare? Salvare da che cosa?”

“Sciocchezze Diego, sciocchezze. Non le hai sapute e non le devi sapere. Roba vecchia. Roba superata. Gente che ti voleva male. Ma adesso non ci sono più. Ti devo dire che tuo padre sta bene. Ti fa sapere che non ti ha dimenticato. Però, sai, certi ricordi non aiutano e tiene piacere a volerti bene da lontano. Abita a Paterson, vicino a casa del fratello, tuo zio. Tuo zio è grande amico mio. Qualche volta il piccolo uccello può salvare il leone, e io non dimentico niente.

“Abbi sempre cura e rispetto per quelli che ti pare contino po co. Viene un giorno che si ha bisogno di tutti. Te la ricordi la prima volta che a Palermo ti arrivarono i soldi dall’America? Fu tutto attraverso me. Da tuo padre a tuo zio e da tuo zio a me. Per quello che avevi fatto, lo Stato ti avrebbe messo in galera. Noi ti abbiamo capito. L’affare di Napoli è bello. Bello veramente. Non ti meravigliare. Se non lo avessi saputo mi dovrei dimettere da me stesso. Gli amici che hai incontrato oggi accetteranno. Garantisco io per te. L'impegno scritto non l'avrai fra tre giorni, lo avrai domani. Ora quello che ti dico tienitelo chiuso in bocca. Le persone che hai visto a quel tavolo sono terze file. Loro non lo sanno. Sono convinti di decidere in proprio. Ma sopra di loro c'è un'altra cosa. E sopra quella cosa, un'altra ancora. Tra quei sei ce n'è uno solo che conta di più. È uno di seconda fila che fa il ponte tra il terzo e il primo livello. Bravo. Così mi piaci. Non mi chiedi chi è e non me lo devi chiedere. Va bene così. Tu sei come i leopardi. Amano muoversi al buio e non amano sporcarsi le zampe nelle pozzanghere. È così che devi continuare. E a Napoli che si dice?"

"A Napoli... A Napoli è un momento delicato..."

"Stai andando bene, Diego. Stai andando bene. Continua sulla linea della trattativa. Più parole e meno sangue. L'intelligenza e le parole sono le armi più sofisticate che esistono. Non te lo scordare mai. Tu sei circondato da un sacco di gente che non sa per chi lavora. Come quelli con i quali hai parlato oggi. Noi li facciamo lavorare per noi, ma loro non lo sanno. Sanno quel poco che fanno. Ma non devono mai sapere per chi lo stanno facendo, e soprattutto per che cosa lo stanno facendo. Credono di farlo per il denaro, per la ricchezza, per il potere, e questo devono continuare a credere. Be', si è fatto tardi..."

"Come posso ringraziarvi?"

"Come puoi ringraziarmi? Una di queste sere, quando ti metti a letto con la luce spenta, ricordati di tuo padre, delle arance e di Palermo."

"Ma se avessi necessità di... Come posso trovarvi?"

Il grande vecchio fu aiutato da due dei suoi a indossare il soprabito chiaro. Prese la mano di Diego tra le sue e sorridendo inclinò la fronte d'un soffio per dire: ci troveremo nel silenzio.

31.

Napoli. 19 settembre. Alba.

La notte del 14 settembre Napoli fu paurosamente attaccata dal fuoco e dall'acqua. Dai Campi Flegrei si scatenò una violenta esplosione. La prima colonna eruttiva scagliò pezzi di magma a decine di chilometri di altezza. Enormi frammenti di roccia raggiunsero Napoli in pieno, sfondarono strade, spaccarono in due interi palazzi. Poi la colonna eruttiva ricadde al suolo, si irraggiò in più direzioni raggiungendo tra i centotrenta e i centocinquanta chilometri di velocità. I flussi piroclastici rasero al suolo tutto quello che incontrarono con l'impeto di un treno arroventato. Le camere magmatiche si svuotarono e richiamarono l'invasione del mare. L'acqua arrivò in contatto con l'elevata temperatura del magma, vaporizzò, creò una raffica di esplosioni diffuse che proiettarono fuori dal centro eruttivo nubi a bassa densità. Il mare entrò in città in meno di due ore e in meno di due ore se la riprese. Il professor Corso non aveva mentito. Aveva parlato come un freddo profeta della scienza. La natura manteneva la promessa della fine. Da quel momento erano passati cinque giorni. Ora le prime luci del mattino si distendevano su Napoli come un velo azzurro che ricopra il corpo di una giovane sposa morta. Il calore del sole era rinforzato da getti di fuoco che illuminavano la costa come in un'alba adirata. Le fiamme lingueggiavano nutrite da un rancore sotterraneo finalmente libero di far valere la legge della propria vendetta. Lapilli roventi erano stati sputati dal sottosuolo con una incessante smania centrifuga, somigliando alle oscure geometrie dei tordi quando trasvolano i cieli. I gas scatarravano l'aria in folate massicce e imprevedibili, disidratando i giardini di aranci, i vigneti residui dei Camaldoli. Tutte le terre, da Cuma a Castellammare di Stabia, erano invasate da un'epilessia che torceva le viscere del sottosuolo sprigionando spurghi millenari.

Brividi sismici si rincorrevano tuttora adescando impeti acquosi e tracimazioni incredibili. Il mare aveva inondato l'intero centro storico della città. In piazza Municipio il porto non esisteva più. Le torri del Maschio Angioino erano sommerse oltre la prima merlatura. Il cortile di Palazzo San Giacomo era diventato una cisterna di acqua nera. Una guglia con sopra scritto Teatro Mercadante affiorava dalle increspature del mare come un marchio derisorio e deriso.

Il primo giorno dell'esondazione marina, la platea del Teatro di San Carlo era stata invasa da tonnellate di acqua salata, trasformando l'emiciclo di stucchi e velluti in una piscina sinistra dalla quale affioravano, fermi come tombe, gli schienali rossi delle poltrone. Nella fossa orchestrale galleggiavano brandelli di partiture, mentre il lamento delle finestre spaccate dal vento accompagnava il cigolio quasi umano delle porte dei palchi.

La piazza del Plebiscito, via Toledo, piazza del Gesù, piazza Dante, tutto coperto di liquami melmosi. Le discese dei Quartieri Spagnoli erano sprofondate aprendo allo sguardo alto degli elicotteri una prospettiva da Venezia insolita. Le schiume verdastre ricoprivano i palazzi per due metri di altezza, e a seconda delle correnti e delle scosse idrotelluriche il livello del mare si portava fino a trecento o quattrocento centimetri, marcendo le mura con un'indolenza potente, invadendo terranei, sottoscala e primi piani con l'arroganza di una truppa liquida tornata vittoriosa a reclamare la signoria della natura sulla storia.

Gli abitanti di Napoli e provincia erano stati allontanati a partire dal 28 giugno, con uno scaglionamento durato ventidue giorni che si era concluso il 19 luglio. Le cose si erano svolte come aveva suggerito l'avvocato Ventre. Il 15 giugno, all'indomani dell'ufficializzazione dello stato di imminente pericolo da parte degli esperti vulcanologi presso le istituzioni, era scattato il piano di evacuazione. La gente era stata tenuta all'oscuro della catastrofe incombente e si era sottomessa all'esercitazione simulata raggiungendo Trieste, Pordenone, Cuneo, Rimini, Arezzo, Genova, Pisa, Gubbio, Perugia, Assisi, Frosinone, Civitavecchia e molte altre città del Centro-Nord. Alcuni si erano insospettiti e avevano abbandonato le loro case prima delle partenze previste dalla turnazione, raggiungendo parenti lontani, o rifugiandosi nelle case, villette e ville destinate ai ritiri estivi.

I consigli comunali, l'assemblea regionale e provinciale erano stati trasferiti a Roma. I telegiornali trasmettevano immagini aeree del disastro mentre tutti cercavano con gli occhi un'inquadratura del proprio quartiere, del proprio palazzo. Gli esseri umani guardavano la città attraverso uno schermo schiacciati dall'impossibilità a dire parole. Fin dai primi giorni di agosto, televisori e giornali avevano somministrato le notizie sulla catastrofe con un crescendo premeditato. Poi, nei primi giorni di settembre, l'apocalisse fu prefigurata come cosa certa, come cosa imminente. Si diceva che era questione di qualche settimana, di qualche giorno, di qualche ora. I napoletani erano tutti lontani, tutti distanti dalla casa amata, lacerandosi nelle notti insonni. Tornare almeno un momento. Tornare per salvare dalla distruzione il ritratto di un nonno dimenticato, il vassoio d'argento ricevuto per le nozze, il libro con la dedica di un amico, le fotografie di una vita. Tornare non si poteva. Le forze dell'ordine presidiavano stazioni, aeroporti, autostrade. I napoletani erano esiliati, esiliati con una differenza: sapevano di non poter mai più sperare. Nessuna grazia, nessuna indulgenza, nessuna sanatoria, nessuna fuga avrebbe consentito loro di vivere ancora dove avevano vissuto e dove, in fondo, avevano desiderato un giorno morire. Stavano così, alloggiati negli alberghi di mezza Italia, con il vuoto negli occhi, con l'aria di essere rifugiati politici, profughi della storia, zingari d'Occidente divenuti un peso per chi li ospitava e un peso per la propria esistenza. Il loro amore cronico per le parole si era dapprima innalzato con un'ouverture di speranze, di scaramanzie, di minimizzazione, poi si era addentrato in un primo atto di dubbio, una seconda parte di dramma e un finale di silenzio. Non parlavano più. Non abitare Napoli significava non abitare il proprio corpo. Si sentivano esiliati da se stessi. Anche i caratteri più forti e più indomabili parevano essere regrediti dentro il guscio di un'infanzia imperfetta. Sentivano in corpo il sentimento di essere tornati bambini, ma bambini senza madre, senza padre, senza fratelli e amici. Soprattutto, si sentivano bambini cui avessero frantumato il giocattolo più caro, il giocattolo dei giocattoli, bambini cui avessero rubato l'idea stessa del gioco. Era un lutto. Tutto era un lutto. L'attesa, l'inappetenza, il sonno finito. Quando l'agonia della città giunse all'ultimo respiro, le postazioni aeree delle televisioni di tutto il mondo trasmisero in diretta le immagini di un oltraggio insostenibile. Tutti sperarono che almeno la propria casa, il proprio quartiere, il proprio palazzo, fosse risparmiato. Fu inutile. Sulle labbra afone tornò l'innocente supplica ai santi, alle anime dei morti, alle madonne, a tutto il nominabile. Furono solo parole e furono le ultime. Ora rimaneva unicamente vuoto. Ora i napoletani fissavano Napoli e Napoli, dalle orbite sfondate dei suoi balconi, fissava i napoletani per dire tutto il dolore.

Vincenzo di Sangrano e Maria Amerigo si erano rifugiati nel vecchio palazzo di Castellabate e di lì avevano visto i bagliori della fine arrossare il cielo di Napoli, il profilo della costa.

Diego Ventre e Luce avevano raggiunto la tonnara di Cetara. E da lì, mentre provava il vestito da sposa, Luce osservava nello specchio davanti a sé le immagini di Napoli che le arrivavano da un televisore senza volume. Posillipo era tutta come innevata di materie combuste grigio chiaro. I palazzi della Riviera parevano velati dalla cenere fitta di un tulle che faceva assomigliare la città a un incredibile bianco e nero. Un tulle aderente, come impastato alle mura col rinforzo di una biacca tragica. Un tulle che Luce, per un momento, vide molto, molto somigliante a quello del suo abito.

Ebbe un mancamento. Gli occhi le si riempirono di nebbia. Poi fu colta da uno strano pensiero: "Qual era il mio volto prima che mio padre e mia madre si incontrassero? Era Napoli, il mio volto era Napoli. E Napoli era il volto di tutti quelli che hanno dovuto abbandonarla. Era la faccia primigenia di tutte le persone che oggi devono sopportare la morte. Napoli, prima che nascessimo, era il nostro calco di origine. Napoli era il primo modello di mare e terra dal quale ricavare la forma della nostra carne e della nostra vita".

32.
Cetara. 20 settembre. Pomeriggio.
La Tonnara.

Le terrazze della villa di Cetara formicolavano di invitati. Diego Ventre e Luce di Sangrano si erano sposati a mezzogiorno nella cattedrale di Amalfi. Nonostante la sciagura sismica su Napoli, nonostante lo svuotamento di Portici e San Giorgio, San Sebastiano, Ercolano, Torre del Greco, fino a tutte le terre in pericolo, l'avvocato non aveva voluto rinviare la cerimonia. In quei giorni pesava soprattutto l'aria di smarrimento calata sulle persone come calce bollente. Il destino di milioni di esseri umani era ormai divenuto invisibile, innescato da un nemico che non si poteva combattere. Il fuoco e la terra con l'alleanza del mare e dei gas tempestati dal vento stavano deflagrando in una guerra di cui era impossibile prevedere la fine e le conseguenze.

Però, quando Luce era apparsa nell'abbaglio del sole davanti alla grande porta del duomo, le centinaia di intervenuti avevano potuto immergere il tizzone della malinconia nella freschezza di una bella speranza.

La femmina delicata e forte, fiera come una principessa sveva, veniva a promettere quella vita e quell'armonia perduta che solo una donna vestita da sposa può suscitare.

Vincenzo di Sangrano aveva accompagnato la figlia all'altare rinfrancato nel cuore. Le sue frane patrimoniali erano tutte arginate, in via di risanamento grazie allo spirito santo dell'avvocato Ventre. Maria Amerigo aveva nuovamente issato sull'albero maestro della sua vita la bandiera del lusso, smaniando di un'isteria raddoppiata nel tentativo di piangere in chiesa, e senza riuscirci.

Il pranzo alla tonnara era stato servito all'aperto, tra il roseto, i tre cortili e i bracci pietrosi delle balconate che si protendevano sull'acqua. Il 20 settembre regalava un tepore perfetto in quelle cinque del pomeriggio, solo interrotto da fiocchi di cenere trasportati dall'eruzione napoletana fino alla Costiera nel corteggio di un vento funebre.

Luce era felice come una bambina. La tonnara dei Sangrano in qualche modo tornava ai Sangrano. Era stata venduta a Ventre da Maria Amerigo, dopo l'ennesima caporetto al poker subita dal duca. Nonna Giulia, madre di Vincenzo, madre del giocatore impegnato a cantare il gloria al *cupio dissolvi* di ricchezze secolari, dal giorno in cui la proprietà di Cetara era stata venduta aveva cessato ogni rapporto con il figlio e con la moglie di lui.

La nonna, la nonna, come le mancava la nonna. Luce sopra tutta la felicità di questo giorno, si era tenuta l'ombra d'amore della nonna. Perfino quando innanzi al crocifisso aveva detto sì, dietro la nuca aveva sentito l'aria leggera di quest'assenza.

Adesso, nella tiepidezza del sole mansueto i camerieri scarrellavano sorbetti al limone. Diego, poggiato alla balaustra di pietra, parlava con il duca: "Non è tutto male, mi creda. Questa distruzione è una fine e un principio. Tutti gli abusivismi costieri e vesuviani dovranno essere ridiscussi e abbattuti. Mostruosità che nessuna bonifica politica e nessun piano regolatore avrebbero potuto annientare. Ci ha pensato il fuoco".

Domestici in giacca color crema sgusciavano tra i tavoli con eleganti passi di danza. Uno, il più anziano, il solo vestito di scuro, si incaricava, complice un vassoio d'argento, di recapitare sulla scrivania dell'avvocato tutta la corrispondenza augurale. I telegrammi di felicitazioni per il matrimonio Ventre-Sangrano avevano bersagliato la villa di Cetara fin dal giorno prima: un'autentica raffica di solidarietà cartacea firmata dal mondo del commercio, delle assicurazioni, dell'import-export, dell'edilizia, della finanza. Un minuto prima arrivava la frase d'occasione del falegname di via Monte di Dio, un attimo dopo irrompeva la formula diplomatica di un onorevole, di un senatore, di un presidente della Corte d'Appello. Quest'oggi ne stava arrivando uno che il cameriere portava direttamente all'avvocato. Veniva aperto e guardato in silenzio, poi affidato alle mani compiaciute del duca: si trattava di un'accorata benedizione del Sommo Pontefice sul futuro cristiano degli sposi.

Diego aveva messo la sordina agli inviti politici: considerava ogni matrimonio come una radiografia sociale dei due coniugi, e la sua doveva rimanere accuratamente nascosta. Ma anche i Sangrano avevano amici o parenti nelle aule di Governo e non era stato possibile escludere dai festeggiamenti un gruppo di nove parlamentari in carica: da mezz'ora scrutavano Ventre con l'attenzione che i maniaci del tennis mettono sulle battute alla finale di Wimbledon. Erano tutti vestiti di grigio, incravattati e sbarbati di fino. Il più giovane si alzò, sfilò tra i tavoli, strinse la mano all'avvocato, indicò gli amici che facevano sussiego da lontano e ottenne un colloquio privato per la falange romana.

Lo studio di Diego era protetto da un'ombra gradevole, il vecchio cameriere chiuse le gelosie, servì un ricercatissimo prosecco e sparì. Il decano con barba e baffi ringraziò per l'udienza, lodò le meraviglie di Amalfi, ammiccò alle belle femmine intervenute alla festa e aprì il fuoco sull'obiettivo della visita: "D'altra parte, avvocato, c'è una cosa che lei non sa fare? Quello che più apprezzo della sua vita è la modestia. Una qualità rarissima. A Roma si dice di lei tutto il bene possibile e così... Abbiamo pensato fosse bello dirglielo oggi. Ne abbiamo già parlato con i vertici del partito. Prima o poi le elezioni si faranno. È bene lavorare per tempo. Insomma, avvocato, si scelga una candidatura, la Regione, la Camera, il Senato... Quello che vuole... perché è chiaro che dovunque andrà farà benissimo. A conti fatti, ci saranno un paio di ministeri liberi. E se crede... Noi siamo tutti con lei".

Diego guardò quel che era rimasto del prosecco nei bicchieri degli uomini in grigio: "È buono? Se avete posto nel portabagagli ve ne portate a Roma una cassa ciascuno. Solo, non mi chiedete da dove viene. I regali sono regali. Sui regali non si domanda niente. Io non so chi vi manda. Ringraziatelo da parte mia per la gentilezza. Apprezzo la proposta. Ma vedete, io faccio l'avvocato, conosco a mie spese la differenza tra l'illusione e la realtà. Per di più sono romantico, non uso mai testimoni falsi per le mie cause e non dico mai ai miei clienti non ti preoccupare. Non so promettere assoluzioni che non ci saranno, né scarcerazioni che non avverranno.

"Parlare tanto per parlare... Be', volendo lo saprei fare passabilmente, però non ci ho mai trovato gusto. La politica, quasi sempre, si occupa della manutenzione dei problemi. A me i problemi piace risolverli. Ho il massimo rispetto per voi, anche se non ho capito bene da quale parte state. E non stare da nessuna parte vuol dire stare sempre dalla parte giusta al momento giusto. Che ci volete fare... io ho un debole per i perdenti, sono afflitto dalla sindrome di Montecristo. Ah, scusate... È un conte che dopo tanti anni di sofferenze torna da dove è partito per riprendersi tutto quello che gli hanno tolto. No... No... Vi prego... Non dite niente.

Ridiamoci sopra. Una macchina blu ce l'ho già. E ho anche una scorta. A teatro insistono per non farmi pagare, ma non ci riescono. Oltretutto, sono sicuro che le poltrone di Montecitorio e di Palazzo Madama siano molte scomode. Mi piace tenere la schiena sempre dritta. Sapete, il primo articolo del Codice penale recita: 'Nessuno può essere punito per un fatto che non sia espressamente preveduto come reato dalla legge, né con pene che non siano da essa stabilite'. Ecco, dice così, ed è un vero peccato che non esista una legge per punire i politici sbagliati, i politici in malafede, i politici inetti. Se scendessi in campo, mi batterei per l'introduzione di una norma per perseguire deputati, senatori, sottosegretari e ministri che hanno fatto volontariamente male ciò che invece dovevano fare bene. Che ne dite? Il reato si potrebbe configurare come danneggiamento sociale. Dopodiché, sarei il primo a essere arrestato. Il politico non lo so fare. Sono nato sognatore.

"Quanto ai segni di stima che avete sentito a Roma sul mio conto, be', ve ne sono grato. Ma si trattava della mia città. Quello che ho fatto per Napoli è come il vino che vi regalo oggi. E i regali devono avere due caratteristiche: essere senza alcun fine e rimanere segreti. Adesso, se non vi dispiace, abbiamo un brindisi".

Sul mare sotto la tonnara, quarantacinque barche bianche si erano disposte sull'acqua a forma di croce. Trentatré per l'asse verticale, dodici per l'asse orizzontale.

La quarantaseiesima scialuppa portava a bordo Diego e Luce. Si guardavano in silenzio, e lui pensò: "Dio, fa' che sia questa la donna che dovrà gettare il suo pugno di terra sul mio corpo morto". L'uomo che li conduceva vogò dolcemente, fino a posizionarsi al centro tra i due bracci della croce. I marinai e gli ospiti si levarono in piedi e alzarono i calici. Ventre guardò la sua sposa negli occhi e parlò in maniera che potessero sentire tutti: "Nel cor ti serbo, cor della mia vita, brindando eterno che non sia finita". Si bevve. Poi Luce e Diego, sorridendo, diedero un colpo secco l'uno contro il bicchiere dell'altra affinché mai più nessuno potesse innalzare quei calici. Gettarono i cocci in mare. Lei si era ferita poco poco all'indice. Diego glielo baciò e la stilla di sangue sparì per incanto.

Sulla collina di fronte, tra le fittissime fronde di un limoneto, c'era una casupola bianca ben nascosta. Un uomo di mezza età con giacca di lino e cravatta blu teneva puntato un potentissimo binocolo su tutta la scena del matrimonio. Era un affiliato di Pasquale Lerro.

Inquadrava i tavoli, le bottiglie vuote, la sposa sorridente che teneva sottobraccio un'amica.

Sandro attraversa i tre cortili come una folata di maestrale. Raggiunge la terrazza, sbiscia tra la folla, si fa vedere dall'avvocato e si tocca il naso facendo pinza con indice e pollice. Era questo il segnale convenuto tra loro per dire: somma urgenza. Ventre si avvicina. Sandro parla: "Hanno ferito Carmine Denza. È grave".

Diego rifiutò un rosolio offerto da un cameriere senza perdere gentilezza in un momento così delicato. Poi le mascelle gli fecero tensione.

"Fallo portare in quella clinica di Pontecagnano. Appena arrivano devono chiedere del dottor Sangermano. Al resto ci penso io."

Sandro impugnò il cellulare, chiamò i due ragazzi che tenevano Denza disteso sul sedile di una Mercedes nera, impartì gli ordini cifrati e chiuse.

L'uomo col binocolo spiava l'avvocato, lo vedeva avvicinarsi a Luce. Il sorriso di lei moriva sulla sua bella bocca. Lui le dava un bacio su una tempia. Stringeva frettolosamente qualche mano, dispensava una raffica di scusatemi, scusatemi solo un attimo. Il formicaio di signore in seta verde e seta avorio si stringeva intorno alla sposa che mai, soffocata così, era stata più sola.

Dall'ingresso principale della villa usciva una Bmw grigio metallizzato. I finestrini si stavano chiudendo: uno alla guida, Sandro accanto, un altro uomo e l'avvocato seduti dietro.

L'osservatore di Lerro sorrise. Senza perdere l'inquadratura col binocolo afferrò il telefono: "Pronto? Chiamo per quella colonna fecale. Eh, ci siamo già sentiti. Se potete venire a Vietri. È una cosa urgente... Si deve spurgare... Prima fate e meglio è... Io tengo un Bmw grigio". Finita la conversazione, la vedetta di Lerro sorrideva, pensava a quanto poteva essere divertente il linguaggio in codice. Si poteva inventare continuamente e quelli dall'altro capo del telefono capivano tutto.

A Vietri sul mare, là dove necessariamente sarebbe passata l'auto di Ventre, due della famiglia Lerro aspettano in moto, i volti nascosti dai caschi. Erano sicuri che l'avvocato sarebbe corso al capezzale di Denza. E infatti ci sta correndo. La Bmw rallenta all'incrocio tra Vietri e Cava, ora prende la discesa per Salerno. La moto segue con cautela. L'auto ha vetri fumé, uno stipamento di soprabiti e giacche contro il lunotto posteriore. Il motociclista che non guida fa una telefonata: "Stammo facenno 'a strada interna".

Poco dopo, sul lungomare di Salerno le moto diventano due. Comincia a piovere. L'auto di Ventre va piano, pianissimo, inspiegabilmente piano. C'è traffico, ma anche nei tratti in cui la strada è libera la macchina dell'avvocato non accelera.

Sulla litoranea che costeggia la zona industriale non c'è nessuno. La pioggia batte più forte. I quattro motociclisti si fanno un cenno d'intesa. I due uomini seduti dietro con le mani libere tirano fuori dai giubbotti pistole e mitragliatori. Le moto affiancano l'auto: raffiche di fuoco sotto le sferzate di pioggia. La Bmw frena. I fori gemmano su tutta la carrozzeria. I vetri laterali si sbriciolano.

Alle spalle di tutti, un uomo in bicicletta si ferma: estrae da una tasca dell'impermeabile una calibro nove con caricatore bifilare e spara. Spara, spara. I quattro motociclisti sono tutti feriti, solo uno di loro ha sventagliato una raffica di proiettili contro il ciclista, ma è andata a vuoto. Un altro corre via tenendosi un braccio.

La Bmw riparte ed esce lentamente dall'accerchiamento. Il ciclista la affianca duecento metri dopo e fa cenno agli uomini a bordo di seguirlo. Li guida in uno sterrato. Si ferma in una concentrazione di eucalipti che mette tutti al riparo da occhi indiscreti. Il ciclista smonta. Gli uomini che erano in auto scendono. Il ciclista toglie l'impermeabile, toglie il cappellino di lana calcato sulla fronte. Il ciclista è Diego Ventre. Sandro gli si avvicina e sorride: "Avvocà, la prossima volta che ci dite che non dobbiamo sparare per nessuna ragione venite in macchina con noi".

Ventre si chiude la giacca e dice: "Primo: non volevo morti. Per sparare ti devi sporgere e se ti sporgi diventi un bersaglio facile. Quando alle spalle hai uno come me che spara è inutile che ti sporgi ed è inutile che fai il bersaglio. State bene?".

"Tutto a posto, avvocà. Ma scusate, voi da quanto tempo non sparavate?"

"Sandro, tienitelo a mente: non si spara con la mano, si spara col cervello. La mira sta dentro la testa. Chiamate un taxi."

Ventre aveva sentito l'odore dell'agguato. In quell'unico pomeriggio che ai Colli di San Lorenzo aveva incontrato a Palermo l'uomo che chiamavano *lui*, *lui* gli aveva detto poche cose, e fra queste gli aveva fatto una raccomandazione: mai farsi prendere dal pensiero che in quel momento ti sembra principale, ti sembra urgente. Se abbocchi, dietro la cosa che in quel frangente ti pare l'unica, ce n'è sempre un'altra più importante. La nostra vita è fatta di doppi pensieri. Generalmente il primo è una trappola, il secondo ti uccide. Così era entrato in auto alla tonnara, ma si era fermato a un ristorante di Cetara, aveva chiesto in prestito una bicicletta, aveva chiesto ai suoi di stipare il lunotto posteriore di indumenti, si era fatto dare un impermeabile e un cappello e aveva seguito la sua auto pedalando come un povero disgraziato.

Il taxi frenava davanti alla clinica. Ventre entrava di corsa dal lato del pronto soccorso. Due infermieri spingevano la barella di Carmine Denza verso la sala operatoria. Diego gli allungò la mano sulla mano.

Denza farfugliò uno spurgo di muco rossastro. Aveva il volto sfigurato dall'acido e tre pallottole tra il petto e l'intestino. Don Carmine raschiò una frase. "Uhé, Diego, il padreterno mi vuole di là..." L'avvocato gli strinse più forte la mano e rispose: "Ma c'è un altro padreterno che ti vuole di qua. Si chiama Sangermano. È il chirurgo che adesso ti opera. Vediamo chi vince...".

Due porte si spalancarono e la barella sparì nel biancore che immetteva nel limbo della chirurgia d'urgenza.

L'avvocato rimase a guardare attraverso gli oblò di vetro sulle porte. Si voltò verso Sandro. Si avvicinò a un distributore automatico di caffè. Ne offrì uno al suo guardaspalle fidato e uno lo sorseggiò pure lui. Gettò il bicchierino di plastica nel cestino negletto e disse: "Eccoci qua, è venuto il momento del melodramma. E noi, adesso, facciamo il melodramma fino in fondo".

Stava decidendo di chiamare l'avvocato di Pasquale Lerro. La mano era già sul telefono. "Pronto? Come stai? Senti, qua oggi pomeriggio è successo un poco di bordello del cazzo. Un bordello inutile. Appunto. Allora, la questione è questa: fammi incontrare la moglie di Lerro, ho una proposta per lei. Una proposta che appiana tutto. C'è bisogno di tranquillità. Il mio cliente è entrato adesso in sala operatoria. Mi hanno detto che quattro persone sono cadute dalle motociclette sulla litoranea di Salerno. Questa è roba che non serve a nessuno. Sì, oggi. Mi sono sposato oggi. Ti avevo invitato. Eh, lo so... lo so... Grazie, ma gli auguri non servono se dobbiamo campare così. Aspetto una tua risposta. Sentila e fammi sapere. Non fosse stato latitante avrei incontrato lui, ma capirai... Con la moglie è lo stesso... Ti aspetto... Ma mi raccomando... Una cosa veloce."

Diego Ventre rimetteva il telefono in tasca. Guardava le sue ginocchia e si considerava per come era adesso. Vestito in abito da cerimonia, seduto nella sala d'attesa di una clinica, dopo aver sparato a quattro persone nel giorno del suo matrimonio. La bellissima moglie abbandonata, gli invitati abbandonati. Guardò sul muro un cartello sul quale c'era scritto vietato fumare. Chiamò Sandro, che si era allontanato a sorvegliare da una finestra gli accessi alla clinica, e tendendo la mano destra sussurrò: "Dammi una sigaretta". La accese e pensò che fosse arrivato il momento di aggiornare il suo messaggio cifrato per Bianca.

33.
Cetara. 20 settembre. Pomeriggio.
La Tonnara.

Luce si era rinchiusa nella sua camera da letto. La schiena poggiata allo specchio del grande armadio Luigi Filippo. Teneva lo sguardo basso, fissando il pavimento e perdendosi incredula tra i labirinti geometrici delle riggiole vietresi di un secolo prima.

Tutti gli invitati avevano abbandonato la villa cogliendo il disagio della sposa. E la sposa, ancora vestita da sposa, stava cercando il coraggio di voltarsi per guardarsi dentro lo specchio. Si girò, alla fine, molto piano e scoprì di avere una faccia tradita. L'uomo che l'aveva venerata attraverso le sfumature sottili di una dedizione purissima era sparito nell'attimo in cui la felicità si era promessa come un mare pacificato. La ragazza cominciò a spogliarsi dei suoi veli guardandosi gli occhi dentro l'ovale malato dell'armadio.

Dalle terrazze e dalle antiche elevazioni murarie che circondavano la villa, gli uomini di Ventre sorvegliavano la casa con attenzione. Le mani in tasca calde sulle pistole. Il più giovane tra il personale di scorta fu attratto dai riflessi di un lume nella camera della sposa attraverso le gelosie mezze aperte. Intravide la bella femmina mentre slacciava il corpetto e si voltò verso il mare per pudore e per rispetto del capo.

Luce indossò pantaloni leggeri e una maglia di cotone blu. Portò via l'ombra di trucco dal suo volto con zaffate nervose di ovatta, camminando per la stanza come una pantera cui abbiano mozzato le unghie. Dalla finestra guardò giù in cortile. Manlio se ne stava seduto su un muricciolo e muoveva impercettibilmente le labbra davanti a una vecchia maiolica dove una sant'Anna e una Madonna sbigottite accoglievano le sue preghiere.

Lei attraversò le stanze della casa persa in una solitudine di calici pieni, vuoti e quasi vuoti; le stanze parevano rafferme nello squallore dei piattini di torta nuziale dove le forchettine raccontavano l'ultima infilzatura ai resti di pan di spagna un attimo prima dello scandalo. Cosa poteva essere accaduto di così straordinario da indurre Diego Ventre a lasciare la moglie e centinaia di invitati proprio nel giorno del suo matrimonio?

Giunta all'uscita, sotto l'androne di tufo del grande portale, fu bloccata da un signore in abito blu. Un tipo calvo sui cinquanta, baffi grigio-neri. Le stava dicendo con cortesia che l'avvocato aveva dato ordini precisi: non si poteva uscire dalla villa, né lei, né Manlio.

Sì. Manlio. Si avviò verso il cortile dove poco prima lo aveva visto pregare. Manlio, con la sua faccia da bambino sperduto, la sua mitezza, la sua educazione ritrosa. Eccolo lì. La guardava con gli occhi di un cane che dopo un massacro di botte non possa più fidarsi di nessuno. La guardava con soggezione e ammirazione, come la madre che avrebbe potuto avere, come la sorella desiderata, come la tenerezza cui non riusciva a dar nome.

Luce gli mise una carezza tra i capelli, una poggiatura della mano lieve lieve che Manlio non avrebbe dimenticato mai più.

Ora lei rientrava in casa. Dalle finestre spalancate la brezza soffiava sulle candele ornamentali un'asma caldissima. Un impeto improvviso le allagò il cervello di sangue. Raggiunse di corsa le antiche cucine. Prese un accendino. Aprì la porta della vecchia stanza del forno. Scese lungo il buio della scala a chiocciola, quella che immetteva in un antro di roccia scavato sotto la terra. Cominciò a camminare decisa, attenta a non far spegnere la debole fiamma, mettendo i passi dove li metteva da bambina, quando nei pomeriggi d'estate intraprendeva con i cugini interminabili giochi al nascondino, nel regno del cunicolo terrifico e sicuro. Le pareva che negli ultimi mesi il suo destino fosse stato quello di viaggiare in un continuo sottoterra: le si era annunciato come un paradiso e prendeva in quest'ora la faccia dell'inferno.

Ecco, la porta di castagno corroso, il paletto di sicurezza tra le due ante. L'apertura sulla spiaggia di Cetara. La pantera aveva di nuovo le unghie.

Erano le sette e mezzo della sera. Camminò tra i rari bagnanti di settembre e raggiunse il piccolo porto. Noleggiò un motoscafo. Il marinaio le chiese: “Ma dove volete andare, signurì?”.

“A Napoli,” disse lei.

“A Napoli è impossibile, che siete pazza? C'è il blocco di sicurezza. Io al massimo vi posso portare a Castellammare.”

"Va bene Castellammare, ma facciamo presto."

Il motore ringhiò tra la schiuma. Si partiva. Si partiva e Luce telefonava a suo zio, il marito della sorella di suo padre, vicequestore.

"Pronto, zio Andrea, sono Luce."

"Luce, come stai? Perdonami. Io non ho potuto... L'ho spiegato anche a Vincenzo che con la situazione d'emergenza che c'è qui non riuscivo a venire al matrimonio..."

"Lascia stare, zio. Devo andare a Napoli."

"A Napoli?"

"Sì, a Napoli, e subito."

"Ma a Napoli non può entrare nessuno, è tutta allagata. È impossibile."

"Zio, devo andare da nonna Giulia. Sono mesi che non risponde al telefono..."

"Ma non se n'era andata a Venezia?"

"Sì. Ci fece sapere questo. Ma io sono sicura che è rimasta a Napoli, a casa sua."

"Ma è impossibile, Luce. È stato controllato tutto. L'evacuazione è stata effettuata con scrupolo, io non credo..."

"Zio, tu non conosci la nonna. Ti prego. Aiutami."

"Dove sei ora?"

"Su un motoscafo. Sono partita da Cetara. Mi portano fino a Castellammare. Ti prego, aiutami."

"Allora, sentimi bene. Devi sbarcare al porto e andare subito alla capitaneria. Ora li avverto. Ti faranno firmare un modulo in cui dichiari che c'è un parente disperso rimasto a Napoli. Di lì, con una motovedetta ti faccio portare fino a Portici. Ci vediamo all'approdo del Granatello. Vengo a prenderti io."

Luce infilò il telefono nella tasca dei pantaloni. Si aggrappò a un anello di acciaio a poppa e disse al marinaio: "Più forte, per favore. Più forte".

All'orizzonte si intravedeva Castellammare e a mano a mano che il motoscafo si avvicinava, dalla folla assiepata sul molo si levava un ruggito di grida e di proteste. La calca guardava il cielo di fiamma arrossato dall'eruzione dei Campi Flegrei. La gente spingeva, protestava, bestemmiava. Luce sbarcò tra la curiosità generale mentre un vecchio con un occhio solo gridava: "'A faccia d' 'o cazzo, è arrivata pure Grace Kelly".

Alla capitaneria, un moretto in divisa gridò all'ingresso: "C'è la nipote del vicequestore!".

Modulo. Dichiarazione. Firma. Altro imbarco con tre uomini in divisa.

“Signurì, ma siete proprio sicura che ci volete andare?”

Lei non rispose. La sua idea fissa era la nonna. Ora voleva il suo volto, i suoi occhi, le sue parole.

Il porto del Granatello era deserto, il molo era scomparso sotto la mareggiata colossale di cinque giorni prima. Solo il motoscafo della polizia stazionava tra il gorgo delle acque, con il motore acceso nello scoppiettio regolare. A bordo, due poliziotti e lo zio Andrea.

“Luce!”

“Zio!”

“Mettiti questo. E poi pure questa.” Luce indossò un giubbotto salvagente e calzò sul volto una piccola maschera antigas. Gli uomini della polizia di Stato salutarono l’equipaggio della capitaneria di Castellammare. Il vicequestore fece un cenno con il mento: si partiva.

Nell’azzurro polveroso delle otto e mezzo di sera, Napoli appariva come dietro un sudario di nebbia. Le ceneri vorticavano nell’aria sporca.

A quell’ora le ispezioni dal cielo si riducevano. Gli elicotteri iniziavano a ritirarsi per effettuare sopralluoghi aerei ogni ora.

Quando il motoscafo doppiò il Ponte dei Granili, le effervescenze giallastre di fuochi zolfosi si fecero più intense. Dietro il capo di Posillipo s’innalzavano colonne di fiamme che splendevano in una festa della fine.

All’altezza del molo Beverello, Luce scoprì che il molo Beverello non c’era più. Lungo tutta via Marina i palazzi erano coperti dall’acqua per quasi metà della loro altezza. Il Castello Angioino pareva un edificio favoloso sorto da un lago. Il Teatro Mercadante ricominciava ad apparire dalla sommità, perché il livello del mare negli ultimi giorni era sceso di trenta centimetri. In quella che era stata piazza Municipio, il motoscafo della polizia incrociò due motovedette dei carabinieri.

Luce era senza fiato, sentiva una rasoiata scuoiarle la pelle e malgrado fosse un settembre assai caldo cominciò ad avere un freddo inspiegabile.

Napoli, la grande madre, galleggiava sull’acqua. La ragazza ne moriva di una malinconia estenuante, perché in questa morte di sé la città celebrava nel silenzio irreale tutta la propria bellezza.

A sinistra, la pietosa maestà del San Carlo. In fondo, il colonnato di San Francesco di Paola travolto dal mare faceva somigliare la piazza del Plebiscito a una grande piscina romana. Così, pensava Luce, dev'essere stata piazza Navona ai tempi dei giochi acquatici imperiali.

Il motoscafo imboccò via Toledo. La strada sommersa era come un insolito canale di Venezia, con le calli dei Quartieri Spagnoli annacquate di marcescenze verdastre.

Il vicequestore raccomandò prudenza. Se l'elica del motore si fosse impigliata in una delle mille ferraglie o ringhiere o cumuli di basole o chissà diavolo che, sarebbero stati guai seri.

La vecchia insegna di una lavanderia andava alla deriva accompagnata da mille detriti, pezzi di legno, mollette per stendere panni, spezzoni di funi, barattoli, tavolini da bar, fiori di plastica.

Alla svolta di Palazzo Maddaloni, furono molto cauti. Negli ultimi tre giorni si erano avuti crolli. Alcuni palazzi erano sprofondati di cinque-sei metri, come se da un momento all'altro avessero deciso di scendere da un piedistallo scomodo sul quale avevano posato per secoli.

L'obelisco in piazza del Gesù svettava da un'acqua melmosa che addensava liquami di fogne scoppiate. In via Benedetto Croce un topo nuotava disperato.

Finalmente c'erano. Piazza San Domenico Maggiore. Il portone di Palazzo Tufarelli era spalancato. L'imbarcazione entrò adagio e fu spento il motore. Il lieve schiaffeggiamento dell'acqua contro le pareti interne dell'androne suonava strani rumori, come di incantesimi acustici che in fondo erano sempre appartenuti a quel luogo e ora tornavano a riprendersi il loro regno. La guardiola non c'era più. Lo scafo attraccò alla prima rampa di scale, che era stata sommersa quasi del tutto. Il vicequestore fece per scendere, ma Luce gli prese le mani, tutt'e due, stringendole forte: implorò di andare da sola. La ragazza scavalcò il bordo della barca e cominciò a salire lentamente su per gli scalini.

La casa della nonna era all'ultimo piano. Ecco il finestrone ad arco aperto sul giardino giù in basso. Ecco l'alta porta marrone, ed ecco la tela opaca di una Madonna di Pompei racchiusa nell'edicola a vetro. L'uscio era socchiuso. Luce spinse pianissimo e, togliendo la maschera antigas, si decise a entrare.

Vecchia casa napoletana, pensò, vecchia casa napoletana col suo abbraccio sorridente, con la sua compostezza di divani gioiosi, di mantovane maliziose, di console campeggiate di statuine di bronzo e scugnizzi di terracotta. Vecchia casa napoletana col suo allegro profumo di niente, anche adesso che tutta la città spira ai suoi piedi. Vecchia casa napoletana col suo leggiadro sentore di polvere che fa una sola mistura con il damasco delle poltrone. Ecco il salotto giallo d'ingresso, e il salotto verde la stanza dopo, e quello azzurro nella terza. Ecco lo studio del nonno con la pendola ferma alle tre e venticinque. Ecco la sala col pianoforte a coda. Ecco il salotto rosso con tre balconi aperti sul giardino.

L'alto schienale della poltrona lacerata di fili grigi non lasciava capire se ci fosse seduto qualcuno. Una mano si allungò sul bracciolo. All'anulare brillava un'ametista. Era la mano della nonna. Si mosse pianissimo nell'aria con un'esitazione un po' tremante, per dire vieni. E la voce, difatti, dopo un attimo disse: "Ti aspettavo".

Luce girò attorno agli ottantuno anni vivissimi di nonna Giulia, si scontrò nel suo sorriso, nella sua fronte alta, nei capelli bianchi ben acconciati, Luce si scontrò negli stessi occhi che la nonna le aveva donato.

Cadde in ginocchio, rifugiò la guancia destra sulle gamba della vecchia signora e pianse le lacrime più sincere dei suoi ultimi dieci anni. Ora si sentiva toccare la testa, come quando da bambina lei le saggiava la febbre. Si sentì carezzare i capelli e le guance. Si sentì l'indice tiepido sotto il mento come un invito a guardarsi. E si guardarono, infatti. E risero insieme. Con l'immancabile fazzoletto bianco la nonna asciugò le lacrime della nipote. E con lo sguardo la invitò a sedere sulla poltrona di fronte alla sua.

"Ho saputo che oggi dovevi sposarti."

"Sì..."

"È andato tutto bene?"

"Sì... ma... ma tu..."

"Luce, l'affetto e la presenza non sono la stessa cosa."

"Ma perché sei rimasta qui, nonna?"

"Perché? Perché anche se fossi andata da un'altra parte sarei rimasta qui. Ci sono posti dove uno sta da sempre, da prima di nascere. E in questi posti si rimane, dovunque si vada. Si rimane anche dopo morti, anche se nessuno se ne accorge. Luce mia, c'è stato un tempo in cui Napoli aveva confidenza con la vita. Una grande confidenza. Era una specie di soavità, una leggerezza sfottuta di vivere e allo stesso tempo desiderosa di vivere. Si capiva da un fazzolettino colorato che sbuffava dal taschino di una giacca, si capiva dalla svogliatezza ironica e meccanica di un ventaglio, oppure si capiva nel tremito di un bastone di canna impugnato dai signori che passeggiavano tra i passi perduti di Toledo a fare i rabdomanti dell'inquietudine.

"Vedi, era un mondo capace di curarsi dei piccoli rituali dell'esistere, perché non aveva fiducia in quelli grandi, quelli storici, quelli definitivi insomma. Napoli non ha mai creduto ai finali e quando lo ha fatto è stato per saggezza, diciamo per una finzione superiore. Questo sfizio greco di campare dipendeva dal fatto che la città aveva una frequentazione privilegiata con la morte, con la morte e con tutti i suoi simboli.

"Sai, l'unica cosa che ti consente di distinguere tra le conoscenze e le amicizie è l'indiscrezione. E Napoli con la morte è sempre stata indiscreta, perché Napoli, con la morte, aveva fatto un'amicizia antica. La maggior parte delle indiscrezioni arrivava dai fantasmi e questi fantasmi venivano da tutte le categorie sociali. C'erano fantasmi di re, di regine, di scienziati, di pescatori, di amanti focosi, di preti, di popolani, di assassini. C'erano perfino fantasmi di animali. Fino a qualche anno fa, cara Luce, avresti potuto incontrare gente in grado di trascorrere un'intera notte nel parco di Capodimonte per sorprendere l'immagine di Maria Carolina dietro una finestra della reggia.

"Qua dietro, vicino alla piazza, c'erano testimoni serissimi che giuravano di sentire le ruote della carrozza del principe di San severo, che giuravano di sentire i lamenti di lascivia e i lamenti di agonia sussurrati da Maria d'Avalos e Fabrizio Carafa, i due amanti trucidati mentre facevano all'amore. C'era gente che giurava di sentire il passo triste di Gesualdo da Venosa, il marito di lei, l'uomo che li aveva fatti uccidere.

"Sul fronte del mare, i fantasmi avevano teatri favolosi. Apparivano dalle sfinestrature di Palazzo Donn'Anna, dagli scogli di Trentaremi. Poi esistevano fantasmi privati, come il monacello, e fantasmi pubblici, come Corradino di Svevia, avvistato in mare dai pescatori, mentre ogni notte navigava accompagnato al patibolo.

"Platone dice che quando dopo una morte violenta l'anima è costretta a separarsi dal corpo, allora torna sul luogo della fine, torna a corteggiare il ricordo della propria carne con incredulità, con un'ostinazione speciale. Luce, perché Napoli non vede più i suoi fantasmi? Perché i napoletani hanno perduto il privilegio di parlare con essi? E soprattutto, che cos'è più inquietante per noi? È più inquietante un fantasma che appare o uno che scompare? Io mi domando, per un essere umano o per un popolo è più sconcertante la materializzazione dei suoi fantasmi o è più sconcertante la loro scomparsa? Vedi, il piacere di assistere all'apparizione è sempre accompagnato dalla paura di assistere all'apparizione stessa. Ed è qui, in questo cortocircuito del desiderio e del timore, che nascono le forme più alte dell'emozione. Qualche volta i fantasmi possono essere morti, ma altre volte possono essere vivi. Fantasma può essere un'intera storia che torna, in cui più voci reclamano un diritto, una verità. Fantasma può essere la nostra adolescenza sepolta nel silenzio. Fantasma è l'arte con i suoi volti immobili dentro le tele, dentro il marmo. Certo, in ogni apparizione c'è un incontro, un incontro tra un elemento immateriale che si manifesta e un corpo vivo che riceve la visita. Ma la più straordinaria delle apparizioni avviene quando il nostro corpo vede il fantasma di sé ritornato dalle ombre di qualche decennio, dalle ombre dietro le quali avevamo sepolto quella parte di noi.

"È una specie di apparizione allo specchio. Un grande incidente o un grande desiderio liberano lo specchio dal drappo con il quale lo avevamo ricoperto per non guardare la nostra parte più antica e più vera.

"Dicono che questa sia un'epoca materialistica. In un certo senso è vero, ma l'incontro tra i corpi si è fatto raro e l'incontro con noi stessi ancora di più.

"Napoli non riconosce più i suoi fantasmi, non ha più confidenza con la morte e per questo ha perso la sapienza di vivere nel profondo. Sai come si chiama il fantasma in questa città? Lo spirito, si chiama spirito. Le manifestazioni degli spiriti erano quelle apparizioni in cui si diceva a se stessi tutto quello che nel quotidiano apparente non poteva essere detto.

"Questa è una vecchia casa, Luce, qui ho vissuto sempre. Qui ho amato tuo nonno. Nelle vecchie case ci sono sempre rumori strani, rumori imprecisabili, qualche volta allarmanti. Spesso provengono da una stanza che non è quella in cui siamo. Più spesso, i rumori provengono da una soffitta, o da una cantina. Perché i rumori si sprigionano da luoghi della casa che non frequentiamo mai? Nelle cantine poggiano le fondamenta dell'edificio. È da lì che provengono i rumori, dalle origini, dalla zona della costruzione dove una volta per tutte si è decisa la solidità. I rumori arrivano da un anfratto della casa che non controlliamo direttamente, anfratto dove la disposizione delle nostre cose ci è sconosciuta o è una disposizione che ricordiamo con vaghezza. I nostri contatti con i sotterranei sono stati sempre dominati dal buio, tutt'al più dalla penombra. Dunque, quali topi o quali fantasmi provocano rumore? Quali tarme, quali cedimenti spontanei del legno fanno scricchiolare una trave? L'antichità di una casa è direttamente proporzionale alla ricchezza dei suoi rumori imponderabili. I rumori imponderabili sono quelli non determinati da agente umano e sono riconducibili a cause fisiche ignote, in una parola a effetti sovrannaturali.

"L'antichità delle cose è nel legno, nelle terrecotte, nelle malte friabili. E tutto questo nutre la vita dei muschi, delle ortiche, delle formiche, delle rondini, dei grilli, delle farfalle, dei ramarri, dei pipistrelli. Più i rumori di una casa sono indeterminabili nel numero e nella qualità, più la casa è antica. Più antica è la casa, più si producono rumori non interpretabili. Una vecchia casa deve possedere un alto numero di rumori e una rassicurante inspiegabilità.

"Un popolo con una grande storia ha sempre alle spalle il ricordo di molti rumori e molti fantasmi. Tradirli non è bene. E non è bene dimenticarli."

"Nonna... Nonna, ti prego, vieni via."

"No, Luce, no. In questi giorni ho avuto amarezza. Ma questo silenzio così atroce è anche dolcissimo. Questo silenzio ha riconsegnato la città a se stessa. Non durerà, lo so. Ma queste sono le ore in cui governa il mare, in cui le pietre si riprendono la parola negata."

"Non puoi stare qui, nonna. Non puoi."

"Sei felice?"

"No."

"No?"

"No. Oggi mi sono sposata e questo pomeriggio mio marito mi ha lasciata sola per una ragione che ancora non so qual è."

"Luce, Diego Ventre è un grande avvocato. Un uomo di intelligenza superiore. Ma Diego Ventre è anche un mafioso."

"Nonna... Ma..."

"Un mafioso di estrema raffinatezza. L'ho visto due volte in tutta la mia vita. E ho ricevuto piccoli pezzi di indiscrezioni. Ho messo insieme i segnali. Può darsi che mi sbagli. Ma non si compra tutto quello che ha comprato lui, né si difendono tutti quelli che lui difende, né si stringono le mani di tutti i potenti che conosce, senza essere adeguatamente mafiosi. Detto questo, anche un mafioso può amare, e forse lui ti adora con una sincerità molto elevata, perché sa qual è il prezzo delle cose.

"Se si conosce il valore del male, il valore del bene può brillare di più.

"Quando il bene gli si è presentato con la tua faccia, deve averlo riconosciuto come il più prezioso dei doni a questo mondo. La vita è assai bizzarra: tu sei tornata nella nostra tonnara di Cetara grazie a lui, cioè, grazie a quello che lui apprezza dentro di te. Tuo padre è stato buono, ma è fragilissimo; tua madre era il suo male necessario. Ma tu sei tutta la nostra memoria. Ti amo io e ti amano i nostri fantasmi. Devi essere forte piccola mia, molto forte. Il mare è entrato in città, il fuoco la minaccia, l'aria è cenere, la terra vomita fiamme. E tu non sai come amare l'uomo che non sai bene chi è. Però non dimenticare, dietro ogni morte c'è un'alba. Nessuna ombra può durare per sempre. Ora va'. Ti prego, va'."

"Nonna, vieni con me."

"C'è olio abbastanza in casa. E biscotti di grano. Posso sopravvivere a lungo. Sono molto curiosa. Voglio vedere come va a finire e se va a finire come penso che finirà. E questo voglio vederlo da questa casa. Perché è qui che stavo prima di nascere ed è qui che rimarrò dopo la mia morte."

"Nonna, ti prego."

"Vieni qua, in ginocchio, come quando eri bambina. Ecco, così. Sentimi bene. Tu sei stata così straordinaria da venire. Io voglio essere alla tua altezza ed essere così straordinaria da rimanere qui. Guarda, il mio anello, l'ametista luminosa che ti è sempre piaciuta. Ora lo infiliamo al tuo dito, così. Sposati con me, oggi. Sposati con i miei ricordi. Unisciti alla mia memoria e sii serena."

34.

Cetara. 20 settembre. Notte.
La Tonnara.

Nel cielo di Napoli iridescenze mai viste si espandevano contro gli orizzonti bui della terra e del mare. Pareva l'apertura a ventaglio della coda di un pavone. San Giovanni a Teduccio, Portici, Torre del Greco osservate dal mare, senza luci, somigliavano a immense camere mortuarie vuote. Seduto di fronte a lei nel grande motoscafo che scivolava sulle acque calmissime, lo zio stava raccontando a Luce che le antiche rovine romane di Ercolano erano divenute incredibilmente simili ai palazzi della città nuova. La città vecchia colpita dall'eruzione del 79 d.C. e quest'altra di tufi più recenti, abbandonata da tutti, apparivano come il re e la regina di un medesimo regno, seduti affiancati sui loro troni, incoronati entrambi dal vuoto, uniti nell'impugnatura di un unico scettro: la catastrofe. Eppure, da tutto ciò emanava un fascino perverso. La natura aveva eruttato, infuocato, allagato, aveva alzato la sua voce millenaria in tambureggiamenti di fuoco sotto la terra, aveva partorito sgranature, fischi gassosi verso le stelle, ma, così pareva, lo aveva fatto solo per distendere su tutte le cose il drappo della vittoria, dove scintillavano, mute, le cifre del silenzio.

L'isteria della gente era stata messa in soggezione da uno sguardo di gigante mortale. La sarabanda di capricci, volgarità e futilità quotidiane aveva preso uno schiaffo e se ne stava imbambolata a tacere.

Questo, nonna Giulia lo aveva capito benissimo. Era rimasta nella sua vecchia casa di piazza San Domenico, a sentire il respiro di una strana malinconia, di quelle che aleggiano sulle tombe erbose dei cimiteri di campagna, dove la morte acquista quella grazia in grado di accompagnare visioni pure nell'assenza dei rumori.

La nonna era rimasta perché il silenzio era stato la voce del suo tempo, il tempo in cui le epilessie acustiche della modernità erano ancora quasi ignote e l'anima riusciva a disegnare figure di amori sulla lavagna azzurra delle belle giornate.

La villa di Cetara, incastrata tra le rocce sopra il porticciolo, splendeva nell'agonia delle sue fiaccole. Luce pensava che avrebbero dovuto brillare nella notte del suo primo giorno di nozze. Ora ne percepiva la vaghezza tremolante e le sentiva come lampade votive accese senza buone intenzioni.

Il motoscafo accostò alla banchina. Luce abbracciò forte lo zio. Scavalcò la sponda della barca e si avviò con le mani in tasca.

Sul piccolo pianoro dove si apriva l'ingresso della tonnara incontrò lo stesso uomo di guardia che le aveva impedito di uscire. Lo guardò con indifferenza. Il cortile era deserto: Manlio non c'era più. Sperò che fosse andato a dormire.

Nel grande salone di centro, Diego Ventre stava in una poltrona blu scuro accanto al camino. Quando Luce apparve sotto l'arco della porta lui fece con la testa un movimento lentissimo. La guardò con freddezza tra mezzo una nuvolaglia di fumo. Lei sedette sulla poltrona gemella di fronte a lui. Lo fissò.

Gli occhi di entrambi si sfidarono un tempo molto lungo.

Luce annodò i capelli in una coda che le ricadeva sulla schiena.

Lui parlò: "Mi dispiace, Luce. Mi dispiace ma non potevo fare diversamente. C'è una persona in fin di vita all'ospedale".

"Ventre, io non so niente di te. A questo matrimonio non c'era tua madre, non c'era tuo padre. Non c'era nessuno dei tuoi parenti. Solo tuo fratello, che Dio lo protegga, tuo fratello che è così triste, così solo.

"Ora vieni a dirmi che c'è uno in fin di vita all'ospedale. Quanto ti è caro? Chi può essere la persona che non era qui oggi e per la quale hai lasciato tutto questo?"

"Un cliente, Luce, solo un cliente."

"Un cliente? Cliente di che? Dev'essere molto importante, questo cliente. Tu fai il penalista. Cosa sarà successo a questo signore? Accoltellato? Sparato?"

"È il mio lavoro."

"Ventre, dimmi la verità. Di che cosa ti occupi? Cosa fai, veramente?"

"Lascia stare il mio lavoro."

La mano destra dell'avvocato cadeva pesante sul bracciolo della poltrona e pareva un artiglio a riposo.

Luce capì tutta la ferinità delle ultime parole soffiate da lui. Respirò, si poggiò allo schienale. Gli occhi le si inumidirono di rabbia, di dispiacere.

Poi sussurrò la sua sciabolata d'amore.

"Diego, hai mai ucciso?"

Lui la guardò a lungo. Si alzò. Versò whisky in un bicchiere rosso. Tornò a sedere. Colse negli occhi di lei tutta la dedizione acuminata di chi è disperato. Sentì che le doveva sincerità. Sentì che le doveva la confessione più profonda della sua vita.

"Sì, Luce. Ho ucciso. Una volta sola. Per amore di mio padre. Ho ucciso una volta sola. Per amore di mia madre."

"Ma, Diego, quando..."

"Basta, Luce. Basta."

"Ancora una cosa, aspetta. Dimmi la verità. Tu sei un mafioso."

Lui cominciò piano piano a sorridere. Sorseggiò. La guardò. Le prese la mano con forza. La tirò su in piedi. La baciò sulla bocca. La abbracciò ruotando con lei, come in un ballo lento. E giro dopo giro. Spalle al muro dopo spalle al muro, si ritrovarono per terra, al buio, protetti dalla terrazza colonnata. Lei lo baciava solo con la bocca. Lei lo toccava solo con le mani. Lui sentì nel seno di Luce come un affanno freddo. In un attimo le divaricò l'anima e le gambe. In un attimo le attraversò lo spacco geloso dello spirito, glielo riempì di sé e lei lo accolse nel suo vuoto e nel suo silenzio. Lui la caricava di ardore e lei non c'era. I colpi inflitti la portarono lontano. Ora non era più femmina, era la terra, era i Campi Flegrei insufflati di fuoco, era il mare indifferente che riempie e tracima nelle strade del sole. Lui la sellava con impeto e l'amava di rabbia, ma lei non c'era. Luce vedeva un'oscurità cremosa davanti a sé. In fondo al nero c'erano soltanto gli occhi della nonna. La ragazza sentiva dentro e sopra il suo corpo il peso di un bambino forte che spingeva passione per dirle: non capisci le mie parole. Nell'attimo in cui avvenne il compimento del piacere, Diego capì quanto il corpo possa essere la più morta delle cose se l'anima è lontana. Sentendone tutto il dolore, gli sembrò che dall'angolo del mondo in cui lei si era rifugiata arrivasse una voce di bambina che diceva: "Diego, tu non capisci le mie parole".

35.
Salerno. 21 settembre. Mattina.
Lo studio Ventre.

“Signorina, ho un appuntamento alle dieci. Appena la cliente arriva fatela passare.”

“Sì, avvocato.”

“Dopo cinque minuti che l’avrò ricevuta lei bussi alla mia porta e mi chieda se può andare via. Io le dirò di sì. Lei se ne andrà. Mi svuoti l’ufficio. Le segretarie, gli associati, tutti.”

“Quando vuole che ritorniamo, avvocato?”

“Nel pomeriggio. Nel pomeriggio, non prima.”

Diego Ventre stava dietro la scrivania in stile fiorentino e sfogliava un fascicolo. Il nuovo studio di Salerno era nato in previsione della catastrofe flegrea.

Il giorno dopo l’eruzione, Ventre era stato il primo avvocato napoletano ad avere una sede legale pronta per i suoi dipendenti e i suoi clienti. La finestra alle sue spalle, schermata da pesanti tendaggi color panna con mantovana azzurra, dava sul lungomare Trieste. Si intravedeva la Marina di Vietri: là in fondo c’era Cetara, c’era la tonnara, c’era Luce.

“Pronto, Sandro, sono io. Quando arriva la signora non voglio nessuno attorno. Gli uomini della protezione fuori dall’appartamento, lontano dal pianerottolo. Anche tu, tranquillo. Controllate solo l’ingresso del palazzo. Va bene? Grazie.”

Il telefono interno squillò: “Avvocato, c’è la signora Lerro. Faccio passare?”.

“Faccia passare.”

Diego si alzò, guardò il grande specchio rettangolare appeso dietro la scrivania e lo aprì come si fa con l’anta di un armadio. Dietro c’era una videocamera con l’obbiettivo puntato sulla scrivania, fino a inquadrare le due sedie dove normalmente sedevano i clienti. Ventre azionò la registrazione e richiuse lo specchio. Nella stanza c'era un microfono mimetizzato in un lume a parete, così sensibile da captare il volo di una mosca fino al corridoio d'accesso.

Due tocchi alla porta. La segretaria apre e fa un sorriso. La signora Lerro entra. Lerro, Annunziata Lerro. Quella che un giorno fu la bella ragazza della terza media mentre Diego era in seconda. Quella guardata dagli alunni, dai professori e dai bidelli. Quella disegnata col pennarello sulle mattonelle dei cessi. Annunziata, quella che un giorno Diego le aveva inviato a casa tredici rose rosse per il suo compleanno e lei gli aveva solo detto "grazie, non ti dovevi disturbare". Quella che fuori scuola venivano a prendersela dei ventenni tatuati con moto di grossa cilindrata. Annunziata che a tredici anni e mezzo era una femmina mentre Diego a dodici era ancora un bambino.

Poi, un giorno che l'avvocato era venuto a Napoli da Palermo, un giorno che l'ex alunno della seconda era diventato un giovanotto con lo sguardo profondo, lei lo incontrò davanti al Gambrinus. Lui la riconobbe, le offrì un caffè al bar, lei disse che non si doveva disturbare. Sorrisero nei sorrisi rammentando la frase già detta il giorno delle rose. Quel pomeriggio al bar, mentre Ventre zuccherava il suo caffè, guardò nello specchio oltre il bancone, e lì, fra le bottiglie di limoncello, sorprese Annunziata mentre gli guardava le spalle con occhi morbosi. Quando mezz'ora dopo si salutarono davanti al San Carlo, lei gli strinse la mano molto forte e tenendogliela sussurrò: "Lo sai che sei diventato proprio bello?". Lui rispose: "Tu lo sei sempre stata". Nel separarsi lei gli afferrò la giacca e gli lasciò un rapido bacio tra il collo e l'orecchio. Due anni dopo si era sposata con Pasquale Lerro. Ventre l'aveva saputo e ne aveva sorriso. "Questa era la sua carriera e questa ha fatto. È arrivata molto in alto. Cioè, molto in basso. È arrivata talmente in alto da aver toccato il fondo."

Ora Annunziata era davanti a lui, in tutto il fulgore ambrato dei suoi quarantasei anni, con la pelle compatta, olivastra, i capelli neri e lunghissimi, ravvolti in anellature naturali e mosse. I pantaloni bianchi, la giacca bianca, il top blu, le scarpe alte e un odore di cosmetici e di mare. Il labbro inferiore lievemente abbandonato all'ingiù in uno sconfinamento tra disillusione e volgarità.

"Come stai? Ci possiamo dare ancora del tu?"

"Avvocato, questa domanda te la dovevo fare io."

"Vuoi un caffè?"

"No, grazie."
I due tocchi alla porta. I due tocchi pattuiti.
"Prego, signorina, entri."
"Avvocato, mi scusi, io andrei."
"Vada pure, ci vediamo nel pomeriggio. Chi rimane in studio?"
"Nessuno, avvocato."
"Bene, a più tardi."
La porta si richiuse, i tacchi della segretaria raccontarono l'allontanamento e l'uscita.
"Perché mi hai chiamata qui?"
"Perché? Annunziata, me lo chiedo anch'io. La risposta è che non avrei dovuto. Sto andando contro i princìpi della mia professione."
"Perché, la tua professione tiene i princìpi?"
"Sì, ce li ha. Storti, ma ce li ha. Il fatto è semplice: siamo stati amici."
"Siamo stati amici? Per un mazzo di rose e un caffè?"
"No, per tutto quello che non ti ho mai detto prima del mazzo di rose e per tutto quello che non ti ho detto dopo il caffè. Ma non è questo il punto. Per le lacrime e i baci è tardi. Ma a darti una mano faccio ancora in tempo."
"Ma tu non sei l'avvocato della famiglia che vuole andare a quel servizio a mio marito?"
"Appunto."
"Appunto?"
"È per questo che posso aiutarti."
"Avvocà, se po' fumà ccà dinto?"
"Prego, il posacenere è qui."
Annunziata accese una sigaretta. Diego Ventre portò un fiammifero all'estremità del sigaro. Tirò quattro, cinque volte. Lei accavallò le gambe.
"Annunziata, ti devo fare una domanda."
"Accomodati."
"Dov'è tuo marito?"
"Non lo so."
"Io sì. Io lo so."
"Sì, lo sai?"
"Lo so, Annunziata, lo so."
"E se lo sai, vallo a dire a chi lo devi dire. Fallo arrestare. Così una volta per sempre ce lo togliamo da mezzo, io per un conto e i tuoi clienti per un altro."
"Tu non vuoi questo."

"Ma che ne sai tu di quello che vado trovando io?"

"Pasquale Lerro, se lo guardiamo come marito tuo, be', ci credo che ne faresti a meno: credo che ti abbia inguaiato la vita. Però, Pasquale Lerro, se lo guardiamo come padre dei tuoi figli, allora la cosa è diversa: tenerlo in galera non ti conviene."

"Io non tengo più niente che mi conviene."

"Stammi a sentire, io non ti ho chiamato per farti l'incastro. Io ti ho chiamato perché lo posso aiutare."

"Tu vuoi aiutare quella bestia?"

"Se aiuto lui, aiuto l'avvenire dei tuoi figli, e naturalmente quello tuo."

"Avvocà, ma tu che vuoi da me?"

"Voglio solo sapere se sei pronta a partire per New York."

"Io?"

"Sì, tu."

"New York? Ma perché?"

"Fra poche ore scatta un'operazione che la polizia ha preparato da tempo. Se riesce, tuo marito finisce in galera. Se va in galera, si troverà in un padiglione dove c'è la mano d'opera comandata da gente più importante di lui. Questo significa che, al novanta per cento, in carcere Pasquale Lerro muore. Tu diventi vedova, i figli tuoi orfani. Sarai costretta a posare tutto quello che ha accumulato."

"E se l'operazione della polizia fallisce? Se in galera non ci va?"

"Annunziata, secondo te, io come lo so dove si trova tuo marito?"

"Te l'hanno detto quelli della famiglia Denza."

"Lo vedi come sei brava quando ragioni? Se lo so io, lo sanno anche loro. Se la cattura fallisce, scatta l'attentato. E tu sempre vedova resti, mentre i figli tuoi restano sempre orfani. La famiglia Denza assorbe tutti i traffici e daccapo perdi un'altra volta tutto. È chiaro?"

"È chiaro. Ma che c'entra New York?"

"Io posso far arrivare un avviso a tuo marito. Se ne occupa un amico serio. Pasquale Lerro cambia appartamento, cambia nascondiglio, cambia città. Il giorno prima non lo trova la polizia e il giorno dopo non lo trovano i Denza. Però quella è gente particolare. E se non lo trovano vengono da te. Insomma, se non lo trovano quelli ti toccano i figli. I tuoi figli. Se tu parti per New York appena te lo dico io, non trovano lui, non trovano te e non trovano i tuoi figli. Te ne stai un poco in America. Io ti dico se le acque si calmano e ti faccio sapere quando puoi tornare."

Silenzio. Annunziata accartocciava il mozzicone fumato fino al filtro. Si mise una mano sulla nuca e guardò verso le tende, verso il mare. Gli occhi si addolcirono e respirò con fiato lungo.

"Diego..."

"Sì?

"Diego, tengo scelta?"

Lui sorrise con malinconia e scosse la testa molto piano. Stava dicendo no. Lei si alzò, scostò le tende e si mise a scrutare la Costiera. Lui le posò una mano sulla spalla. Annunziata si voltò con gli occhi umidi, le narici le si dilatarono, pianse in silenzio. Poi disse: "Diego, perché vuoi fare questo per me?". Lui la baciò sulla bocca. Labbra contro labbra, senza darle la sensazione di voler affondare. L'abbraccio fu interminabile. Dentro quella vertigine, Annunziata sentì il piacere della rabbia e il piacere dell'innocenza. Il nastro del tempo si stava riavvolgendo. Ora respirava con la bocca dei suoi tredici anni. Diego le sfilò la giacca, le sfilò il top, le sgusciò una mammella da una coppa del reggiseno, la ghermì con decisione delicata. Lei si abbandonò come in preda a una vendetta nera, fu spinta con garbo, poggiò i palmi delle mani sulla scrivania, gli anelli fecero rumore di femmina sopra il cristallo. Diego le slacciò la cintura, le sbottonò i pantaloni e glieli tirò giù con uno strappo solo, si fece strada oltre la seta bianca che le proteggeva lo spacco dell'odio e la inguainò sorridendo. La prese e la tenne così, per oltre un'ora, guardando di tanto in tanto verso lo specchio, compiaciuto che l'inquadratura della videocamera segreta fosse perfetta. Poi la indusse a stare in ginocchio, le zuccherò la gola. Lei si beava dell'insolenza liquida, come Napoli pochi giorni prima aveva fatto col suo mare. Alla fine lui si mise davanti allo specchio, lo fissò al centro, dove sapeva che l'occhio digitale stava filmando. Fece un sorriso che lei non vide e si aggiustò la cravatta allentata.

36.
Salerno. 21 settembre. Primo pomeriggio.

Sulla scrivania dello studio di Ventre c'era una videocassetta. Diego la stava infilando in una busta e si preparava ad apporre tre sigilli di ceralacca.

Il nastro conteneva la ripresa del suo incontro con Annunziata: quella parte senza parole in cui si vedeva chiaramente la donna riversa sul cristallo del tavolo. Ora l'avvocato stava componendo il numero di telefono del difensore di Pasquale Lerro.

"Pronto? Come stai? Sì, bene, grazie. Senti la signora l'ho incontrata. Tutto a posto. Ti sto chiamando perché i miei clienti vogliono aprire una trattativa. Diciamo che ci sono segnali di addolcimento che convengono a tutti. Fra un'ora ti faccio avere una cosa. Tu la fai avere all'amico tuo. Mi raccomando, direttamente nelle sue mani. Se lui ti vorrà informare dei contenuti è un problema suo. Però la cosa va consegnata senza metterci il naso. È un passaggio delicato.

"Se ti viene qualche tentazione preventiva fattela passare. Sì, la dai direttamente a chi sai tu, però entro stasera. Poi ci sentiamo con calma. Bene, ti ringrazio."

Ventre chiamò al telefono interno la segretaria; le chiese di mandargli Sandro. Affidò al suo uomo il plico da far consegnare all'avvocato di Lerro raccomandando discrezione assoluta nella scelta del messaggero.

"Fra un'ora ho un appuntamento al Lloyd's Baia di Vietri. Fammi preparare una macchina. Nessuna scorta. Andiamo io e te, da soli."

L'avvocato rimase nell'ufficio, l'orologio a pendolo segnava il battito della sua naturale pazienza. Dallo scrittoio di pelle verde esalavano ancora i sentori del profumo di Annunziata. Sul vetro a protezione della scrivania rimaneva stampata l'impronta della mano destra di lei. Diego aveva controllato il filmato, lo aveva duplicato, aveva serbato una copia della registrazione nella tasca della sua giacca, mentre l'altra viaggiava verso lo studio dell'avvocato del suo nemico, dell'uomo che aveva ordinato l'attentato contro Carmine Denza.

Alle sedici e trenta, Diego Ventre andò a sedere a un tavolino sulla spiaggia dell'Hotel Baia. Sandro controllava da una terrazza. Poco dopo arrivò un uomo sui cinquanta, completo grigio, fisico massiccio.

"Caro dottore, mi scusi se l'ho scomodata."

"Niente, avvocato, nessun problema, ero a due passi. Napoli si è trasferita tutta a Salerno."

"Lo so, lo so. Questura, prefettura e commissariati. E lei ha trovato casa qui, dottore?"

"No, no, sto in albergo a Cava. Qui è tutto intasato."

"Lo prende un caffè?"

"Volentieri."

"Ho voluto incontrarla per una questione molto particolare."

"Sono qui."

"Lei sa che io difendo Carmine Denza..."

"Pare che sia stato sparato. Qualcuno dice che potrebbe essere morto. Comunque lei non mi dirà niente."

"Dottore, i delinquenti lei li arresta e io li faccio uscire. Qualche volta lei cerca di arrestarli e io cerco di non farli entrare in galera. Siamo tre entità collegatissime. I criminali, gli avvocati e la polizia. Se tutto questo non esistesse, lei e io non ci saremmo mai incontrati e sarebbe stato un peccato."

"Avvocato, se lei sta qui a parlare con me è perché Denza è ancora vivo. Forse campa, forse no, ma certamente è ancora vivo."

"Dottore, io mi tengo i miei segreti professionali e lei i suoi. Deve riconoscere, però, che con molto garbo e senza tradire nessuno le ho fatto fare belle operazioni."

"Le operazioni che mi ha fatto fare convenivano a me, a lei e allo Stato. Dunque, siamo tutti contenti."

"Quanto zucchero?"

"Amaro, grazie."

"Dottore, lei è un uomo dal gusto forte, e qui oggi il gusto forte ci vuole. Ecco, voglio dirle questo, c'è la possibilità di portare a termine un bel servizio.

"Bello, molto bello. Il migliore di tutti quelli che ha realizzato fino a oggi."

"Avvocato, non mi dica che si vuole costituire?"

"Il suo spirito mi piace. Certo, ha ragione. Il più fesso degli avvocati sa cento cose in più di quelle che sanno i criminali che difende. E io, non essendo il più fesso, di cose ne so mille, forse diecimila, roba che ci farebbe comodo e che ci farebbe impallidire. Però, che ci vuol fare, dottore mio, io sono come il prete, conosco i peccati, ma quei peccati non li ho commessi. Comunque mi dà gusto l'idea che lei pensi a me e al mio arresto come al colpo migliore di tutta la sua carriera di poliziotto."

"Era per ridere, avvocato, per quanto, diciamo la verità, con i tempi che corrono, tutto è possibile."

"Io ho rischiato la mia vita più di una volta, dottore. E lei certamente rischia ogni giorno la sua. Due persone che hanno midollo abbastanza per campare così, al di là di tutto, si intendono."

"Mi vuole dire di che si tratta, avvocato?"

"Sì. Glielo dico. Le posso far prendere Pasquale Lerro."

"Pasquale Lerro?"

"Pasquale Lerro."

"Avvocato, sono undici anni che non fumo e mi è venuta voglia di chiederle una sigaretta."

"Mi dispiace, dottore, solo sigari."

"Dove sta?"

"Questo non lo so. Ma so dove andrà fra stasera e domani. Lei può arrestare il capo di una delle due agenzie criminali più potenti di Napoli e della Campania."

"Io, caro avvocato, ho sempre pensato che l'agenzia criminale più potente sia quella che fa capo al suo assistito. E sa perché?"

"Perché?"

"Perché il suo cliente ha lei come difensore."

"Dottore, lei mi lusinga. Mi sarebbe piaciuto difendere Galileo Galilei dalle accuse della Chiesa, o Giovanna d'Arco, se vuole. Mi è capitato Carmine Denza, che ci possiamo fare. Il nostro mestiere è così. Più si è bravi, più bisogna proteggere la melma."

"Avvocato, come funziona la faccenda?"

"Va che la moglie di Lerro dopo l'evacuazione di Napoli ha preso casa a Salerno. Via dei Mercanti 21. All'ultimo piano. Entro stasera o al massimo domani sera, lui andrà a farle una visita."

"È diventato così fesso?"

"Lo diventerà tra qualche ora, caro dottore. La signora è molto bella. Lerro è molto geloso. C'è sempre una scena da melodramma nella vita di queste bestie."

"Ma che è successo, avvocato?"

"Non mi faccia scendere nei particolari. Sembrerebbe che la signora non ha camminato diritto."

"E lei, avvocato, cosa chiede in cambio?"

"Le ho mai chiesto niente in cambio delle mie informazioni?"

"No. No, perché lo scambio era implicito. I miei arresti giovavano ai suoi clienti."

"I suoi arresti, dottore, hanno giovato alla giustizia italiana. E poi, che ne so io di quanti clienti miei ha arrestato grazie alle informazioni della famiglia Lerro? Non si senta usato, la prego. Il vincitore è sempre lei."

"Perché lo fa?"

"Si è creata troppa tensione. Non serve a nessuno. Poi, io ai miei assistiti mi affeziono. E ammettendo che Denza sia ancora vivo, dico ammettendo, non dev'essere certo in buone condizioni. Lei decapita un clan. L'altro clan starà in pace per un bel pezzo. Il territorio è cambiato. Dopo l'eruzione dei Campi Flegrei è cambiata la città, sono cambiati tutti i comuni intorno. Quando viene alterato il terreno di gioco, si altera anche il gioco. E chissà che stavolta il gioco non cambi in positivo. Che commercio avrà Napoli in futuro? Che industrie ci saranno? E le chiedo, dottore, ci saranno industrie? Quali attività si svolgeranno in questo inferno che per ora galleggia sull'acqua e soffoca sotto i gas? Prima di tutto bisogna rifarla daccapo, questa città. Quanto tempo ci vorrà? Come sarà rifatta e da chi? Belle domande. Belle domande, è vero? È come se i francesi una bella mattina si svegliassero in Inghilterra avendo l'obbligo di imparare la lingua inglese. Dopo quello che è successo, i Denza e i Lerro saranno fuori tempo. Saranno fuori moda. Quali commercianti taglieggeranno? Quali appalti si aggiudicheranno? A chi venderanno le loro partite di droga? Ma soprattutto, chi muoverà il nuovo meccanismo della ricostruzione? Gli interlocutori di Denza e dei Lerro, gli interlocutori di tutti i clan medi, piccoli e anarcoidi del territorio, non saranno più quelli che furono fino a una settimana fa. I vecchi delinquenti di Napoli saranno tutti parigini che si svegliano a Londra. Potrebbe venire fuori gente più sveglia di quella che ha vegliato fino a oggi. Dottore, io dico che l'aspetta un periodo difficile. Quando cambiano le metodologie criminali devono cambiare anche le metodologie anticrimine. Però, per adesso, lei farà una bella operazione. Entro le prossime quarantott'ore si aggiudicherà un latitante d'eccezione. No, la prego, offro io. Grazie di essere venuto. Comprerò i giornali."

"Un'ultima cosa, avvocato. Lei sa niente di un conflitto a fuoco che sarebbe avvenuto ieri sulla litoranea tra Salerno e Pontecagnano?"

"Dottore mio, ieri mi sono sposato e come potrà credere ero concentrato sulla mia felicità. Però rifletta, lei mi domanda cose a proposito di una sparatoria che forse c'è stata e forse no. Lo vede? Tutto è già cambiato. Una volta si indagava su ciò che era accaduto. Oggi lei deve indagare su quello che forse non è mai accaduto. È stato un piacere, dottore."

I tornanti della Costiera scintillavano nel sole gentile di settembre. Sandro guidava tranquillo verso Cetara. Diego sedeva accanto a lui. Teneva la mano sinistra nella tasca della giacca. Impugnava la cassetta di cui Lerro, fra poco, avrebbe visionato una copia. Dopo averla vista, il sangue sarebbe esploso. Insieme con i suoi uomini si sarebbe diretto verso Salerno e avrebbe raggiunto l'abitazione della moglie, per ucciderla, per sfregiarla, per massacrarla. Ma lo aspettavano il dottore e i suoi poliziotti. La sintesi cruda della lingua di Napoli fiammeggiò tra i pensieri dell'avvocato Ventre. Come era accaduto a sua moglie Annunziata, Lerro stava per prenderlo nel culo due volte.

37.
Cetara. 21 settembre. Pomeriggio. La Tonnara.

La tonnara era circondata da spalti tufacei a picco sul mare. A un'estremità del grande muro di cinta c'era una torretta circolare. Nonna Giulia, quando la proprietà apparteneva ancora ai Sangrano, la chiamava il Belvedere. Luce ci andava sempre, da bambina. Era il luogo preferito dei nascondimenti e dei giochi. La ragazza ricordava un cavalletto sormontato da un antico telescopio, messo lì, al centro dell'unica stanza tondeggiante. C'era stato tanti anni fa e c'era ancora in quest'oggi, in questo pomeriggio di settembre dove proprio come tanti anni prima Luce era andata a nascondersi per motivi diversi. Il cannocchiale ottonato era più lucido di quanto non fosse mai stato. L'avvocato teneva alla manutenzione di tutte le sue cose. La torre aveva due ampie feritoie rettangolari: una verso il mare, l'altra verso l'edificio. Lei aveva accostato l'occhio destro alla lente e scrutava il mare da più di un'ora. Aveva visto un grande mercantile quasi sulla linea dell'orizzonte. Aveva visto tre motoscafi della guardia di finanza, una motovedetta dei carabinieri, un aliscafo che copriva la navigazione tra Amalfi e Salerno. Ora appariva la sorpresa. Ecco: c'era l'emozione. C'era un delfino. Era a circa duecento metri dalla costa e puntava Maiori. S'impennava fuori dell'acqua come uno sbocco di gioia, ripiombava sotto come rapito da una incontenibile nostalgia. Ricerca del sole, nostalgia. Ricerca del sole, nostalgia. Sopra l'acqua, sotto l'acqua. Sopra l'acqua, sotto l'acqua. Luce sentì quell'animale quasi fosse la polena sfuggita alla nave dell'umanità felice. Il delfino pareva un pezzo perduto dello stato di grazia che molti secoli prima aveva sorriso sul mondo. Sparito. Era già sparito. Lei scostò l'occhio dall'estremità della lente, lo stropicciò, lo riaccostò. Decideva di ruotare il cannocchiale verso la grande terrazza della villa. Eccola lì. Terrecotte sui parapetti e la buganvillea rosso fuoco che estende i suoi tentacoli colorati sulla porosità della vecchia parete, dove si aprono sette balconi. Le imposte sono tutte aperte. Nella prima stanza, arredata con quattro divani Ottocento verde oliva, appare Diego Ventre. La giacca color panna, pantaloni marroni, l'eleganza naturale del passo. Lo segue Sandro. L'avvocato raggiunge la settima stanza, siede dietro una scrivania Luigi XVI, prende il telefono e chiama qualcuno. Sandro siede di là dal tavolo. Ventre accende un sigaro. Dopo un attimo arriva uno degli uomini di scorta a guardia della tonnara. Sandro gli consegna dei biglietti aerei. Luce non può saperlo: sono per Annunziata. Diego la farà partire in giornata, prima che il marito vada a cercarla per ucciderla dopo aver visionato il contenuto della registrazione. I tre parlano, poi Sandro e l'altro salutano e vanno via. Il cannocchiale rimane puntato sull'avvocato, sta cavando qualcosa dalla tasca della giacca, la poggia sulla scrivania, è una videocassetta. Alle sue spalle c'è un secrétaire, Diego va a prendere le chiavi nascoste dietro un quadro, apre le due ante, sblocca una ribaltina segreta e nasconde la videocassetta nelle viscere del mobile. Richiude, ripone le chiavi dietro l'olio su tela che raffigura la piccola spiaggia di Minori. Poi toglie la giacca, inizia ad allentare la cravatta. Luce si stacca dall'inquadratura, abbandona il telescopio e guarda l'orizzonte sul mare. Pensa di essersi ridotta a spiare. Ma se spia lo fa perché è stata lasciata sola, si dice. Spia chi è stato escluso. Spia chi è stato lasciato fuori dalla porta. Spia chi è stato mortificato e offeso dalla menzogna.

La ragazza attraversa gli spalti con passo risoluto. Raggiunge la tonnara ed entra in casa. Sente l'acqua della doccia che scorre laggiù, lontano, nella camera da bagno. Ventre si sta lavando. Lei si ferma, guarda. Va diritta al quadro, prende le chiavi, apre il secrétaire, trova l'apertura segreta, ghermisce la piccola custodia che lui ha appena occultato. Richiude tutto e sale di corsa al secondo piano, nella sua camera da letto. Chiude a chiave la porta. Prende la sua videocamera e la carica col nastro misterioso. Ecco le immagini. Una signora bruna sui quarantacinque anni viene spinta a pancia sotto su una scrivania. Un uomo dietro di lei le tira giù i pantaloni e la prende. Il seno scapezzola contro il cristallo del ripiano. La scrivania è quella dello studio di Ventre. L'uomo che sta possedendo la donna è Diego. Luce si sente avvolta in una paralisi cerebrale. Non pensa. Non ha rabbia. Non capisce. Non vuole capire e non può. Guarda ancora: l'uomo che ha appena sposato, l'uomo che ha amato e che ama, l'uomo che si è comportato come se la amasse, sta facendo godere un'altra, sta godendo di un'altra. Luce osserva il coito nel suo andirivieni ripetitivo. Il movimento di lui dentro la femmina assurge a una specie di astrazione. Un'astrazione che calma Luce. Estrae la videocassetta e torna lentamente al piano di sotto. Riprende le chiavi, riapre il secrétaire, rimette a posto il reperto. Chiude tutto daccapo e va sedere in terrazza. Non pensa a niente. Le torna in mente solo il delfino, sotto l'acqua, sopra l'acqua. Dentro, fuori. Cielo, mare. Cielo, mare, all'infinito. Diego appare dalla penombra del salotto rosa, esce in terrazza, ha un accappatoio blu e i capelli bagnati, tirati all'indietro. Sembra un uomo degli anni trenta e lei pensa: "Ah, se tu non fossi come sei, pur essendo come sei".

Lui le sorride, siede.

"Come va, Luce. Tutto bene?"

"Tutto bene."

"Vuoi un tè?"

"Un tè?"

"Sì, vuoi un tè?"

"No, voglio il pittore che mi stava facendo il ritratto a Napoli. È rimasto incompiuto per via dell'eruzione. Era molto bello e mi piacerebbe fosse terminato, finalmente."

"Ma Luce, chissà dove..."

"Si chiama Francesco De Mattia. Mi hanno detto che dopo l'evacuazione si è trasferito a Paestum. Trovalo. Tu che sai trovare sempre tutto, trovalo e fallo venire qui."

Ora lei si alza, poggia i palmi delle mani sulla balaustra di piperno, tiepida di tramonto. Inarca le reni fasciate nei pantaloni bianchi, mostra il rilievo dolce della spina dorsale attraverso la maglia di cotone dischiusa sulla schiena, si volta, sorride a Diego. Diego non riesce a sorridere perché la desidera. Luce si incammina verso gli spalti. Adesso agli occhi di lui è una figura chiara, lontana, la reincarnazione di una femmina aragonese, sangue che del resto i Sangrano possiedono. Luce entra nel belvedere, si lascia andare sulla poltrona di vimini e torna a guardare il mare. "Il delfino, sì, sono come il delfino. Vado sotto il mare della vita e sopra il mare della vita. Affioro a pelo d'acqua sul presente che mi fa volgare tutta l'esistenza. Sprofondo nei silenzi ovattati dei fondali chiari. Il delfino, sì, sono come il delfino. Un attimo prima tutto lo schifo di fuori, un attimo dopo la pancia protetta dell'universo, con i suoi colori, la sua lentezza elegante, le sue promesse di gioia, fatte di cento sassi colorati che se ne stanno sul fondo, sempre sul fondo."

38.

Cetara. 21 settembre. Sera.
La Tonnara.

Luce era distesa sul letto nella camera buia. Con le dita faceva torcigli alle punte dei capelli, lentamente. Dal balcone aperto sul mare arrivavano voci lontane di pescatori deformate dall'imbuto roccioso che accoglieva il porto. "Ho salvato la mia famiglia, le case della mia famiglia, le cose della mia famiglia. Ma chi salverà Luce? Che cosa mi salverà? Merito salvezza?" Pensava così, piano, piano, chiudendo brevemente gli occhi, riaprendoli, poi richiudendoli ancora. Si sentiva richiamata dall'abisso della sua immaginazione e ripeteva che solo la vastità della sua immaginazione avrebbe potuto salvarla. Ecco, ora appariva il profilo obliquo della nonna, il giardino di una sua piccola amica bambina a via Tasso, una partitura originale di Ravel vista a Parigi, la calligrafia autentica di Leopardi sul pezzetto di carta dove dorme l'*Infinito*. Luce, la delfina, stava scendendo in fondo al mare, alla ricerca di una nascita ancora protetta dalla pancia della grande madre. Poi, dentro gli occhi le si incastrava un fotogramma di Napoli allagata, la mano di Diego poggiata sulla nuca della femmina vista nuda nel film di qualche ora prima. La delfina riemergeva, capriolava sull'acqua. Ma l'uomo che aveva sposato era stato anche straordinario, era stato anche vero nel corteggiamento lunghissimo. La delfina improfondiva di nuovo, nel garbo degli azzurraggi silenziosi, sott'acqua, dove poteva rivedere la giostra di Paladino, il quadro rubato di Caravaggio, i musicisti che suonano per lei negli abissi senza suono.

Richiamo violento: dal piano di sotto arrivano voci. Alfredo Gemma, De Dominicis e il dottor Pepe sono appena arrivati, rumoreggiano quella falsa allegria alla napoletana che innalza l'ouverture degli affari.

“Accomodatevi, dottore. Alfredo, mettiti là, quello è il posto tuo.”

“Avvocato, qui Gemma ha insistito perché venissimo a trovarla. Io gli ho detto ‘ma non lo disturbiamo’.”

“Nessun disturbo, dottore. Allora? Che mi dite?”

“Avvocato, le ripeto quello che ho detto ad Alfredo in tutti questi ultimi giorni: lei è un genio.”

“Dice, dottore? Però se lo tenga per lei.”

“Ah! Ah! Avvocà, vi ricordate quella sera che venimmo al Lido Virgilio? ‘Si deve vendere tutto!’ Adesso De Dominicis ride, però gli stava venendo uno storzillo. Pepe, voi diventaste bianco come una lapide al camposanto. Mò invece stanno una pasqua, arrivano freschi freschi e vi dicono che siete un genio. Intanto la schiena mia ha pigliato la forma del catasto, ho distrutto sei fotocopiatrici e ho dormito due ore a notte.”

“Che bevete, signori?”

“Whisky.”

“Prego, servitevi.”

“Poi, avvocà, io dissi, ma per caso non sarà che viene l’eruzione del Vesuvio? E voi rispondeste: no, no. Acqua. Acqua. Ci avete preso per il culo. Perché alla fine l’acqua è arrivata fino a dentro le case.”

“È vero. Ma voi capite bene che non potevo dirvi niente.”

“E adesso, avvocato? Adesso ci sono altri misteri?”

“No, dottor De Dominicis, no. In questi giorni avrò un incontro importante. Lo Stato si prepara a fare un superdecreto per i fondi destinati alla ricostruzione. Dopo che il mare si sarà ritirato e il fuoco si sarà calmato inizieranno gli studi sul territorio.”

“Scusate, io faccio l’immobiliarista e non ne capisco. Ma si ritirerà mai questo mare?”

“Caro Pepe, io faccio l’avvocato e vi posso dire che se il mare non se ne va lo dobbiamo cacciare noi. E questo è pure meglio. Lavoro in più. Appalti in più. Affari in più.”

Luce, dall’alto della camera da letto, li sentiva ridere e bere. Diego versava, allungava sigari, ascoltava, si divertiva e si distraeva. Tutto il giorno si era rivisto, nel suo studio, mentre davanti alla videocamera si era rifatto il nodo alla cravatta dopo aver posseduto Annunziata. Quel sorriso lo aveva fatto per Lerro, e di Lerro, ora, immaginava la faccia davanti al filmato.

Adesso erano le ventidue e venti. Lerro aveva visto le riprese alle venti e zero otto nel suo rifugio bunker di Angri. Aveva fatto l'errore di guardare la videocassetta con due dei suoi uomini. Così quando l'intoccabile moglie, quando l'Annunziata semprevergine era apparsa con il culo di fuori e le mammelle penzolanti, piegata sulla scrivania dell'avvocato Ventre che se la sfondava di santa ragione, Lerro aveva spaccato il televisore con un calcio, aveva distrutto la casa e si era precipitato a Salerno per fare della signora una cosa che il mondo non avrebbe potuto scordare. Così Diego sorrideva e ripensava il suo sorriso di qualche ora prima, sorrideva e anche adesso immaginava la faccia di Lerro, mentre De Dominicis faceva calcoli da miliardi di euro, Gemma si grattava i coglioni e Pepe era già brillo.

All'improvviso, Sandro apparve sotto l'arco della porta. Diego capì che c'erano notizie e chiese agli amici un attimo di permesso. Si chiuse nel suo studio, sedette dietro la scrivania e disse: "Allora?".

"La signora è partita per New York. Tutto a posto. Lerro è andato sotto casa della moglie, è salito ed è entrato nell'appartamento. È intervenuta la polizia. Lui si era fatto accompagnare da una decina dei suoi. C'è stato tutto uno spara-spara. Quattro poliziotti feriti. Otto arresti. Ma Lerro è fuggito dai tetti, è entrato in un appartamento là vicino, ha preso un bambino in ostaggio ed è sparito."

"Sparito?"

"Sparito, avvocà, sparito."

"Non andrà lontano. Ma finché non lo pigliano ci vuole l'attenzione del falco. Questo è il momento in cui siamo ad alto rischio di tradimento interno."

"Cambiamo tutti gli uomini."

"No. E poi dovrei cominciare a cambiare te. Non ti offendere, Sandro. Parlo per metodo. Triplichiamo i compensi. Da oggi ci spostiamo solo via mare. Aspetta, un'altra cosa. Da questo momento mia moglie non deve uscire da questa casa per nessuna ragione. Mi sono spiegato?"

39.
Salerno. 22 settembre. Mattina.
Clinica di Pontecagnano.

Carmine Denza stava aprendo gli occhi. Diego era rimasto a guardarlo in silenzio per oltre mezz'ora, seduto accanto al letto, osservando ora le onde costanti nei monitor verdi e blu, ora la faccia devastata dell'amico fasciata da una garza imbevuta di disinfettante.

"Diego... Diego, le palpebre mi pesano come due gru arrugginite. Le sai quelle che stanno abbandonate dietro a certi muri del porto di Napoli? Così."

"Non ti affaticare, Carmine. Non parlare."

"Non parlo mai, fammi dire una parola con te."

"Ne abbiamo sistemati quattro all'ospedale e otto in galera."

"Chi l'ha fatta l'operazione?"

"Quella dei quattro l'ho fatta io personalmente. Quella degli otto l'ho fatta fare alla polizia."

"E Lerro?"

"Lerro è sfuggito alla cattura per un pelo. Ma adesso tiene attorno solo un campo minato. Dove poggia un piede, là salta in aria. A Lerro gli ho spedito la moglie a New York."

"La moglie? La moglie, Diego?"

"La moglie."

"E come hai fatto?"

"Quando starai meglio te lo spiego. Gli ho fatto un brutto regalo e adesso è furioso. Se uno è furioso, lo sai, può fare solo sciocchezze."

"Che regalo gli hai fatto?"

"Te lo dico sempre quando starai meglio."

"Diego, io non ci credo più nella vendetta. È parecchio tempo che non ci credo più."

"Carmine, neanch'io ci credo più. Ma che vuoi fare? Certi conti non possono restare aperti tutta la vita. E poi, fra qualche mese cominciano affari pesanti. È meglio togliere le cicche dal posacenere e tenere il tavolo pulito. Dopotutto, c'è un piccolo particolare."

"Che particolare?"

"Non ti devono toccare, Carmine."

"Di questo non ti devi dare pena. Ho fatto tutta la vita questa vita, e non so neanche io perché. Potevo fare il salumiere, come mio padre, il calzolaio, come mio nonno. Invece no. Tutta una serie di incontri, tutta una serie di combinazioni, ed eccomi qua. Lo sai come mi sento, Diego?"

"Come?"

"Come uno che è entrato in un bar per una partita al videogame e all'improvviso viene risucchiato dentro lo schermo, risucchiato dentro il gioco. Sono diventato il videogame io stesso. Da che il gioco ha cercato di fottere me, io sono diventato il gioco stesso e ho iniziato a fottere quelli che entravano nel bar a fare la partita. Sì, mi sono trovato qualche soldo buono nella cassa, ma mi sento chiuso dentro il videogame, giorno e notte. Il cliente, quello che viene a giocare, lo fotto, siamo d'accordo. Ma dopo, dopo lui se ne va. È libero. Io, libero non sono stato mai. Dimmi la verità, con tutte queste fasciature sembro una mummia?"

"Appena ti ristabilisci ci facciamo un giro in Francia, pure in America se serve. Ti faccio rifare gli zigomi di Gary Cooper."

"Diego mio, non dev'essere facile da lucidare, questa carrozzeria ridotta così. Alla fine, pure se ti aggiustano, la faccia non è proprio quella tua. Al mondo, per una ragione o per un'altra, ci stanno fisionomie impresentabili. E io..."

"E tu no, Carmine. Tu no. Come ti trovi qua?"

"Benissimo. Mi trattano come se fossi uno importante. C'è un'infermiera che mi accudisce come il prete all'altare. Si chiama Anna, è di Bellizzi. Se sapevo mi facevo sparare prima. Questa è una clinica dove non ti devi preoccupare di niente, ti metti nelle loro mani. Se ingarrano, bene... e se sbagliano, pazienza. E Napoli?"

"Napoli che?"

"Che succede?"

"Sempre allagata. Sempre fuoco ai Campi Flegrei. I telegiornali parlano, le forze dell'ordine ispezionano, i pompieri studiano, la marina militare sorveglia. Ci vuole ancora tempo, Carmine. E a noi va bene così."

"Dimmi una cosa, Diego. Ma qua sotto, sotto la finestra, c'è un giardino?"

"Sì, tutt'intorno alla palazzina."

"E ci sta il glicine?"

"Sì, ci sta il glicine."

"Volevo dire... Ogni mattina Anna apre un poco i vetri. Il profumo arriva fino a qua sopra. Però non capivo se era una fantasia mia o se proprio ci stava la pianta vera. Sentivo un profumo, ma un profumo, come quello che saliva dal giardino alla Sanità dove abitavo da bambino. Solo che non ero sicuro e allora pensavo, qua se non c'è il glicine e io sento l'odore, vuole significare che il ricordo di Napoli mi sta venendo a trovare in punto di morte."

40.

Cetara. 22 settembre. Mattina. La Tonnara.

"Pronto, Luce? Sono tua madre. Non mi conosci neanche più al telefono. Come stai? Noi qua stiamo una bellezza. Lo sai che pure i Pignatelli se ne sono venuti a Castellabate? Sì, e pure i Sacco, gli Zeolla, gli Adinolfi. Stiamo tutti qua. La sera facciamo certe cene sfiziose assai. Un albergatore di Acciaroli mi ha regalato un binocolo che non se ne ha l'idea. Si vede tutta Napoli, pazzesco, il fumo, le fiamme, tutto. Certi giorni i gas arrivano fino a qua, ma roba da poco. L'avvocato come sta? Me lo passi? Ah, allora me lo saluti tu. E tienilo come il santissimo sacramento, perché se non era per lui non tenevamo più niente. Tu sei caduta bene, figlia mia. Quello è un uomo come non ce ne stanno più. Bello, affascinante, intelligente. Uno che dove appoggia un momento i coglioni si fermano gli orologi. Mò ti devo lasciare che tengo gente."

Luce riagganciò, mise il pollice e l'indice sugli occhi chiusi, comprimendo il naso con le dita. Nel cortile di centro echeggiava il motore di un'auto. La ragazza uscì in terrazza e si affacciò. Una vecchia spider rossa. Era lui, era Francesco De Mattia. Per la prima volta dopo molte ore, il cuore tornò a batterle. Si sorprese di avere in petto quel meccanismo che registra il dolore e la gioia. Infilò la fuga di stanze, corse giù sotto le frescure salmastre della scala a volta, gli andò incontro correndo e gli gettò le braccia al collo. Francesco sentì un imbarazzo profondo. Luce non era mai stata così con lui. La morbidezza dei suoi capelli sciolti, la guancia così calda contro la sua, il suo profumo così denso di richiami segreti, tutto era come l'aveva sempre immaginato.

"Vieni, Francesco. Andiamo di sopra, ti faccio un caffè."

"È bellissimo, qui."

"Ti piace?"

"Mi hanno chiamato stamattina alle otto. Una signora, dallo studio di tuo marito. Auguri."

"Ho provato a cercarti, Francesco, volevo invitarti al matrimonio. Ma sei sparito."

"Adesso sto a Paestum, certi amici avevano una casa vuota..."

"E i quadri?"

"Mi sono portato appresso poca roba. Il tuo arriva tra poco, è un due e trenta per uno e venti, lo sta portando un camioncino."

"È quello col serpente, Francesco?"

"Sorridi, eh? Quello è finito, ma non te lo faccio vedere. Oltretutto è rimasto a Napoli..."

"Giura che lo vedrò. Lo voglio."

"Va bene, mettiti d'accordo con il mare, appena lascia la città..."

"Bravo... Uno zucchero o due?"

"Due. Ma come avete fatto a trovarmi?"

"Mio marito ha qualche amico."

"Sei felice, Luce?"

"Bevi il caffè, Francesco."

"Chi è che prega?"

"Ah... È Manlio, il fratello di mio marito. Se ne sta quasi sempre chiuso in camera, legge la Bibbia e in certi orari dice delle orazioni."

"Vocazione?"

"No, solitudine."

"Come lo capisco, Luce."

"Stai bene, Francesco. Tu sei il delfino che sa stare sotto e sopra l'acqua."

"Cosa?"

"Te lo spiegherò, forse."

41.
Templi di Paestum. 22 settembre. Mattina.

"Presidente, buongiorno!"
"Avvocato, come va?"
"Benissimo, Presidente. Si è scelto un bel bar."
"Di fronte al tempio di Nettuno, avvocato. Il dio di quel mare che ha abbracciato tutta la sua città."
"La sua telefonata di ieri mi ha fatto molto piacere. Sarei venuto io a Roma nei prossimi giorni, ma visto che lei è qua..."
"Avvocato, mi sto occupando del superdecreto per ricostruire Napoli. Sa com'è, volevo vedere con i miei occhi. Allora ho fatto un giro in elicottero."
"E che ne pensa, Presidente?"
"Ho visto tutta la città dall'alto. È uno spettacolo avvilente, ma c'è qualcosa di sublime. Tutto questo mare nelle strade, non ce lo aspettavamo."
"Però è utile."
"Utile, avvocato?"
"Bisognerà ricostruire tutta la zona portuale e creare barriere di protezione, scogliere, banchine, affinché non succeda mai più. Roba che costa. Dunque, nel superdecreto lo Stato ci deve mettere più soldi di quello che avevamo previsto. E poi, rifacendo il porto, Napoli diventa la città dei grandi attracchi. Turismo, Presidente. Turismo e commercio. Quello che serve."
"Dopo aver visto quello che ho visto stamattina, sa cosa penso, avvocato?"
"Cosa pensa, Presidente?"
"Secondo lei il diavolo si è mai sposato?"
"Può darsi."

“Perché, vede, se lui ha avuto una discendenza diretta, lei dev’essere suo pronipote.”

“Dopo di lei, Presidente. Dopo di lei.”

“Un aperitivo, avvocato?”

“Con piacere.”

“Le cose a Roma procedono bene.”

“Anche qui. I contatti con gli amici d’America vanno lisci.”

“So che ha fatto buoni affari nel frattempo. Le sue società si sono aggiudicate i più bei palazzi del centro storico.”

“Tutti vincolati, Presidente, tutti vincolati. Un patrimonio che non si può perdere.”

“Chissà che tutto questo non porti bene. Ne può venire fuori una città d’arte come nessuna al mondo. Un’attrazione universale che aiuterebbe il prodotto interno lordo.”

“In un certo senso lei può avere ragione, Presidente. Napoli ha saputo sempre industrializzare la sventura. La nostra risorsa è il disastro.”

“Ho visto con piacere che le opere d’arte del Museo nazionale sono tutte salve, che le collezioni dei musei e le tele delle chiese sono al riparo. Non ci avrei giurato.”

“Presidente, me ne sono occupato. I quadri, le porcellane, le statue, sono il nostro oro. E grazie a quest’apocalisse, da oggi è un oro che vale cento volte di più. Un’opera d’arte che si può sempre vedere non si vede mai. Ma un’opera d’arte sopravvissuta all’inferno è come la prima fidanzata che riappare più bella di prima, ancora più giovane, ancora più seducente, mentre ci credevamo irrimediabilmente invecchiati. Torna per dirci che possiamo rivivere quello che credevamo di non poter vivere mai più.”

“Bisognerà studiare anche nuove collocazioni per questi tesori, non crede, avvocato?”

“Certo. Gratis non si vedrà più niente. E poi, caro Presidente, ci sarà un mio regalo personale.”

“Un regalo?”

“Un grosso regalo.”

“Avvocato, che grosso regalo?”

“Io so che lei ama immensamente un pittore. Me lo ricordo, perché ne parlammo quando ci siamo conosciuti. So che la offenderei se le dicessi che voglio donarlo a lei. E allora lo dono a Napoli, lo dono alla città, ma lei saprà che è un segreto fra noi due.”

“Avvocato, ma cosa dice? Il mio pittore preferito è Caravaggio.”

“Appunto. Io regalerò a Napoli il quadro di Caravaggio che fu rubato a Palermo nel ’69”.

“Il quadro rubato a Palermo?”
“Sì. Ha capito bene. Il quadro rubato a Palermo.”
“L’*Adorazione dei pastori con i santi Lorenzo e Francesco*?”
“Quella. E il regalo sarà triplo. Uno, perché lei potrà rivederlo. Due, perché sarà il Nucleo tutela patrimonio artistico dei Carabinieri a ritrovarlo. Tre, perché quando Napoli sarà tirata a lucido, inaugureremo una mostra su Caravaggio.”
“Lo vede che il demonio si è sposato?”
“Fu un matrimonio segreto, Presidente.”
“Ma la tela l’aveva rubata la mafia...”
“Ma quale mafia, Presidente. E poi la mafia non fa azioni che non siano condivise ad alti livelli.”
“E lei come ce l’ha?”
“Non ce l’ho. Anche perché è una tela da duecentonovantotto per centonovantasette centimetri. Non ce l’ho perché non saprei dove metterla. Non ce l’ho ma so dov’è.”
“Non le chiederò come lo sa, avvocato.”
“Ci sono clienti importanti che vogliono onorare la parcella in maniera insolita, singolare. Difficoltà liquide, forse.”
“Se è così, beviamo anche uno champagne.”
“Volentieri.”
Gli uomini della scorta del Presidente se ne stavano poggiati alla ringhiera verde dell’area archeologica di Poseidonia. Gli uomini a protezione di Diego Ventre si erano sparpagliati ai tavoli del bar in posizioni che consentivano il controllo dai quattro punti cardinali della vita.
“A Caravaggio, avvocato.”
“A Caravaggio.”

42.
Cetara. 22 settembre. Sera. La Tonnara.

La camera circolare della torretta aveva un diametro di cinque metri e trenta. Francesco aveva montato il cavalletto. La tela era arrivata intorno alle quattro e mezzo. Il furgone che la trasportava era stato fermato all'ingresso dagli uomini di Ventre. Luce era dovuta scendere in cortile per rassicurarli che si trattava di una consegna attesa. Una poltrona molto simile a quella dove la ragazza aveva seduto per i suoi giorni di posa a Napoli era stata sistemata accanto alla finestra sul mare. Ora erano passate le sette: la cerimonia del ritratto andava avanti da un'ora e mezzo. C'era stato un tempo di silenzio, poi lei, ora parlava.

"Ho visto un Caravaggio."

"Un Caravaggio?"

"Sì. L'*Adorazione dei pastori con i santi Lorenzo e Francesco.*"

"L'*Adorazione*? Luce, ma non esiste l'*Adorazione.*"

"Esiste, Francesco."

"È stata rubata nel '69."

"Lo so."

"E allora?"

"E allora l'ho vista."

"Ma non è possibile, Luce!"

"L'ho vista in forma molto privata."

"Dove?"

"A Napoli, in un luogo un po' particolare."

"Sarà stata una copia."

"No, è l'originale."

"Ma come è possibile?"

"Un segreto fra me e te."

"Va bene, un segreto."

"Il quadro me l'ha fatto vedere mio marito."

"Dici sul serio, Luce?"

"Te lo giuro."

"Ma quel quadro è sparito dall'Oratorio di San Lorenzo, a Palermo. La zona è quella di Porta Nuova. È un territorio dove non si muoveva una foglia senza il consenso della mafia."

"Lo so."

"Come ha fatto tuo marito a..."

"Diego fa il penalista. E un penalista ha rapporti con il paradiso e rapporti con l'inferno."

"Era bella questa *Adorazione*?"

"Non si può dire quanto. Indescrivibilmente bella."

"Di chi ti sei invaghita, Luce?"

"Non lo so. Ma non è un invaghimento. Io sono presa d'amore."

Francesco non rispondeva. Spennellava le setole chiare nel rosa pallidissimo del colore incarnato. Gli occhi gli si strinsero. Poi finalmente disse: "Lo avevo capito che ti eri presa d'amore. Nei pochi giorni che sei venuta al mio studio per posare, nei tuoi occhi c'era uno smarrimento, come un miscuglio di orrore e gioia. Queste cose un pittore le sente. I muscoli delle tue braccia erano sempre tesi. Il sorriso ti si apriva con un cedimento di nuova vita che non ti avevo mai visto. Guardavi spesso oltre la finestra. Le guance ti si arrossavano per niente".

"Mi sono innamorata del buio. Il buio si fa desiderare perché non sappiamo niente di quello che copre, di quello che nasconde. Mi sono innamorata di un uomo che non so chi è. È un'oscurità che ha fatto brillare lampi bellissimi, poi la notte si è richiusa su tutto. Su lui e su me."

"Rimetti la mano dov'era, per favore."

"E tu, Francesco?"

"Io cosa?"

"Chi hai amato? Chi ami?"

"Le parole per dire quanto teniamo a una persona sono poche, Luce."

"Che significa?"

"Quando viviamo una grande inclinazione per qualcuno, gli possiamo dire ti voglio bene. Oppure gli possiamo dire ti amo. Non ti pare troppo poco? Inoltre, per stupidità decennale, dire ti voglio bene vale un po' meno che dire ti amo. Non ti sembra una sciocchezza? Due espressioni sole per racchiudere i confini di un sentimento senza confini. È come se volessimo ridurre la pittura a due colori soltanto. Per trovare la tonalità della tua carne devo fare decine di incroci, decine di passaggi. Per arrivare a dire la luminosità della tua pelle dovrei miscelare tinte su tinte, tutta la vita."

"Non mi stai rispondendo, Francesco."

"Ti rispondo, Luce. Nei giorni di Napoli ho sentito per te tutto quello che un uomo può sentire fuori dalle parole ti voglio bene e fuori dalle parole ti amo. Era come un'onda di febbre che non sopporta nessun argine. E quello che provavo non si poteva neppure dire."

"Perché?"

"Perché le parole erano troppo piccole per una cosa così grande. O, se vuoi, le parole erano troppo grandi per una cosa così piccola, così preziosa, così invisibile."

"Perché non lo hai detto?"

"L'ho detto nel solo modo in cui so dirlo. Ti ho dipinta. Ti ho dipinta su questa tela e dentro la testa. Ti ho dipinta quando c'eri e quando non c'eri."

"È molto bello quello che dici."

"Non è né bello, né brutto. È, semplicemente è."

"Questo è amore, Francesco."

"Io sto finendo un quadro per te. E ogni volta che ci ho messo sopra le mani ho avuto l'impressione che questa ragazza che appariva dal nulla fosse come una creatura nostra, una nostra stranissima figlia. Sì, una cosa che avevamo fatto io e te. Io, te e nessun altro. Una figlia."

"Non ti ho capito."

"Non potevi, Luce. E non dovevi. Io non so fare altro che facce sulle tele. È troppo poco per vivere felici. È troppo poco per vivere. Non sorridere."

"Sorrido, Francesco. Sorrido perché pensavo che di creature ne abbiamo fatte due. Una con la farfalla e una col serpente."

"È vero. Ma quella con la farfalla è tua. A me spetta quella col serpente."

Luce si alzò dalla poltrona. Si avvicinò lentamente al quadro. Sorrise ancora con gli occhi per chiedere se poteva vederlo. Francesco era seduto, disse dolcemente no con un'oscillazione leggera della testa. Lei superò il cavalletto senza guardare la tela, mise la mano destra sotto la nuca di lui, tra pelle e capelli, lo trasse a sé, tenera, fino a fargli accostare la guancia destra al ventre. Rimasero così molti secondi, tanti secondi quanti ne servirono a Diego per vedere tutto. Dalla finestra del suo studio, nell'inquadratura rettangolare della feritoia che dava sull'interno della villa, l'avvocato stava vedendo il corpo di sua moglie fino al petto. Il corpo di sua moglie, tranne la testa, a causa della sfinestratura schiacciata. Vedeva le ginocchia di Luce, il suo bacino, il suo seno sotto l'abito di cotone e la tempia destra del pittore contro la pancia di lei.

43.
Cetara. 23 settembre. Mezzogiorno. La Tonnara.

Il mare era tutto un movimento acuminato di sole. A guardare le leggerissime increspature delle onde, gli occhi ne rimanevano feriti, bruciati da un'ambra di lacrima. Ventre se ne stava in terrazza. Seduto su una vecchia poltrona di vimini, si era messo all'ombra di un ulivo secolare. Leggeva il giornale che fotografava il disastro napoletano, che raccontava il persistere delle fiamme e dei tremori sismici nei Campi Flegrei, quando la voce di Luce lo distolse.

"Diego, ti presento Francesco De Mattia."

"Ah, buongiorno, maestro."

"Buongiorno, avvocato. Mi scusi se non sono riuscito a salutarla ieri sera. Ma ero molto stanco e sono andato a letto presto."

"Dipingere per ore dev'essere estenuante, maestro."

"È un posto magnifico questo, avvocato. Complimenti davvero."

"Non ho meriti. La proprietà apparteneva alla famiglia di mia moglie. Io l'ho solo comprata e, per un gioco molto comprensibile del destino, ora è tornata a lei."

"Ho dormito come non mi capitava da molto tempo."

"Dev'essere una *questione di luce*, caro maestro. Qui ci sono dei tramonti che scendono nell'anima con un dosaggio, come posso dire?, pacificante. Procede bene il ritratto?"

"Benissimo. Perché non viene a vederlo?"

"No, no. Non è mia abitudine violare i segreti della creatività. Gli occhi degli estranei che si posano sull'opera in corso devono essere odiosi per l'artista. Lo vedrò quando sarà finito."

"Come vuole."

"Assaggi queste olive. Sono speciali. Un bicchiere di Furore, gradisce? Forse è Furore falso, ma è buono lo stesso. Sa, nel pomeriggio faremo la mattanza dei tonni. Proprio qui, sotto la villa."

"L'ho sempre vista in vecchi filmati. Mi piacerebbe..."

"Questa volta la vedrà da molto vicino. Sandro, vieni qui un attimo. Il maestro De Mattia lo facciamo andare in barca con Tore, stasera. Avvertilo che avrà un ospite. Che lo tratti con il dovuto riguardo. Si vesta per la guerra, maestro, un po' di sangue schizza sempre."

"Ci sono abituato, avvocato. Non ho ancora imparato a difendermi dalle macchie dei colori che uso."

"Nemmeno mia moglie ha imparato. Guarda, Luce, hai una piccola macchia di rosa all'altezza del ginocchio."

Ventre pronunciava la frase rivolgendosi a sua moglie, ma guardando fisso negli occhi di Francesco. Luce guardò la goccia di colore rimasta sulla rotula destra. Provò a cancellarla con un lembo di cotone del suo vestito bianco. De Mattia sciolse il silenzio.

"Mi scuserete. Salgo un attimo in camera mia. Ci vediamo a pranzo."

Ventre sorrise e gli diede licenza. Ora era solo con lei. Accendeva un sigaro.

"È ostinata, Luce. È una macchia ostinata. Non se ne va."

"Sono molte le macchie ostinate. Molte mi hanno attaccato la pelle in questi giorni."

"Sei risentita con me?"

"No, sono risentita con me."

"Che cos'hai? Sta' attenta, vieni qui."

Luce aveva avuto un impulso di vomito. Ora portava la mano alla bocca. Si alzava in piedi. Poggiava la mano sinistra al tronco dell'ulivo. Erompeva in due colpi di tosse.

"Che c'è, Luce?"

"Nausea."

"Prendi il fazzoletto. Chiamo un medico."

"No, no. Che medico... È passato."

Lui le poggiava una mano sulla spalla. Lei se ne liberava con disinvoltura, tornando a sedere. Diego pensò che poteva essere incinta. Nei mesi precedenti il matrimonio, nelle settimane e nei giorni prima dell'altare, erano stati una sola cosa. Le notti si erano illuminate di furia e di felicità, fino al colpo finale dell'altra sera, quando lei era giaciuta sotto di lui lasciandogli il proprio corpo come la bella preda che ha giocato con il leone e che ora, già morta, si lascia dilaniare dalla iena. Lei indovinò i pensieri di lui, gli vide scintillare negli occhi l'orgoglio maschio di averle marchiato un figlio nella pancia. Così sorrise e disse: "Non devi farti illusioni, Diego".

"Ti sembro uno che se ne fa?"

"No, appunto."

"Luce, che cos'hai contro di me?"

"Non so chi sei. E quel poco che scopro di te non è bello. Non so se amo l'uomo che non sei mai stato. E non so se amo l'uomo che sei stato."

"Ma cosa dici?"

"È un lutto, Diego. Non ci sei più. Non ti sento più. Anche adesso, vedi, mi pare di parlare con un fantasma."

"Ti ho lasciata qui nel giorno del nostro matrimonio. Ho sbagliato. Hai ragione, ma non potevo fare diversamente."

"Chi è tutta questa gente che gira per casa nostra, Diego? Chi è tutta questa gente armata? Perché non posso più uscire di casa? Io non sono una cosa tua. Non sono un tuo affare."

"Luce, questa gente armata sta qui per proteggerci. Io ho difeso clienti da ergastolo, criminali che hanno nemici. È solo precauzione. Nient'altro. Presto tutto questo finirà. Dimmi, dove vuoi andare? In Spagna, in Africa? Facciamo un viaggio. Sei libera, Luce, è solo un momento, passerà."

"Voglio sapere cosa fai, Diego. Di che ti occupi. Voglio sapere se sei un mafioso. Dimmelo! Sei un mafioso!"

Diego le si avventò contro afferrandole la scollatura del vestito. Ma il ricordo della nausea di lei lo calmò come una secchiata di acqua gelida. Gli rimase nella mano destra un bottone strappato. Lo poggiò sul tavolino. Tornò a sedere.

"Luce, guardami in faccia. Cosa vuoi fare con questo pittore? Perché lo hai voluto qui?"

"E tu, guardami in faccia, tu. Cosa fai nel tuo studio con la puttana dai capelli neri? Cosa fai nel tuo studio con la puttana piegata sulla tua scrivania? Nascondili bene i tuoi reperti filmati. Almeno, nascondili bene. Mi sono umiliata fino al punto da frugare nelle tue cose. Stavo impazzendo. Ma sta' tranquillo, io ti ho messo le mani in un cassetto. Tu m'hai messo le mani nell'anima."

Diego poggiò il sigaro infuocato nel posacenere, e disse: "Non è stato per piacere. So che non lo capirai mai. Ma non è stato per piacere. Te lo giuro, Luce".

"Attento, Diego. I maschi ringhiano. Le femmine feriscono. E qualche volta dissanguano."

Ventre socchiuse gli occhi. Pensò che forse era arrivato il momento di aggiornare il suo messaggio cifrato per Bianca.

44.
Cetara. 23 settembre. Pomeriggio. La Tonnara.

Un diluvio di voci, decine e decine di barche, staffilate di remi, tambureggiamenti di passi sul molo. Binocoli lontani. Diego sulla banchina con Sandro affianco. Luce camminava lentamente sugli spalti della villa. Dal muraglione alto filmava con la sua videocamera. Inquadrava l'insieme e i particolari. Inquadrava Francesco, nella barca di Tore e Gerardo. A bordo c'era pure una quarta persona: il volto scuro, scolpito, con le palpebre pesanti, era l'Algeri, uno che si muoveva sempre e soltanto per faccende delicate. Il viale indolciva in una tiepidezza d'incanto, ma una brezza persistente si era levata già da due ore. Le camicie dei rematori sventolavano. Gli arpionisti se ne stavano a torso nudo, con i capelli al vento, gli occhi fissi nell'acqua come falchi affamati.

Dal labirinto di reti arrivavano i primi tonni, i maschi, le femmine, vicini o perduti, alla ricerca l'uno dell'altra. Il torneo della fine era appena iniziato. I pesci stavano entrando in quella che i pescatori chiamano la camera della morte. Le barche si assiepavano verso il centro, si scostavano, si concentravano di nuovo verso un unico punto. Colpi di remi, voci rauche, richiami, bestemmie, sputi, effluvi d'acqua, colpi di coda, schizzi, schiume, disperazioni sguscianti di tonni che esponevano lo scodio sotto il sole. I primi colpi di arpione, come un gioco, poi ancora, ancora, nel mulinio delle acque tagliate dalle lame. Il primo sangue in superficie. Il gioco si rivelava in tutta la sua crudezza. Luce zoomava sulla barca di Francesco, allargava l'inquadratura, stringeva di nuovo. Nella camera della morte continuavano ad ammassarsi le creature del mare, facendo attrito di corpi violacei, le urla superavano il parossismo, le battiture di remi grandeggiavano di echi in tutta la tonnara, Luce fissava il volto di Francesco attraverso l'obbiettivo, aveva occhi bellissimi, e si voltava ora a destra ora a sinistra in mezzo all'inferno. Ora il pittore si alzava in piedi nella barca. Manlio prega, dietro i vetri della finestra, in camera sua, prega, guarda la mattanza e prega: *Padre nostro che sei nei cieli.*

Sul mare grida smargiasse, scoppi di risate, maledizioni di madonne e di santi, l'Algeri spinge Francesco, Francesco cade in acqua. *Sia santificato il tuo nome.*

Luce non toglie l'occhio dall'obbiettivo, come se solo attraverso quella lente potesse veramente vedere. *Venga il tuo regno.* Colpi di arpione, colpi di lancia, nessuno si ferma. *Sia fatta la tua volontà.* Luce ruggisce nel cuore un grido mai fatto, una disperazione mai sgravata. *Come in cielo così in terra.* Il coagulo rosso si allarga sull'acqua, si fa più scuro, più forte: non si fermano. *Dacci oggi il nostro pane quotidiano.* Francesco non riemerge, non riappare, non riemerge, non riappare.

Rimetti a noi i nostri debiti, come noi li rimettiamo ai nostri debitori. Qualcuno implora di fermarsi, di fermarsi, ma ci vogliono ancora imprecazioni e ancora lamenti strozzati per far finire tutto il sabba. A una a una, le lame smettono di infilzare l'acqua e smettono di infilzare i pesci. La camera della morte è tutta insanguinata, il mare non c'è più. Nella gola di Luce sale un rantolo atroce. L'Algeri si tuffa, sparisce nel cruore. Due pescatori si protendono da una barca vicina. Tirano su un uomo. Tirano su il corpo morto di Francesco De Mattia. Il suo corpo morto. Il corpo morto. Manlio trascina piangendo le ultime parole del *Padre Nostro*: *non ci indurre in tentazione, ma liberaci dal male, amen.*

Da una barca si grida chiamate un'ambulanza. Dal gozzo dove il cadavere è stato caricato si muove una testa per dire che è inutile. Diego è sulla banchina: guarda imperterrito. Mette uno sguardo negli occhi di Sandro, come per dire è tutto a posto. Luce trova la forza di correre, sa che è stato lui, è stato suo marito, le parole a Sandro, le parole segrete: un ospite di riguardo, trattatelo bene. Le parole della mafia. Le parole della morte. Ora lei è in cortile. Due uomini della scorta la guardano come per significare: non la faremo uscire. Luce torna indietro monta su per la scala, l'affanno la squassa. La porta in cucina, quella dalla quale è già fuggita una volta. La porta, la porta, la porta. Dio no, Dio no, Dio no. È sbarrata. Di corsa, ancora, sbattendo contro gli infissi, fino allo studio di suo marito. Dietro il quadro, la chiave, la chiave dietro il quadro. Il mobile. Il cassetto segreto, ecco: la pistola. La pistola a tamburo. È carica, è carica, è carica. Veloce, giù per le scale, verso il cortile. Veloce verso l'ingresso principale. Punta la pistola contro i due addetti alla sorveglianza mentre le dicono no signora, no!

Esce, esce, esce. La lasciano passare. Corre su, inciampa, corra verso il paese di Cetara. La videocamera a tracolla. La pistola ancora in mano. Un bambino la guarda. Lei si accorge di avere ancora l'arma in pugno. La getta in un vallone. Un sudore gelato le ha fasciato la schiena e la fronte. Pensa che deve pensare: la polizia, no, la nonna, no, mio padre, no, mia madre, no, lo zio Andrea, no, no, no.

Francesco, Francesco, Francesco. Ora mi trovano, ora mi ritrovano, ora mi fermano. Un ragazzo in motocicletta. Il gesto disperato di lei che chiede un passaggio. Non c'è più Luce, vede se stessa agire ma non si sente più dentro il suo corpo. Lo sconosciuto si ferma. Lei monta. Lo abbraccia. Lui chiede dove va? Lei trema. Lui prova a dire che andrebbe a Salerno. Lei soffia sì, sì, sì. Lo abbraccia più forte, come se fosse il suo respiro, la sua fuga, come se fosse tutt'uno con la sua anima.

45.
Cetara. 23 settembre. Ore 19.15.
La Tonnara.

Diego Ventre entrava nel suo studio con il passo della tigre pronta a mostrare i denti. Toglieva la giacca e la lasciava cadere sul divano di fronte la scrivania. Sandro lo stava seguendo come un'ombra.

"Domani questi stronzi della scorta se ne vanno. Licenzia tutti. Io non pago questa marmaglia per farsi intimidire da una femmina con una pistola in mano."

"Avvocato, l'hanno fatta passare per evitare qualche guaio, per evitare che vostra moglie si facesse male. Con quell'arma in mano..."

"Sandro, non mi ripeto. Trovami altro personale. Un ricambio fa bene. Adesso dai incarico a questa gente per vedere se almeno riescono a rintracciare mia moglie. Fagli controllare tutta Cetara. Fagli controllare la strada della Costiera verso Amalfi e verso Salerno. Non può essere andata lontano. Era a piedi. Tu invece corri diritto a Paestum. Questo è l'indirizzo dove stava il pittore. Entra senza effrazioni. Se ci sono cose scritte, falle sparire. Nessuna traccia dei suoi rapporti personali. Non deve rimanere nessuna traccia. Conosci questo genere di lavoro. Entro stanotte ti fai un giro in motoscafo con l'amico della capitaneria di Napoli e vai a fare la stessa bonifica allo studio di De Mattia, quello a via Benedetto Croce. È tutto chiaro?"

"Avvocà..."

"Sì?"

"Visto che quella che avevate se l'è portata vostra moglie, sì, dico, avete bisogno di un'altra pistola?"

"Ce l'ho."

"E per quello che riguarda il morto?"

"Lasciatelo in barca vicino alla banchina. Quando arriva l'ambulanza, esibite la faccia della disgrazia. Adesso telefono e avverto la polizia. Vai, Sandro, non perdiamo altro tempo."

La serata di settembre entrava dal balcone aperto dello studio con tutta la delicatezza della datura a campanule. Davanti a tanta finezza, ciò che era accaduto sembrava irreale. L'avvocato allungò la mano sul telefono per chiamare il suo amico della polizia.

"Pronto, dottore? Sì, sono l'avvocato Ventre. Lo so, lo so. Intanto avete fatto una buona operazione. Il cerchio si sta stringendo. Lerro non durerà molto. Ora, però, la sto chiamando per un'altra cosa. Qui alla mia villa di Cetara c'è stato un incidente. Pochi minuti fa. Sì. Un pittore che era nostro ospite è caduto in acqua durante la mattanza dei tonni. Pare che non sapesse nuotare e dev'essere stato colpito da un arpione. Sì, una cosa terribile. È morto. Purtroppo è morto. L'aspetto qui. Grazie, dottore. Grazie."

La sirena dell'ambulanza si annunciava dall'alto dei tornanti sopra il paese. Ventre saliva le scale che portavano al secondo piano della villa. Ora entrava nella camera che era stata occupata da De Mattia. Una valigia aperta, tre pantaloni, cinque camicie, rasoi, acqua di colonia, un libro di Sándor Márai, niente di interessante. Niente che potesse creare rogne in corso di indagine, niente da cui si potesse sospettare un dialogo intimo tra il De Mattia e Luce di Sangrano.

Diego incrocia nello specchio di un vecchio armadio lo sguardo di Manlio alle sue spalle. Si volta. Suo fratello ha le labbra che tremano. La mano destra nella tasca dei pantaloni. Gli occhi grandi, pieni di paura.

"Manlio, che hai, vieni qua."

"Ma, Diego, ma che è successo, Diego, ma che è..."

"Sta' tranquillo, Manlio. Ci sono io con te. Sono cose che possono capitare. Non è successo niente."

46.
Salerno. 23 settembre. Ore 20.40.
Al porto.

Luce camminava risoluta tra la folla di gente che attendeva l'imbarco per la Sicilia, tra i sentori sudati di quelli che arrivavano da Civitavecchia, tra i finanzieri, i cani poliziotto, i bianchi, i neri, i giapponesi. Il passo era quello di chi abbia una direzione precisa, ma lei sapeva di non averne una. L'andatura spigliata contrastava orribilmente con il vuoto nei suoi occhi, occhi che si posavano sulle persone senza vederle, sulle navi senza vederle, sul mare senza vederlo. Occhi che guardavano sempre più in là. Dentro il suo sguardo c'era solo quello che era successo e quello che doveva succedere. Il presente era morto. Morto per sempre. Avrebbe voluto vedere che faccia aveva, calarla davanti allo specchietto laterale di un'auto in sosta, ma non lo fece. Poi il morso di un'idea le azzannò lo stomaco: *vado a Napoli.* Ma la città era irraggiungibile, le forze dell'ordine inibivano la navigazione sottocosta per motivi di sicurezza. Era lì, Napoli, dietro i promontori della Penisola sorrentina. Era lì, eppure non c'era. *Vado a Napoli.* Ma come? Desiderava l'oblio, desiderava non essere più trovata, non essere più vista da nessuno, mai più. Desiderava semplicemente sparire. *Vado a Napoli.* Ma dove? Era un fantasma, Luce. L'abito sottile di cotone bianco con balze lievi che si sollevavano al vento, la videocamera a tracolla, i bei capelli sparsi sulle spalle, dava l'aria di una straniera evanescente in procinto di partire. Davanti al bar del porto c'era uno con un giubbotto nero che parlava a un vecchio.

"Ce l'aggio ditto a chilli duie piezze 'e merda. Si vulite fà 'o trasporto voglio 'o mill'euro. O si no ve ne jate a fà 'nculo. Comm' 'a vire tu, Antò? Secondo te, io 'e purtavo fino a Puortece accussì. Doppo si me ferma 'a finanza 'e cazze songo 'e mieje."

Luce gli si avvicinò. L'uomo, sui sessanta, i capelli radi, brizzolati e ricci, si fece di un'aria più cristiana. La ragazza gli parlò: "Io... Io devo andare a Napoli".

Già, a Napoli dove? Non lo sapeva neppure lei. Disse: "Alla villa di Pollione".

"'A faccia d' 'o cazzo, signuri'. Là 'a situazione nun va liscia. Polizia, carabinieri. Stanno pure chilli là 'e ll'esercito."

"Allora scusate, grazie."

Luce si voltò, lo scafista le guardò la schiena e l'idea di imbarcarsi una femmina così gli fece una ribollita di sangue.

"Aspettate, signurì. Stiamo ragionando, no? Tenete qualche problema?"

"Sì."

"Pecché là a mare si ce fermano 'e guardie..."

"Ci parlo io."

"Tenete conoscenze?"

"Mio zio è vicequestore."

"E chesto è buono. Però dobbiamo fare il giro a lungo. Come si avessemo ji' a piscà a largo. E pò puntammo deritto deritto 'nfaccia 'e scuoglie."

"Sì."

"Questo però viene a fare tremila euro."

"Va bene."

Tremila euro e Luce disse: "Va bene". Non aveva un soldo. Non aveva nulla. Ma non riusciva neppure a pensare di non poter pagare. Lei voleva solo raggiungere Napoli. Il motoscafo salpò nel nereggiamento della sera. Il Caronte guidava con mano sicura, bestemmiando contro le forze dell'ordine, contro i comuni, le province, le regioni, lo Stato, la Chiesa. Domandò alla ragazza il suo nome. Luce rispose come un automa che si chiamava Luce. "Bel nome," disse lui, che non l'aveva mai sentito, che voleva sapere cosa andava a fare una femmina sola fino al Pollione, che era pericoloso, che non si poteva mai sapere. Lei non rispose a nessuna domanda. Lui di tanto in tanto si voltava a guardarle le ginocchia. Poi sputava, si passava una mano sull'inguine e guardando le fiamme dei Campi Flegrei apparire all'orizzonte decantava il disastro.

Finalmente Napoli appariva. Forse erano le nubi gassose, forse una nebbia insolita che si era poggiata sul golfo come carta velina, ma era come gonfia. Quasi tutta buia, rischiarata a tratti da svaporamenti incendiari che le davano un colore di arancio.

"Mò vene 'o bello. Si ce 'a facimmo v'è gghiuta bbona. Po' pe turnà addereto so' cazze mjei."

Il motoscafo, dopo aver fatto un ampio allungo come se avesse preso la rotta di Capri, virò deciso verso il Pollione. Rallentò in vista degli scogli e cominciò a dondolare sull'acqua calma a motore spento.

Erano giunti a destinazione. Era venuto il momento di pagare. Luce se ne stava seduta a poppa, con il vestito che non arrivava a coprirle le ginocchia. Lui la guardava come per dire: e allora? Lei rimaneva muta. Lui continuava a impugnare il volante d'acciaio.

"Signurì, che d'è? Avite cagnato idea?"

Lei disse calmissima: "Non ho soldi".

"Ma va fa' mmocca a mammeta. Nun tiene sorde? E mò che facimmo?"

Luce estrasse la cassetta dalla videocamera e offrì l'apparecchio allo scafista.

"Chesta t' 'a può chiavà 'nculo."

"Le chiedo scusa."

"Uhé, tu per una strada o per un'altra devi pagare."

"Va bene."

L'uomo non parlava. Si avvicinò. Sedette di fronte a lei. Tolse il giubbotto e disse piano: "Arape 'e ccosce. Apri le gambe, stronza. Arape 'e ccosce".

Luce poggiò la videocamera e la cassetta accanto a sé, sul lungo seggiolino di poppa. Poi cominciò a sollevare lentamente il vestito bianco. Lui aprì una cassettiera laterale della barca, prese una torcia, l'accese e la puntò sulle bellissime gambe di Luce.

"Famme vedé 'a fessa. Famme vedé 'a fessa, zoccola."

Lei sollevò l'abito di cotone fino al ventre, infilò i pollici nell'elastico delle mutandine e iniziò a farle scendere. L'uomo tirò giù la cerniera, cacciò la mano destra nei pantaloni e lo riversò fuori in uno stato di erezione incerta. Le mutandine erano alle caviglie. Lei le sfilò e, come non avrebbe mai immaginato di fare, divaricò le gambe esponendosi tutta agli occhi infoiati dello scafista. Lui si maneggiava svaporando soffocazioni di respiro. Ora si avvicinava a lei. Il fascio luminoso puntato proprio lì, per vederla fino in fondo. Il suo membro impugnato le strisciava sui polpacci, mezzo flaccido, pesante, pesante.

"Viene 'a ccà, mo t' 'o schiaffo 'mmocca, bucchinara."

Luce non dipendeva più dal suo corpo e del suo corpo non le importava più nulla. Era staccata da sé. Lontana. Inconoscibile a se stessa. Un motore potente annunciava l'arrivo di una motovedetta, un lungo abbagliamento verde segnalava una ricognizione in corso. Lo scafista richiuse i pantaloni, sputò sulla faccia di lei e disse: "Si' 'na latrina pure comme puttana. Va', scinne. Fattile chiavà 'mmocca 'a tutt' 'e muorte ca tiene 'o campusanto".

47.
Cetara. 24 settembre. Mattina.
La Tonnara.

Diego Ventre aveva vegliato tutta la notte. Alle due e venti del mattino tre dei suoi uomini erano tornati alla villa con gli occhi arrossati e allargando le braccia gli avevano detto che di Luce non c'era traccia. Dopo averli congedati, l'avvocato se ne era andato a passeggiare sugli spalti della tonnara. Una luna nitidissima spalmava una trazzera d'argento sul mare. Lui guardava il punto del molo dove il personale dell'ambulanza aveva constatato la morte di Francesco De Mattia. Una corda legata a un gancio arrugginito sulla banchina tratteneva ancora la barca sulla quale era stato caricato il morto. Le costole interne dello scafo erano tuttora macchiate di sangue. Era arrivato il dottore. Si erano trattenuti a lungo in terrazza e, dopo l'intervento del giudice e del medico legale, il cadavere era stato richiuso nella bara e portato via. La tesi dell'incidente era stata immediatamente accreditata. Il rispetto e le referenze del dottore intorno alla persona dell'avvocato Ventre avrebbero orientato il magistrato verso la formula della tragica fatalità. De Mattia era caduto in acqua e, non sapendo nuotare, nella furia sconnessa della mattanza, era stato trafitto da un arpione.

Verso l'alba, Diego aveva visto sul mare un pezzo di carne alla deriva.

Un moncone foderato di violaceo con filamenti di polpa rosa e biancastra. Per un attimo aveva creduto che potesse essere un avanzo del corpo di Francesco, ma un'occhiata più attenta gli rivelò che si trattava della tranciatura di un tonno.

Mentre le stelle impallidivano nel primo chiarore si era incamminato verso la torretta. La porta era aperta. Voleva entrare. Voleva vedere il quadro. Ma non entrò e non lo vide. Dov'era Luce?

Cosa stava pensando? Probabilmente aveva raggiunto i genitori a Castellabate. Diego sapeva di averla ferita. Sapeva che forse l'aveva ferita per sempre. Ma lei lo aveva sfidato. Nella sua inconcepibile pacatezza, Ventre trovava perfettamente comprensibile la sua decisione di far uccidere De Mattia. Aveva soltanto reso onore a quello che considerava un impulso elementare. E gli impulsi elementari erano tutto per lui. Un uomo si era introdotto nella sua casa e sua moglie gli aveva fatto poggiare la guancia sul grembo tenendogli la nuca con la mano. Se quell'immagine sorpresa da Diego attraverso la sfinestratura del belvedere fosse un atto che preludeva a carnalità più profonde o fosse un atto che suggellava carnalità più profonde già avvenute, contava poco. Contava poco anche se quell'appoggiatura del viso di lui contro il bacino di lei non preludeva e non suggellava alcuna carnalità. Luce aveva concesso. Luce si era concessa dentro. Luce aveva aperto un ingresso segreto attraverso il quale solo Diego poteva passare.

Il fatto di aver voluto la morte di De Mattia, e non quella della moglie, era spiegabile per lui come un'equazione facilissima: il torto maggiore dell'ammazzato consisteva nell'imprudenza assoluta di aver fatto quello che aveva fatto con la donna sposata a uno come Diego.

Adesso rientrava in casa attraverso la fuga di sale illuminate e si diceva che non si va a spasso per la savana quando si sa che c'è in giro una tigre. Se De Mattia non sapeva chi fosse l'avvocato e quale rispetto gli si dovesse, questo, agli occhi di Ventre era un'insolenza ancora più grave.

Ecco l'ennesimo sigaro, mentre pensava che Luce quasi certamente l'aveva perduta irrimediabilmente. L'idea di non poterla più godere nelle fibre più intime del corpo non lo inquietava. Sperava solo di avere la possibilità di amarla, in qualsiasi modo, anche il più spirituale tra tutti. La freddezza con cui valutava quanto era accaduto aveva un'origine antica: era nata il giorno in cui aveva scoperto sua madre sotto il corpo di un altro. Quella freddezza si era fatta vero e proprio metodo dal momento in cui aveva assassinato l'amante della mamma. Tutto qui. Si era convinto che non fosse più possibile, nella sua esistenza, attraversare inferno più atroce di quello dal quale era uscito vivo. Si era convinto che gli impulsi di natura vanno soddisfatti, ma con una glacialità matematica che sia in grado di zuccherare anche le emozioni più efferate.

Guardò l'orologio, erano le sei e cinquanta. Pensava a suo padre in America, a sua madre ricoverata in una clinica vicino a Roma, a suo fratello, a Manlio, che era rimasto bloccato in un'infanzia perpetua, che nonostante i suoi trentun anni si era seduto nell'angolo di un olimpo dei fanciulli, pensava a Manlio che non sapeva e non poteva crescere, o che forse cresceva all'indietro. Gli parve che il rifiuto di suo fratello a diventare uomo fosse un desiderio di arretramento, una specie di rimpicciolimento verso le cose semplici, sempre più semplici, fino a essere neonato, fino a sognare un rientro nell'utero, per tornarsene in pace nella protezione da cui era nato.

Di fronte alla poltrona in cui si era lasciato andare c'era un antico mobile pieno di quei libri di proprietà dei Sangrano, che i Sangrano, dopo avergli venduto la tonnara, non erano mai andati a ritirare. Era incredibile. Erano quelli i libri comparsi nella prima conversazione tra lui e Luce, quando l'aveva seguita e trovata nel bagno di Villa Valenti durante la festa di maggio. Pensò che le cose sopravvivono agli esseri umani, che le cose sono impassibili testimoni dei sentimenti intorno a esse, esse stesse senza alcun sentimento. Guardò un calice di cristallo sul tavolino accanto. Forse una donna poteva perdonare un uomo che in fondo aveva ucciso per lei. Sì, forse Luce, con il tempo, avrebbe potuto capire. Dopotutto, quella mattina lei aveva avuto un chiaro conato di vomito. Nausea. Nausea. Sì. Poteva essere incinta. Poteva essere incinta. Lui era pronto ad amarla come lei avrebbe voluto. Era deciso ad averla per figlia ed era deciso a fare da padre a suo figlio. Due tocchi convenzionali alla porta già aperta. Era Sandro.

"Avvocà, di là c'è Luca Trevi che vorrebbe parlarvi."

"A quest'ora e senza appuntamento?"

"Gliel'ho detto..."

"Fallo passare... Sandro, fammi un caffè doppio."

Luca Trevi era un uomo di Carmine Denza, potente coordinatore del team di Diego Ventre. Il passo pesante, il corpo di un tricheco agilissimo, sapeva usare le mani, la pistola e la testa. A Diego era parso subito un elemento prezioso e gli aveva dato il compito di controllare i capoarea delle attività.

"Avvocà, buongiorno. Scusate, ma visto che oggi pomeriggio teniamo la riunione ho voluto dirvi due parole."

"Siediti, Luca, adesso arriva il caffè."

"Lerro se la sta facendo in zona Napoli."

"Che significa in zona Napoli, Luca? Napoli è allagata."

"Appunto, va per mare. Le coperture le tiene. Perciò, pure se lo fermano, nove su dieci passa."

"E allora?"

"Allora, avvocà, il punto non è questo. Il fatto è che per mezzo di una mossa confidenziale ho saputo che lui ha cacciato un odio pesante contro a voi. La persona che mi ha informato mi ha detto che Lerro si è persuaso che tenete tutto in mano voi, che Denza è un paravento e che ve la deve far pagare."

"Tu ci parli presto con questo informatore?"

"Non lo so. Può essere."

"Bene. Appena lo vedi, digli che quando Lerro mi vuole scegliamo un posto e un orario. Ci presentiamo io e lui. Ognuno con una sorella da sei colpi in canna. Sei colpi e basta. E se la soluzione non gli piace, ci presentiamo a mani nude. Se tiene i coglioni, il fatto si può risolvere così. Beviti il caffè."

"Avvocà, ci vediamo più tardi."

"Ci vediamo più tardi."

A Diego scappò un sorriso. Sarebbe stato giusto incontrarsi da soli faccia a faccia. Ma questa cavalleria era superata. Si alzò e andò in terrazza. Rivide la finestra rettangolare della torre attraverso la quale poche ore prima aveva scoperto l'abbraccio tra sua moglie e De Mattia. Prese il portatile e compose un messaggio per Bianca. Una comunicazione cifrata che solo lei poteva interpretare: dietro numeri convenuti, Diego Ventre le stava inviando il nome della persona che lo avrebbe ucciso.

48.
Salerno. 24 settembre. Pomeriggio.
Lo studio Ventre.

"Manlio, tu adesso aspetti qui, va bene? Te ne stai tranquillo in questa stanza. Vedi? C'è tutto quello che vuoi. La Bibbia, i Vangeli. Ti sei ricordato di prendere le medicine?"

"Sì."

"Bravo."

"Diego, scusa ma... Cioè, io..."

"Dimmi, coraggio, dimmi."

"No, è che dico... Mamma come sta?"

"Non c'è male. Ho sentito i medici. Sta in una clinica bellissima. Forse non è mai stata meglio. Domani telefono e ti ci faccio parlare, va bene?"

"Ma secondo te, Diego. No, dico, secondo te guarisce?"

"La facciamo guarire, Manlio. Te lo prometto."

Diego uscì dalla piccola camera e richiuse la porta dietro di sé. Manlio si alzò dal divano e cominciò a guardare i quadri appesi alle pareti. Li scrutava uno per uno. Una stampa Ottocento di un veliero spagnolo. Un acquerello di Amalfi vista dall'albergo dei Cappuccini. Un dipinto a olio della spiaggetta di Conca dal mare. Ora chiudeva gli occhi e rimuginava su ciò che aveva osservato. Sapeva infallibilmente quante vele aveva la nave, quante barche c'erano nella rada di Amalfi, quanti bagnanti stavano distesi al sole sulla rena di Conca. Tutto ciò che non ricordava della sua infanzia trovava un'incredibile compensazione nei particolari insignificanti del presente conservati nella memoria. Avrebbe saputo dire il colore della cravatta che suo fratello Diego aveva indossato dieci giorni prima, le scarpe che Sandro calzava il mese scorso, gli orologi di De Dominicis, Pepe e Alfredo Gemma quando erano venuti in visita alla tonnara.

Dietro l'anta a vetri della libreria c'era una cornice d'argento con un ritratto di Luce. Ecco, lei era l'unica di cui non riusciva a imprimersi nella mente alcun particolare. Spesso non ne ricordava neppure il volto. La notte, mentre pregava a letto, tentava: "Come sono gli occhi di Luce? Come sono i suoi capelli? Aveva un bracciale oggi? Sì, mi pare di sì. No, credo di no". Così, prese la fotografia di lei, la poggiò sul tavolinetto accanto alla poltrona, sedette e cominciò a fissarla. Era uno scatto in bianco e nero di qualche anno prima. Lei stava affacciata a una delle ringhiere arrugginite del casino di Villa Sangrano. Qualcuno l'aveva fotografata di sorpresa e Luce si era difesa con la mano sinistra riuscendo a occultare solo il mento.

Di là arrivava un vocio crescente. Manlio, però, non sentiva niente. Guardava la fotografia, solo questo.

La sala delle riunioni era zeppa di oltre sessanta persone. L'avvocato sedette dietro un lungo tavolo e cominciò a parlare mentre tutti si accomodavano.

"Vi ringrazio molto per aver accolto il mio invito. In questo momento così difficile per la città, vi sono doppiamente grato della fiducia che mi avete dato sul fronte dei nostri investimenti. Da notizie fondate posso dirvi che lo stato di emergenza a Napoli durerà ancora qualche mese. Ma noi stiamo già lavorando per ricostruirla più bella di prima. Le nostre società, grazie ad alcune felici intuizioni, hanno concluso operazioni immobiliari straordinarie. Il settantatré per cento degli edifici di interesse storico appartiene ai nostri gruppi e, per quello che sarà il destino della città, questo è l'affare del secolo, anzi, l'affare dei secoli. Il Governo metterà a punto un decreto nei prossimi giorni. Fondi per la ricostruzione. Fondi che saranno integrati da altri fondi: quelli europei. Le più potenti società di investimenti degli Stati Uniti si preparano a scendere in campo. E tutto con la benedizione della Chiesa. Voi mi capite, cosa si fa senza le unzioni estreme del Vaticano? La nuova Napoli che ci prepariamo a costruire sarà diversa, sarà radicalmente un'altra Napoli. Questa città ha superato calamità di ogni genere. Eruzioni, invasioni, guerre, guerre civili, pestilenze, bombardamenti, terremoti. Ora si tratta di trasformare la sciagura dei Campi Flegrei in un'occasione. L'occasione c'è ed è irripetibile. I territori intorno alla metropoli sono ricchi di storia, a Portici il primo tratto ferroviario d'Europa e la Reggia borbonica, a Ercolano gli scavi archeologici, a San Giorgio e Torre del Greco le ville settecentesche, a San Sebastiano l'osservatorio privilegiato per il Vesuvio... Ecco, tutti questi comuni diventeranno villaggi alberghieri e le nostre società avranno un ruolo decisivo. Saranno lanciati bandi di concorso cui parteciperanno i maggiori architetti del mondo. Napoli farà di se stessa la propria industria. Le fiamme dei Campi Flegrei sono la nostra benedizione: l'eruzione ha fatto il piano regolatore che aspettavo da anni. E non sarà un piano regolatore che riformerà solo gli spazi. Dovrà essere un piano regolatore che riformi le teste, i pensieri, i procedimenti. Non ci saranno più commercianti autonomi, solo gruppi e catene commerciali regolate da multinazionali. Quindi, fine delle piccole tangenti. Non ci saranno più nemmeno le lotte fratricide per appalti insignificanti. Tutto dovrà essere ricostruito e messo in sicurezza con sistemi avanzatissimi, antisismici, e dunque la maggior parte dei lavori finiranno per aggiudicarseli imprese non napoletane. Avremo interventi di caratura internazionale. Quindi, fine degli insignificanti appalti truccati. Ecco, credo che abbiate capito, la bonifica dei Campi Flegrei riguarda soprattutto l'illegalità. La politica è un crimine filosofico, signori. Un crimine senza pistola e spesso senza coraggio. Ma la politica e il modo in cui si fa, secondo il senso comune, è legale, è costruttiva, è civile. La differenza a questo mondo l'hanno sempre fatta le parole. Noi abbracceremo le parole della differenza. Sarete informati di tutto con cadenza settimanale. Vi ringrazio ancora."

Dalla platea si levò un applauso scrosciante. Tutti volevano stringere la mano all'avvocato. Tra la folla si fece largo Giuseppe Merolla: "Permettete, avvocà? Una parola in privato". Diego lo precedette attraverso un lungo corridoio ed entrò nella stanza per i piccoli meeting. Merolla sedette al tavolo tondo con Labini, Cerullo, Esposito e Strameli.

"Allora, Merolla, ditemi."

"Avvocà, vedete, a noi tutto questo ci piace. Tutta questa bella gente di banca e di industria ci piace. Però c'è un però. Noi, dopo, che facciamo? Qua, come dite voi, non ci saranno più estorsioni. Bello, bellissimo, mi fa piacere, ma, mi ripeto, noi che facciamo?"

"Merolla, lo dico a voi e agli amici presenti. I tempi cambiano. Per migliaia di anni il mondo è andato avanti con le candele. Poi un bel giorno è arrivata l'elettricità. Secondo voi, quelli che fabbricavano e vendevano le candele sono morti? Adeguatevi, Merolla. Adeguatevi. Cominciate a studiare le lampadine. Quando arrivò la luce elettrica la gente non fece a meno dell'illuminazione, cambiò modo di illuminare. Da qualche anno abbiamo fatto un esperimento: nel quartiere che voi conoscete, i guaglioni che chiedevano la tangente li ho fatti associare in una cooperativa di guardie giurate. Li abbiamo imposti ai commercianti e tutto va bene. Lavoro pulito. Che volete di più? Volete sparare per forza? Andatevene al tirassegno. Vi piace il rischio? Iscrivetevi ai campionati mondiali di tuffo libero."

Esposito e Cerullo si guardarono di sottecchi. Labini si soffiò il naso e disse: "E la droga? Che facciamo col traffico di droga? Apriamo una cooperativa di assistenti sociali?".

"No. Il traffico rimane. Cambia la droga."

"Cioè?" disse Cerullo.

"Cioè, la droga si chiamerà Tintoretto, Michelangelo, Caravaggio, porcellane delle case reali, la droga si chiamerà grandi mostre, si chiamerà casinò. Voi nemmeno vi immaginate che giro di soldi si può creare. Inoltre, per rimettere Napoli all'impiedi, per spolverarla e lucidarla, ci vorrà più di qualche anno e fra qualche anno, non sappiamo neppure che droga ci sarà sul mercato, e soprattutto da dove arriverà e a quale prezzo. Per ora state tranquilli, poi, quando sarà il momento, come si passa dalla candela alla lampadina ve lo spiegherò io. Che c'è, Merolla? Vi leggo una domanda negli occhi."

"Avvocà, come sta Carmine Denza?"

"Meglio. Fuori pericolo. Gli servirà soltanto un ritocco estetico. Ma la domanda che mi volete fare non è questa. Voi volete sapere chi comanda adesso. Solo che vi siete già pure risposti. Vi fa piacere che ve lo dica con la mia voce? Comando io. E per essere precisi, comando da molto prima che Denza fosse ferito. Chi non l'ha capito non gli do colpa, chi l'ha capito e se n'è stato zitto gode di tutto il mio apprezzamento."

Ventre si alzò, strinse cinque mani e rimase solo nella camera. Fece un lungo respiro. Prese il telefono e chiamò a Castellabate. La casa era grande, gli squilli si susseguivano interminabili. Durante tutto il giorno, nella testa di Diego si era insediato un procedimento di pensieri a doppia partita: entrate e uscite. Le entrate erano gli affari, il rispetto dei subordinati e dei complici. Le uscite avevano un nome solo: Luce. Dov'era Luce?

"Pronto?"

"Pronto, duca? Sono Diego Ventre."

"Avvocato, come sta? Tutto bene?"

"Sì, tutto bene, e lei?"

"Tutto a posto. Qui si sta magnificamente. Perché non viene a trovarci con Luce?"

"Verremo, verremo presto."
"È vicino a lei mia figlia? Allora me la saluta."
"Sì, certo gliela saluto io."
"Posso fare qualcosa?"
"Come?"
"Ha chiamato per qualcosa in particolare, avvocato?"
"No. Niente. Solo per sentirla. Stia bene."
"Grazie, grazie di tutto. Grazie sempre."

È vicino a lei mia figlia? Allora me la saluta. Dunque, Luce non era andata dai suoi genitori.

L'ufficio si stava svuotando. Ventre raggiunse la stanza dove lo aspettava suo fratello. Manlio stava seduto in poltrona, con le spalle scostate dallo schienale. Sollevò lo sguardo e disse: "Diego, dov'è Luce?".

49.

Cetara. 24 settembre. Sera.
La Tonnara.

Alle undici della sera, Diego accendeva un candelabro a tre bracci. Al centro della stanza era stato poggiato il grande quadro, l'opera rimaneva occultata da una sottile seta azzurra. L'avvocato aveva ordinato a due dei suoi uomini di prelevare il ritratto della moglie nella torretta, di trasportarlo nella sua camera e coprirlo. Non era sicuro di volerlo vedere. Sistemò due cuscini uno sull'altro e si distese con la nuca sul palmo della mano destra, tenendo nella sinistra un sigaro spento. Non era giunta ancora nessuna notizia di Luce. Sotto quel drappo, forse, si nascondeva un segreto, un segreto oltre l'apparenza immacolata e accademica della pittura, un segreto che certo lui avrebbe saputo svelare con i suoi presentimenti animali.

Il mare respirava calmissimo, alitava sale dalle finestre aperte. Diego pensava di chiamare qualcuno e di far riportare il quadro nella torre per farcelo chiudere e perire definitivamente tra gli umidori degli anni a venire. Oppure, rifletteva, avrebbe potuto adagiarlo per terra, in terrazza e appiccargli fuoco. Aveva fastidio di se stesso. Lo molestava quella sua qualità a scoprire ciò che gli altri non vedevano. Un'inclinazione da cui era impossibile liberarsi. Si alzò senza sapere perché. Si mise di spalle al cavalletto, allungò una mano, trovò nella penombra un lembo della seta e la tirò giù con un movimento pacatissimo. Tornò verso il letto, si lasciò andare a stendersi ancora, con gli occhi chiusi. Ora finalmente li apriva. Ecco. Ecco la donna più femmina del mondo. Ecco il patto di Satana con Dio. Ecco la bellezza e l'innocenza. L'indolenza della natura. La malinconia della storia: tutto negli occhi di Luce. I lunghi capelli ravvivati di onde si sporgevano sopra e oltre la scollatura dell'abito. Il braccio sinistro ricadeva con morbidezza sulla poltrona dall'alto schienale. La mano destra si protendeva verso l'osservatore avendo poggiata sul dorso una farfalla dalle ali di arancio e di bistro. Il respiro di Diego si fermò, lo trattenne senza rendersene conto. Tutto quello che c'era da capire era che lui non aveva capito niente. In quella ragazza così rara che lo invitava al baciamano, non aveva compreso la potenza del dono offerto. Ora sapeva che Luce non era apparsa nella sua vita per completarla, ma per mutarla del tutto. Lui l'aveva voluta come il pezzo più prezioso della sua collezione senza alterare di un centimetro la posizione di tutto il suo mondo in esposizione. Si era innamorato di Luce perché aveva visto in lei ciò che egli stesso sarebbe potuto diventare, ma non aveva mosso un dito per diventarlo davvero. E lei, in fondo, lei si era innamorata della velatura che lui aveva disteso su se stesso, di quello che lui amava promettersi a una latitudine fuori dalla realtà. Era terribile, lo ammetteva, l'aveva frastornata in un valzer senza musica, promettendole accordi irrealizzabili.

Eppure, da quel quadro rilucente di ombre, emanava il colore di uno strano conforto. Pensava di averla avuta e pensava che l'avrebbe avuta per sempre. Tutto il dolore presente veniva da lei e per lei, dunque l'anima di Luce era nel buio insieme alla sua. Due tocchi alla porta chiusa: "Chi è?".

"Sono Sandro, avvocato. Cattive notizie."

Diego si alzò, aprì la porta, fu investito dall'inondazione accecante del lampadario acceso nel salone. "Che altro succede?"

"Avvocato, hanno incendiato la villa al Pollione."

"Ah. Lerro."

"Penso di sì."

"Bene, prepara il motoscafo. Fa' venire con noi soltanto Umberto."

"Sì, avvocato."

"E mio fratello. Non mi fido a lasciarlo qui da solo."

50.
Posillipo. 24 settembre. Sera. Villa Pollione.

Luce stava tra le ombre del pianoro, la schiena poggiata a un salice. Aveva sentito il motore di un'imbarcazione stronfiare all'attracco di sotto. Si era alzata e si era messa a correre verso l'ingresso della grotta tufacea. Protetta dall'oscurità, guardava tre uomini trasportare grosse taniche di benzina. Uno era Pasquale Lerro. Ma lei non poteva saperlo. Quando li vide cospargere il liquido al suolo con sapienza consumata, si infilò tra le tenebre del lungo cunicolo carezzando il muro granuloso con la mano sinistra. Le bastarono pochi metri per dimenticare tutto. Riuscì a riannodare i pensieri che la stavano visitando qualche attimo prima. Mentre Diego contemplava il suo rivedevo a Cetara, lei lo rivedeva camminare sulla sabbia gialla tra le rovine romane. Lo rivedeva con il passo di quelle tre sere di maggio in cui si era decisa per sempre la sua vita. In questa follia visionaria e medianica aveva sentito attorno alla fronte tutta la dolcezza degli occhi di lui, quella sicurezza fermissima e tenera che lo aveva fatto padre e figlio, fecondatore di fantasie, di prospettive immaginose, mentre lei non credeva potessero esistere.

E adesso, la crudezza del nero, sotto la terra. Di passo in passo qualche pietruzza si sbriciolava sotto le sue scarpe di corda. Procedeva piano, cercando di ricordare la lunghezza del percorso, ma più se ne rammentava e più l'avanzare diventava infinito. Quello che le era accaduto sotto la protezione della felicità aveva avuto un tempo vorticoso di danza, mentre ora subiva tutta l'estenuante trafittura di una processione, di un funerale dove si è invitati a seguire il feretro di se stessi.

Passi. Passi. Passi. Accendeva la videocamera per aiutarsi, ma non ne sortiva se non un piccolo punto azzurro che vagava sui muri come un insetto derisorio. Spense. Si fermò. Perché non sapeva più piangere? Sotto la terra, era sotto la terra, nella pancia di Napoli, dentro l'utero della vecchia fanciulla immortale, carica di secoli e spalmata di giovinezza. Voleva essere tenuta laggiù, là in fondo, mai più scoperta, mai più trovata, promessa di vita, per sempre. Il muro faceva una voluta: era nell'antro in cui qualche mese prima Diego le aveva mostrato la *Adorazione* di Caravaggio. Camminava senza più accanto la guida perimetrale della parete tufacea, sperando di trovare, oltre l'attraversamento oscuro, il corridoio corrispondente. Urtò il grande cavalletto di legno dove era stata poggiata la tela del Merisi. Il legno a tre piedi cadde contro la terra battuta e produsse un'eco brevemente moltiplicata. L'opera dipinta non c'era più. Era stata portata chissà dove. Ecco la prosecuzione del cunicolo. Il muro ricominciava a darle conforto, lo sfiorava con le dita e le unghie. Si rese conto che lisciare le pietre le dava pace e ne provò un'amarezza come di bambina. Ora tastava la porta, trovava la maniglia. Apriva l'uscio. Finalmente, entrava nella sala del grande ristorante a vetrate. Finalmente era al Lido Virgilio. Tutta l'area dei tavoli non era stata invasa dall'acqua, benché il livello del mare fosse salito spaventosamente. Dai piani inferiori echeggiavano risucchi di gorghi sinistri, tonfi sordi di fermenti marini. Luce raggiunse il tavolo in vista del mare, era quello sul quale aveva donato a Diego tutta se stessa. Vi si distese, stanca, incredula su come fosse arrivata fin laggiù. Ora guardava l'orizzonte calmo, le luci di Capri. Verso destra, si innalzavano i bagliori di fuoco dei Campi Flegrei. Sentì nausea, Luce, ancora un'ondata di nausea. Pensò: "Sono incinta, incinta di rabbia, come tutta questa terra".

51.

Napoli. 24 settembre. Sera.
Sull'acqua.

Il motoscafo di Ventre procedeva con garbo. All'altezza di Palazzo Maddaloni pareva di essere in mezzo all'inferno, nel galleggio di ogni cosa. L'avvocato fece cenno a Sandro di puntare verso piazza del Plebiscito. Sull'imbarcazione sedevano Umberto e Manlio. Il primo, con la mano nella tasca della giacca, impugnava la pistola. Il secondo, con gli occhi aperti e la bocca in meraviglia, aveva una mano nella tasca dei pantaloni e impugnava il rosario.

All'altezza di piazza Carità incrociarono un motoscafo della polizia. Affiancarono, mostrarono il permesso speciale, uno degli agenti riconobbe l'avvocato e proseguirono senza fastidi.

Piazza del Plebiscito continuava a essere un'immensa piscina di acque melmose. Diego si mise in piedi sul motoscafo e guardò verso via Monte di Dio. Lassù c'era casa sua. Sandro indovinò i pensieri dell'avvocato e disse: "Là no. È troppo pericoloso". Dopo poco si scatenò un clangore che proveniva da poppa. Una carrozzina mezzo sommersa si era incastrata nell'elica. Sandro riuscì a tirarla via. Riaccese il motore, constatò che fosse tutto in ordine e navigarono verso via Caracciolo, quella via Caracciolo che proprio non c'era più. Castel dell'Ovo sembrava emergere direttamente dal mare, il ponte di collegamento che lo univa alla città era scomparso e, se c'era, era sotto, molto sotto. Diego si rammentò di quella sera di maggio che, passando di là e guardando la vita di baci e di bar, la vita di scanzonature e sorrisi, aveva pensato che tutta quella trama di belle passeggiate sarebbe durata poco. Era successo davvero. Incredibile, ma era successo davvero. Gli tornarono alla memoria le facce di De Dominicis, di Pepe, di Alfredo Gemma, le facce sospettose e sfottute quando aveva detto loro che bisognava vendere tutto e comprare tutto. Ripensava a suo padre, che questa insolenza delle fiamme e del mare la stava vedendo nei telegiornali americani. E Bianca, era ancora a Roma come gli aveva scritto qualche settimana prima? La villa comunale era diventata una palude immensa, le palme affioravano come gigantesche ninfee sbalordite. Più avanti, gli chalet di Mergellina erano stati travolti, annullati; qua e là campeggiava qualche stipite di alluminio sopravvissuto. I succhi di fuoco che arrivavano dai Campi Flegrei cominciavano a salire fino al cielo e, miracolo dei venti, non c'era sentore di gas, non c'era bisogno delle maschere. Capri e Ischia erano lampade votive consolatorie, parevano più lontane e inconsistenti del solito. Adesso un elicottero, due. Cinque motovedette della guardia di finanza. Le imbarcazioni della marina militare ancorate al largo. Ecco l'attracco al Pollione. Ma c'era già un motoscafo.

"Sandro..."

"Sì?"

"Abbiamo visite. Potrebbe essere Lerro."

"Una volta dev'essere, avvocà."

"Umberto, prendi un giubbotto antiproiettile per mio fratello. Tieni Manlio, mettiti questo. Può darsi che qua sopra troviamo uno stronzo che sta cercando la via giusta per la fognatura. Adesso tu ti metti la mia giacca e aspetti nella piccola grotta in mezzo agli scogli."

Manlio ebbe la reazione di un bambino: "No, Diego, no. Vengo con te. No, Diego, no".

L'avvocato guardò Umberto e Sandro.

"Va bene, vieni con me. Ma stai sempre dietro a loro due. Se qualcuno dovesse sparare, buttati per terra e fai finta di essere morto. È chiaro? Ti butti per terra e non ti muovi per nessuna ragione. Vado avanti io. E mi raccomando: tutto senza fretta."

52.

Napoli. 24 settembre. Sera.
Lido Virgilio.

Luce giaceva distesa sul lungo tavolo davanti alla vetrata. Le mani dietro la nuca, scrutava il cielo limpidissimo. La luna, le stelle; la natura non abbandonava i suoi riti neppure in presenza della catastrofe, anzi, sembrava rincararli con uno sfolgorio che irrideva la disgrazia. Se avesse preso quella videocamera, pensava, avrebbe potuto vedere nel piccolissimo schermo tutte le fasi della mattanza in cui era morto Francesco. Ma ora no. Ora no. Si sentiva pazza. Si sentiva ferita. Odiava Diego come una macchia nera racchiusa nell'immensa cornice di dolcezza che lei aveva costruito per lui. E la sua casa, sì, la villa di Posillipo, così vicina. Si rivide a sette anni, un giorno di luglio sgrondante di noia, quando suo padre era arrivato regalandole due scoiattoli. Se li era portati chiusi nella gabbietta sotto un albero di arance, si era stesa a pancia sotto sull'erba e aveva giocato a lungo con loro, allungando la lingua attraverso le sbarre, invitandoli a farsela toccare con le zampette, ritirandola veloce in mezzo a scoppi di gioia.

Luce sentiva un rumore. Guardò all'indietro rimanendo distesa. Vedeva tutto il locale da sotto in su. A pochi metri da lì c'erano tre uomini. Uno era Pasquale Lerro. L'altro era Acquasanta. Il terzo era Alves, un brasiliano grasso e pelato. La ragazza non si scompose. Vedeva le facce mute, le pistole in pugno con la canna rivolta verso il pavimento. Lerro fece due passi di avvicinamento. Gli altri due poggiarono per terra due taniche di benzina. Lerro parlava: "E voi chi siete, una parente dell'avvocato?".

"Sono la moglie." Luce rispose così, con voce bassissima: *sono la moglie*.

Lerro si avvicinò al tavolo, appurò che la donna non fosse armata. Prese la videocamera. La poggiò su di un tavolino e la accese.

Controllò l'inquadratura sul monitor e inserì la registrazione. Poi si avvicinò di nuovo alla ragazza, si calò col suo viso su quello di lei. "Signora, vi dobbiamo dare un piccolo disturbo." Lui si aspettava una reazione da vipera e rimase interdetto, tra il sospetto e la meraviglia, quando lei, continuando a rimanere supina, portò le mani sugli orli dell'abito bianco e li tirò su piano piano, scoprendosi le gambe e allargandole di un tanto.

"Mi avevano detto che eravate bella. Ma chi l'ha detto ha detto una stronzata. Siete molto di più, signò, siete una cosa seria."

Luce infilò gli indici delle mani sotto l'aderenza elastica delle mutandine. Le fece scivolare fino alle caviglie, le sfilò.

"Mi dispiace, signora. Mi dispiace assai, ma tengo altre idee."

Lerro afferrò Luce alla nuca, la costrinse a voltarsi, le impugnò la massa di capelli come una coda e la costrinse in piedi, con i gomiti poggiati sul tavolo. Poi guardò Acquasanta, guardò Alves e disse: "Sconsacratela in culo".

Acquasanta si avvicinò, aprì la cerniera dei pantaloni s'invogliò il membro contro le cosce di Luce, le allargò le natiche e la sodomizzò con fatica. Lerro si stampò in faccia un sorriso sinistro: "Acquasà, o tu 'o tiene troppo gruosso, o 'sta zoccola 'o tiene troppo stritto".

Luce era lontana, aveva deciso di essere lontana. Non avrebbe permesso più a nessun uomo di vederla soffrire. Non protestò. Non emise alcun suono. Non godette e non ebbe dolore. Si sentiva violata, come Napoli. Ma come Napoli sapeva di poter sopravvivere a tutte le violazioni. Era la rosa calpestata dalle zampe di un cane, il vicolo insanguinato da un regolamento di conti, la nonna solitaria che muore in disparte, il paradiso del golfo profanato dalle ciminiere, la bellezza sputata in viso dalla bestialità.

Acquasanta stantuffava con forza, nel tentativo di sentirla gridare. Ma il silenzio agghiacciante della femmina lo eccitò come un lampo. Lerro disse: "Non le sborrare dentro, che poi mi fa schifo". Acquasanta sbatté ancora tre o quattro colpi e le spruzzò le gambe, lui sì, scoppiando di affanno.

Alves si avvicinò stringendoselo in mano. La puntò sull'orifizio inumidito ed entrò scivoloso. Luce sentiva nelle viscere l'andirivieni della disperazione, il movimento meccanico in cui l'ansia di prendere non prende mai. Il brasiliano dardeggiava con foga emettendo un gemito che era diventato per lei un suono astratto, sempre più astratto, fino all'eiaculazione sfrontata sui glutei che se ne stavano fermi, con la perfezione di un'opera d'arte imbrattata.

Lerro assunse l'aria di uno che dica: *adesso vi faccio vedere come si fa.* Tolse la camicia. Slacciò la cintura dei pantaloni, calò le mutande, liberò il glande e affondò con spregio efferato. Dall'occhio destro di Luce cominciò a scendere una lacrima. Ma non piangeva per la vergogna, per il dolore, per l'offesa. I testicoli di Lerro le oscillavano contro le cosce a ogni colpo di leva. Le percussioni incrudivano di una ferocia inaudita, l'attrito del bacino di lui contro il fondoschiena di lei determinava un rumore sinistro, quello schiaffeggiamento della carne che diventa disumano quando non è accompagnato dai suoni della vita.

Ecco. All'improvviso. All'improvviso. All'improvviso. Tre detonazioni squarciano l'aria. Tre colpi di pistola. Il primo aveva trapassato Acquasanta alla nuca. Il secondo aveva preso Alves a una tempia. Il terzo era entrato nel torso nudo di Pasquale Lerro. Diego Ventre aveva sparato. Ora, dietro di lui, dall'uscio del cunicolo entravano Sandro, Umberto e infine Manlio, tutti pianissimo. L'avvocato avanzava lentamente verso il fondo della sala. Il corpo di Lerro era rimasto addossato a quello di Luce. Lerro strusciava la testa sulle scapole di lei, singhiozzando movimenti sconnessi. La mano destra apriva e chiudeva le dita in una contrazione rallentata. Luce cominciò a soffrire tutto il peso abbandonato di lui gravarle sulla schiena. Piegò piano le ginocchia e Lerro le scivolò addosso stramazzando per terra. Il proiettile di Diego gli aveva trapassato il polmone destro. Steso sul pavimento, Lerro guardava l'avvocato con occhi da iena. Muoveva il collo come tempestato da brividi feroci. Dai pantaloni calati, l'oltraggio inflaccidito stillava filamenti di piacere spento. Diego gli si inginocchiò a fianco, gli infilò nell'ano la canna della pistola e disse: "Mettilo in culo alla tua bella morte. E saluta la signora tra un momento". Lerro rantolò sangue dalla bocca tentando una parola impossibile. Ventre tirò il grilletto. La quarta esplosione deflagrò nelle viscere del moribondo. La quinta pallottola gli fu riservata per la bocca. Luce si era messa a sedere sul tavolo. Teneva la mano destra sulla pancia e la sinistra sugli occhi. Diego le si avvicinò. Lei abbandonò tremando la mano che le copriva lo sguardo. Si fissarono. Lui le carezzò i capelli e le puntò la pistola sul petto. La sesta detonazione riempì tutto il locale. Diego si voltò alle sue spalle, guardò Sandro, guardò Umberto. Loro due si voltarono oltre se stessi. Manlio aveva in mano una pistola. L'aveva raccolta dal pavimento accanto al corpo di

Acquasanta. Aveva sparato lui. Manlio aveva sparato. Diego sentiva un dolore incandescente alla schiena. Si inginocchiò. Era stato colpito. Era stato colpito da Manlio. Era stato colpito da suo fratello. Luce lo aiutò a poggiare la schiena contro una gamba del tavolo. Diego le allungò una mano sugli occhi come per dirle: non guardarmi morire. Lei la baciò. La tenne stretta nella sua. Sandro e Umberto gli si misero a fianco, per terra. Dicevano cose che lui non sentiva più. Il viso di Luce scolorò in una specie di nebbia azzurra. Adesso c'era solo il retrobottega di una pasticceria. Diego era bambino e se ne stava disteso nel piccolo letto. Pensava: ora accendo la luce. Avvertì il passo di una zia avvicinarsi all'uscio, doveva essere la più giovane, la più bella. Doveva essere molto simile a Luce. Il rumore dei tacchi finì. Diego sentì due tocchi alla porta e poi più niente.

53.
Portici. 25 settembre. Alba.
Convento di San Pasquale.

La sacrestia era immersa in uno scurore di altissimi armadi. Mario, un anziano inserviente, la stava attraversando con in mano mezzo bicchiere d'acqua. Da una stanzetta nascosta in fondo all'immensa sala rettangolare proveniva un lamento soffocato, come un grugnito inquietante. Il vecchio bussò alla porticina di legno camuffata tra gli scranni in disuso. Dall'interno gli fu detto di entrare. Al centro del piccolo ambiente c'era una sedia di paglia sulla quale stava seduto Manlio. Il ragazzo si mordeva la mano destra, non piangeva ma soffiava nella trachea uno strazio soffocato, un grido che insufflava dallo stomaco, ora lunghissimo, ora breve, cui seguivano silenzi neri. Padre Andolfi, in piedi, gli carezzava i capelli.

Mario poggiò il bicchiere su di una piccola scrivania tarlata, gettò uno sguardo al prete come per chiedere se avesse bisogno di altro, mormorò che nell'acqua c'erano trenta gocce e se ne andò. Il sacerdote invitò Manlio a bere. Il ragazzo aprì la bocca senza toccare il bicchiere. L'anziano prelato glielo accostò dolcemente alle labbra e riuscì a fargli deglutire tutto il calmante.

Appena dopo che Diego era spirato, Luce gli aveva tenuto a lungo le labbra sulla guancia, finché Sandro l'aveva strappata via di là e aveva sistemato le armi con cura accanto ai quattro cadaveri. Aveva ripulito dalle impronte la pistola con cui aveva sparato Manlio rimettendola in mano ad Acquasanta. Poi aveva fatto sparare due colpi al dito morto di Lerro, tre all'indice molle di Alves. Aveva dovuto accomodare i calzoni del capoclan, tirandoglieli su.

Manlio si era accovacciato in un angolo dietro al banco dei drink. Luce si era inginocchiata vicino a lui baciandolo tra i capelli. Il ragazzo tremava come scosso da una crisi epilettica. Dopo un poco l'aveva guardata e, vedendo che sulla guancia di lei c'era una piccolissima striscia di sangue che l'aveva macchiata per uno sbocco emorragico di Diego, Manlio si era protetto il viso infilandosi le unghie nelle palpebre chiuse.

C'era voluta tutta la forza di Sandro e di Umberto per portare Luce e Manlio fuori di lì. Lei non piangeva e non diceva una parola, ma il suo corpo opponeva una resistenza feroce. Non voleva muoversi. Manlio continuava a ripetere il nome della sua disperazione: "Diego, Diego, Diego". Sandro aveva detto: "Non lo possiamo portare con noi". Facendo il percorso a ritroso nel cunicolo tufaceo, Luce, infine, tentava un'ultima impuntatura efferata, spezzandosi le unghie contro il muro cui voleva rimanere aggrappata.

Sul motoscafo, Manlio ripeteva ossessivamente: "Padre Andolfi, a Portici, padre Andolfi".

Il prete era stato svegliato nel mezzo della notte e per due ore aveva ascoltato la confessione del ragazzo.

"Cristo ti ha messo di fronte a una grande prova, Manlio. Ora ci sono io qui con te. Devi dirmi tutto quello che vuoi. Tutto quello che vuoi, fino a quando vuoi. Io ti assolvo, nel nome del Padre, del Figlio e dello Spirito Santo. Amen."

"Padre... Padre... Io voglio che mi perdona Diego, però lui non lo può più fare... Lui non può più..."

"Manlio, tuo fratello era un uomo molto particolare. Aveva perduto la via e si era fatto una vita in cui l'Onnipotente era egli stesso. Nessun uomo è onnipotente. Tu gli hai sparato, è vero, ma quell'arma è finita nelle tue mani attraverso una catena di avvenimenti dei quali non hai colpa. Quando hai visto Diego puntare la pistola sul petto di Luce hai voluto difenderla. Hai versato il sangue di Diego, ma il sacrificio lo hai fatto tu. Ti dico una cosa grave, grave e importante. In questa storia sei tu l'agnello di Dio che toglie i peccati del mondo."

"Padre, io vi voglio bene, padre, vi voglio bene, bene, bene. Però pure a Diego gli voglio bene, gli voglio bene, ma, padre, io penso che lui non l'avrebbe sparata a Luce, padre lui non l'avrebbe sparata mai, Diego non la sparava mai a Luce. Aveva solo appoggiato la pistola sopra il petto di lei, ma lui non la sparava, padre, lui non la sparava e io l'ho ucciso."

"Non lo sappiamo, Manlio. Questo non lo sappiamo. Poteva sparare e poteva non sparare. Io l'ho conosciuto tuo fratello."

"Veramente, padre? L'avete conosciuto veramente?"

"Sì, quando aveva dieci anni, undici, dodici, tredici. Stavo alla parrocchia di San Lorenzo, a Napoli. Manlio, Diego era un bambino straordinario. Era intelligentissimo, mi riempiva di domande, conosceva a memoria tutta la messa. Una volta gli avevo raccontato che tanti anni prima il rito si celebrava in latino, lui volle un libro dove c'era tutta la funzione. Due giorni dopo venne in chiesa e me la disse. Dall'inizio alla fine, tutta in latino."

"E poi, padre?"

"Gli piaceva molto la storia, sapeva quando erano nati i re, gli imperatori, i papi, sapeva quando erano morti e come erano morti. Sapeva le date di tutte le guerre del mondo. Si ricordava chi le aveva vinte e chi le aveva perdute. E poi giocava al pallone molto bene. Il Signore gli aveva dato molti doni. Ma lui era nato a Napoli e Napoli è un labirinto di strani incanti. Solo pochi riescono a uscire. L'unico modo per capirlo, il labirinto, è guardarlo dall'alto, ma non è facile. Alla fine ci fu la strana morte di quell'ingegnere che fu assassinato nel palazzo dove abitavate voi. Diego sparì. Se ne andò in Sicilia. Per i primi anni non si vide più, poi cominciò a ritornare di tanto in tanto. Nel frattempo era cresciuto. Si era laureato. E quando veniva a Napoli passava sempre a salutarmi. Mi lasciava dei soldi. Dei soldi per la chiesa e dei soldi per te. Ti voleva bene assai, ma proprio assai. Piangi adesso. Piangi, vedrai che ti fa bene. Mi chiedeva come stavi, che facevi, e mi pregava di comprarti dei regali, dei libri, roba da vestirti. Tutto. Tu credevi che fossero pensieri che ti facevo io, doni che venivano da me. No, erano suoi. Ma voleva che tu pensassi che anche altri, al di là di lui, ti volevano bene. Lui ci teneva che tu sentissi di non essere solo."

"Ma è vero, padre, che l'ingegnere lo uccise lui?"

"Manlio, si sono dette tante cose."

"Mia madre era l'amante dell'ingegnere, padre? Sì o no? Voi questo me lo dovete dire."

"Non lo so, Manlio, non lo so. Si è detto anche questo, ma non lo so. Comunque, tuo fratello Diego amava molto tua madre e amava molto tuo padre. Se tua madre ha fatto quello che si dice, può essere che Diego abbia fatto quello che si dice. O almeno, che abbia desiderato farlo."

"Ha sofferto, Diego. Padre, Diego ha sofferto."

"Piano, piano, figlio mio. Ha sofferto e ha fatto molto soffrire. Aveva qualità eccezionali, sarebbe potuto diventare quello che voleva, forse perfino un missionario come la Chiesa non ne ha mai avuti. Ma le qualità che ci arrivano da Dio sono come l'abbondanza dell'acqua piovana. Se non trova il corso giusto, se non viene canalizzata bene, straripa e fa danni. Diego era diventato un grande avvocato, ma non gli bastava. Se è vero quello che si dice su di lui, non gli è bastato. Ha cercato il dominio illimitato sulle cose e sulle persone, ma quando pensi a estendere l'orticello che possiedi, quando pensi a farlo diventare una tenuta, un feudo, un impero, se fai questo, può succedere che non ti ricordi più dove hai messo il primo seme del primo alberello nel tuo piccolo orto. Lo cerchi, non lo trovi, non lo innaffi. Gli occhi scrutano le lontananze e perdono le cose vicine. Diego ha peccato. Ha peccato molto e lo sapeva. Ha peccato molto e lo sa. Ti ha voluto bene, ma in un modo tutto suo. Ora, ti dico, siccome era un uomo stranamente sensibile, lui ti perdona. Te lo assicuro, Manlio. Lui ti perdona."

Manlio continuava a stare seduto: si guardava la punta di una scarpa e piangeva. Padre Andolfi prese uno sgabello, si mise di fronte a lui, gli raccolse le mani e sorrise. Attraverso la finestrella della cameruccia appariva il porto del Granatello.

Il sole sorgeva sul mare cobalto.

54.
Roma. 25 settembre. Alba.
In via Nomentana.

La casa dove Bianca vive con il marito e i figli è al primo piano di un palazzo degli anni quaranta. Quattro stanze luminose, due bagni, la cucina che dà su un cortile pieno di piante, pavimenti di graniglia ben lucidati. In vista dell'eruzione dei Campi Flegrei, l'avvocato ha trovato l'appartamento, un lavoro per lui e uno per lei; ci sarebbe di che sfiorare la felicità, ma a Bianca manca Diego, la sua voce, il modo in cui mette in tasca la mano destra, il sorriso nascosto in fondo agli occhi, il sorriso tutto maschile, sicuro e paterno. La caffettiera spurga il vapore dolciastro del caffè, suo marito ne beve una tazzina, la saluta e va al lavoro. Lei pettina i bambini e li accompagna giù in strada. Arriva il pulmino della scuola privata. Montano su, salutano dai vetri e spariscono tra i grembiulini azzurri dei compagni. Bianca risale le scale e va direttamente in bagno. Si spoglia, fa una doccia calda, ricorda di un giorno a Napoli: mentre stava a casa dell'avvocato le era entrato un moscerino in un occhio. Lui le si era avvicinato, le aveva messo una mano sulla tempia e una alla radice del naso. Aveva fatto pressione guardandola diritto negli occhi e nell'occhio, le era stato vicino alla bocca per un tempo che era parso infinito. Alla fine l'animaletto era venuto fuori e lui era tornato a guardare le sue carte. I lunghi capelli si erano appesantiti di acqua e di schiuma. Li aveva fatti crescere per lui, si vestiva come si vestiva solo per lui. Tutto era stato per questo imprendibile lui. Usciva dal bagno, adesso. Annodava la cintura dell'accappatoio. Accendeva la radio e si fermava in piedi accanto alla finestra con in mano il phon. Le piaceva pettinarsi dietro i vetri, guardando il traffico degli autobus, i viali di Villa Torlonia laggiù in fondo, le facce della gente, gli attraversamenti dei passanti. Mentre l'asciugacapelli svaporava calore, ebbe l'impressione di aver sentito alla radio il nome Diego. Spense il phon. La radio ripeté il nome Diego, lo speaker del radiogiornale aggiunse il cognome Ventre, il prefisso avvocato. Le parole si accavallavano con un sapore di assurda incredibilità: regolamento di conti, forse, quattro morti, il Lido Virgilio, il ritrovamento, la polizia, i cadaveri, il penalista di spicco, le salme, l'autopsia. Diego Ventre, l'avvocato Ventre, era morto, si diceva, in un conflitto a fuoco con Pasquale Lerro e due uomini del suo clan non ancora identificati. Bianca avvertì dietro la nuca come la fine della sua vita. Una vertigine violenta. La spina dorsale sembrò ammorbidirsi come una canna marina marcita da una lunga pioggia. Con le parole mentali della disperazione cercò Dio, cercò la Madonna, cercò Diego stesso. Non trovò niente. Rimase muta e aspettò di svenire. Invece restò in piedi. Raggiunse la camera da letto respirando male, prese il portatile e cercò il messaggio cifrato dell'avvocato. Lui glielo aveva inviato da Cetara la sera che Francesco De Mattia era morto. Bianca lo aveva letto ed era rimasta atterrita. Ora voleva rivederlo, riconfermare le corrispondenze tra numeri e lettere alfabetiche. Eccolo. Numero per lettera. Numero per lettera: "Morirò per Luce ma non voglio che lei muoia". Bianca cercò il suo quadernetto dove, tra le note delle spese mensili, aveva trascritto i messaggi di lui, fino a quest'ultimo. Una forma di prudenza nel caso in cui il cellulare fosse stato smarrito. Eccolo, ancora: "Morirò per Luce ma non voglio che lei muoia". Bianca aprì l'armadio, nascosta in una vecchia borsa c'era una cravatta di Diego. Le piaceva tanto e un giorno che era rimasta da sola a casa sua gliel'aveva rubata. L'indomani lui le aveva detto: "Non trovo la cravatta blu con i rombi arancioni". Lei aveva sorriso. Gli aveva risposto: "Non la troverai più". La stava prendendo tra le mani, si stava distendendo sul pavimento. Si copriva gli occhi con la cravatta, come bendandosi. Ora, finalmente, piangeva.

Un'ora dopo, Bianca era a Fiumicino. Aveva fatto una telefonata a suo marito per dirgli che stava correndo dalla madre a Formia a causa di un ricovero per appendicite. Aveva chiamato la mamma per avvisarla della bugia e adesso l'aereo decollava per fare scalo all'aeroporto di Pontecagnano. Le lacrime nascoste dietro due grandi occhiali da sole, guardò tutto il tempo oltre il finestrino. Dall'alto vide Pozzuoli deserta, Napoli allagata, il cratere gigantesco del Vesuvio: pareva un'immensa vagina che irridesse alla storia, pronta a minacciare nuovi mestrui di fuoco, assurdamente decisa ad annunciare nuova vita nel sangue.

Da Pontecagnano prese un taxi per Salerno e di lì, dopo una rapida contrattazione con uno dei cento scafisti abusivi del porto, salpò verso ciò che rimaneva del mito di Partenope.

Chi si piegava al rischio del viaggio su barche a motore non autorizzate lo faceva con uno spillo nel cuore. Dietro quella necessità c'era sempre nascosta una sventura, un dolore, una cosa pressoché irrimediabile. Lo sapevano gli scafisti e lo sapevano le forze dell'ordine, che impegnate com'erano in guai grossi, negli ultimi giorni avevano allentato sensibilmente le maglie dei controlli sul mare.

Sulle acque davanti al Lido Virgilio stazionavano sette, otto motoscafi di polizia e carabinieri. Oltre le vetrate del ristorante si intravedevano le tute bianche degli uomini della scientifica. Dei due piani inferiori rimanevano solo i pilastri. Gli ambienti non c'erano più, la furia del mare se li era completamente mangiati. Bianca ingoiava lacrime: Diego, Diego. Cosa facevi Diego? Chi eri veramente? Perché? Che senso ha questa tua morte?

La meta fissata era la scabrosa insenatura del Pollione. I prezzi per i noleggi marittimi erano diventati più ragionevoli: mille euro. Bianca pagò e scese. S'inerpicò su per la scala naturale ricavata nella roccia, sommersa fino a metà della sua altezza. Lei se la ricordava bene, un giorno Diego ce l'aveva portata con il suo motoscafo, con il *Dafne*. Qui adesso almeno trenta scalini erano passati dal mondo della terra a quello sottomarino. Chissà come dovevano essere ora, viscidi, ricoperti di alghe, di cozze, di muschi acquosi. Bianca era in cima al promontorio. Gli ulivi che popolavano la spianata erano diventati cespi funebri. Carbonizzati dall'incendio di Lerro. Da un ramo abbrustolito d'una pianta di lauro salivano volute di fumo acre. L'antico odeon restaurato qualche anno prima era tutto abbrunito da un colore di pece. Le colonne intorno, il teatro di fronte, e più in là la villa dell'avvocato, erano ormai soltanto mura biscottate dalle fiamme della notte prima. Bianca si avvicinò al gelso grande, contò nove passi verso sinistra, si inginocchiò e cominciò a scavare con un sasso appuntito. Cinquanta centimetri sotto la terra sabbiosa affiorò una scatola rettangolare a tenuta stagna. Lei la aprì. Dentro c'era un involucro di cellophane speciale, molto spesso. Eccola, finalmente. La pistola. Ecco i sei proiettili. Ora lei li infila uno per uno nel tamburo dopo essersi assicurata che il grilletto funzioni. Il cane scatta bene, l'arma è a posto: la nasconde nella tasca interna del giubbotto nero. Ricopre la buca appena scavata. A cosa le servirà quella pistola? Bianca non lo sa ancora. Cammina lentamente attorno all'ex paradiso di Vedio Pollione. Ricorda una sera di maggio. Un poco se ne vergognava ancora adesso. Quella sera era venuta a spiare Diego mentre corteggiava Luce. Da qualche tempo intuiva che l'avvocato era innamorato. Aveva indagato come solo una femmina sa fare fino a scoprire chi era l'altra, dove abitava, soprattutto era riuscita a vedere quanto era bella. Quella notte di maggio Bianca aveva scavalcato cancelli e muretti, raggiungendo il Pollione dalla discesa della Gajola. E sempre quella notte aveva capito che la villa dei Sangrano non era lontana dal promontorio dove ora si trovava. La notte che si era massacrata il cuore dall'alto di una rupe a scrutare i sorrisi di Diego e di Luce, era stata la notte della giostra di Paladino. Eccola qua, adesso, bruciata come tutto il resto. Anche la giostra. Bruciata, stranamente intatta, come fosse stata lì da sempre. Il bronzo dei cavalli aveva sfidato le fiamme annegrandosi senza perdere la bellezza delle forme. Bianca si sedette per terra con le gambe incrociate. Aspettò: finalmente la pedana circolare si mosse. I cavalli cominciarono a ruotare sotto improvvise sbavature di scirocco. L'ordigno sonoro funzionava ancora. Tra i rantoli antichi ed echeggianti del ferro le pareva di risentire tutto il male e tutta la vita.

Improvvisamente, Bianca fu colta da una rabbia feroce. Decise di raggiungere la villa dei Sangrano attraverso il sentiero delle ginestre. Ci andò. Erano appena passate le sette di sera. Dietro un dosso di tufo apparve il giardino del duca. Il casino e la scalea erano spariti. Una delle due grandi palme aveva il tronco spezzato che svettava dall'acqua alta. Il mare aveva invaso tutti i saloni del pianterreno. La villa pareva ora molto bassa. Le stanze del piano alto avevano imbarcato almeno un metro di acqua. Le finestre non esistevano più. Tutt'intorno alla casa, sulla torba fangosa e immobile galleggiavano foglie di arancio.

Bianca sentì lo stomaco riassorbirsi in se stesso, come la contrazione di una lumaca che si ritiri nel guscio. Vedere il disastro dall'alto dell'aereo era in certo senso inverosimile, ma vedere una casa sola ridotta così dava dolore, uno sgomento profondo, un senso chiaro di ciò che era successo.

Colei che aveva amato Diego Ventre in silenzio continuava a stare in silenzio. Accovacciata accanto a una escrescenza rocciosa. Che ne sarebbe stato della città? Che ne sarebbe stato della gente? Le parve che tutti avessero perduto tutto, per sempre. Le parve una fine che coinvolgeva anche i morti, i morti di uno e due secoli fa, i morti privati della loro città, privati della bellezza, privati della fiamma che ardeva in memoria di essi.

Dopo oltre mezz'ora, Bianca credette di sognare. Una figura femminile che indossava una camicia da notte color perla avanzava di profilo lungo la fila di stanze al primo piano. Reggeva in mano un quadro con cornice dorata e l'acqua le arrivava fino alla vita. Eccola nella prima stanza ad angolo, nella seconda, nella terza, procede piano, ha i capelli colore del grano, lunghi, la quarta stanza, il grano appena maturo, la quinta, i capelli sono bagnati. *Cristo Redentore, è Luce. È lei.* Bianca la guardò camminare con lentezza, immersa fino alla pancia nel mare che le era entrato in casa. Dall'acqua emergevano mezza specchiera, mezza statua, mezza testiera di letto.

Luce era arrivata sul transetto dove si apriva la grande scala che scendeva a pianterreno. Ora poggiava il quadro su un alto cassettone fiorentino, prendeva un martello, e conficcava un chiodo nel muro. Ecco, ci stava appendendo la tela incorniciata. Era sua nonna da giovane, la nonna Giulia. Bianca credette che fosse un ritratto della ragazza, tanto la somiglianza la convinse. Luce rimase a guardare il dipinto per molto tempo. Bianca poggiò il braccio sulla roccia e puntò la pistola contro la moglie di Diego Ventre. *Morirò per Luce ma non voglio che lei muoia.* Le parole dell'ultimo messaggio dell'avvocato detonarono nella testa di Bianca in una ressa di lettere e numeri, codici e segreti, promesse e giuramenti. Luce si voltò, guardò verso il mare. Bianca portò l'indice al grilletto. Chissà se da quaranta metri l'avrebbe colpita.

Ma non voglio che lei muoia... Ma non voglio che lei muoia... La donna armata intonò un rosario silenzioso con se stessa: *Diego, che devo fare? Diego, che faccio?*

In quel momento Luce cominciò a scendere i gradini della scala. Dopo il primo scalino l'acqua le superò l'ombelico, dopo il secondo l'acqua le arrivò sotto il seno, dopo il quarto l'acqua le avvolse clavicole e spalle, dopo il quinto l'acqua le sfiorò il mento, dopo il sesto l'acqua fece un gorgo attorno alla sua fronte, i capelli si irradiarono appena sotto la superficie. Dopo il settimo scalino, il mare si chiuse lentamente sulla testa di Luce. Bianca fu colta da un impeto di respiro strozzato, si tenne la gola, a lungo. Rimase lì, a guardare dentro le camere della villa, fino a notte. Ma in tutto quel tempo Luce non emerse mai più.

55.
Un giorno di ottobre.

Com'era bello il mare di Amalfi visto dall'alto della collina. Com'era bella la spiaggia, com'era bello il piccolo porto. Le persone, guardate da lassù, sembravano piccolissime entità chiamate a vivere un grande gioco di armonie segrete. La contemplazione della luce mutevole che caricava le increspature dell'acqua di diademi luminosi, il movimento della gente e delle automobili minuscole e lontanissime colte nella loro velocità senza un minimo rumore, creavano una beatitudine inaudita.

Il cimitero della repubblica marinara si raggiungeva attraverso labirinti di scale in salita e si apriva sul lato della costa con un lungo porticato dolce di grazia.

Sandro precedeva Bianca di un paio di passi. Lui con lo sguardo basso e gli occhiali da sole. Lei con gli occhi alle sepolture, ai cerogeni, ai fiori appassiti, alle incisioni illeggibili sulle lapidi secolari.

Raggiunsero così l'estremo della passeggiata panoramica protetta nel camposanto da volte a crociera e si fermarono davanti a una tumulazione recente. Sul marmo erano state incise le lettere D e V. C'era scritto nato il. C'era scritto morto il. Non c'era e non ci sarebbe mai stata nessuna fotografia.

Bianca pregava in silenzio, con gli occhi chiusi. Sandro non sapeva pregare e si mise a guardare un aliscafo che approdava laggiù per lo sbarco dei visitatori. Erano increduli e tristi tutti e due. Lei aveva perduto un uomo che da una lontananza incomprensibile le aveva voluto bene. Lui aveva perduto la ragione stessa della sua esistenza, e adesso che non c'era più, capiva che era stato Ventre a proteggere tutta la sua vita.

Bianca dispose le rose bianche nei vasi a calice infissi nella tomba. Fece di nuovo il segno della croce e toccò tre volte il marmo con le nocche delle dita tenendo la mano destra stretta a pugno. Toccò come se avesse voluto bussare alla porta del silenzio, un silenzio che durava da anni. Poi si voltò verso Sandro che le dava le spalle e disse: "Perché solo le iniziali?".

"È stata una disposizione sua."

"E la fotografia?"

"La fotografia non la voleva."

"Nemmeno a casa sua voleva le sue foto. Stavano tutte chiuse in un cassetto. Certe volte diceva ridendo che se avesse potuto non si sarebbe guardato neanche allo specchio. Ma perché tutto questo?"

"Signora mia, non c'è niente da capire."

"Nei giorni prima dell'eruzione era così assente. Ma che faceva, Sandro? Ditemelo, che faceva?"

"Stava lavorando a una cosa importante, ma nemmeno io so di che si trattava."

"Come sta il fratello?"

"Abbastanza bene. Sta a Portici, nel convento di San Pasquale, con padre Andolfi."

"E la madre?"

"È ricoverata in una clinica."

"Ma è venuta ai funerali?"

"Non c'è stato nessun funerale. Comunque vi devo dare una cosa da parte sua."

Sandro infilò la mano nella tasca interna della giacca e tirò fuori una busta azzurra.

"Che cos'è, Sandro?"

"È un testamento per voi. Sì, insomma vi lascia delle cose. Un altro uguale ce l'ha l'avvocato Raimondi a Salerno."

"Ma suo fratello?"

"Non vi preoccupate, signora. C'è un testamento pure per lui. Rimane messo a posto per tutta la vita."

"La madre?"

"La madre, pure se si reincarnasse sette volte avrebbe di che pagarsi le migliori cure del mondo. Ha lasciato una somma da capogiro per il carcere minorile di Nisida e soldi per creare una fondazione che si dovrà occupare della legalità a Napoli. Sta tutto scritto."

"E scusate, Sandro..."

"Volete sapere della moglie? Il grosso va a lei. La casa a Monte di Dio, un piano intero di Palazzo Maddaloni, la villa a Cetara e una montagna di appartamenti a Napoli. A parte i liquidi, naturalmente. Però, parliamoci chiaro, sempre se la moglie è viva."

Bianca sentì la schiena infreddarsi di sudore. Si rendeva conto che Sandro non le avrebbe detto mai di cosa si occupava veramente Diego Ventre. E si sentiva nella posizione di chi non poteva dire a Sandro ciò che Diego Ventre le aveva segretamente trasmesso.

Quanto a Luce, che un giorno di settembre Bianca aveva visto sparire sotto l'inondazione di Villa Sangrano, sapeva che nemmeno questo doveva dire, nemmeno questo poteva dire.

Decise di portare il gioco oscuro fino al limite del gioco oscuro.

"Ma perché, Sandro, che è successo alla moglie?"

"Signora, questa è la domanda delle domande. La notte che l'avvocato ci ha lasciati, io l'ho vista a Cetara, alla tonnara. Ma la mattina dopo già non c'era più. Qualcuno dice che starebbe in una casa di cura al Nord. Qualche altro va dicendo che era incinta e che se ne sarebbe andata all'estero per far nascere il bambino."

"E questo chi l'ha detto, Sandro?"

"La madre. Ma, almeno così dà a sembrare, neppure lei sa dove sta la figlia. La duchessa e il marito abitano ancora a Castellabate. È questione di qualche mese. Il livello del mare sta scendendo di tre centimetri al giorno. L'avvocato, prima di morire, aveva sistemato tutte le cose dei Sangrano. Perciò quanto prima quelli se ne torneranno a Posillipo e se a lui la moglie gli taglia le mani per non fargli toccare le carte del poker, attorno a quelle proprietà possono campare altre dodici generazioni."

Bianca rimase in silenzio, i gomiti poggiati alla balaustra di piperno affacciata sulla riviera di Amalfi. Poi decise di chiedere ciò che sapeva non avrebbe potuto domandare mai più.

"Sandro, era incinta? Voi dite che era incinta?"

"Sì. Sì, è sparita a settembre e già allora... Insomma, certe cose si vedono... Si capiscono."

Bianca fu stretta alla gola con il nodo scorsoio dello sgomento puro. Rivide la testa di Luce immergersi nel gorgo dell'acqua torbida. Se era morta, non era morta da sola.

"E voi che pensate, Sandro? Secondo voi dove sta?"

"E che vi devo dire... Non lo so... Figuratevi, uno che pesca nella zona fra il Pollione e Posillipo ha detto a un amico mio che sta là. Là, nella Villa Sangrano, a casa sua. La casa è mezza allagata, però dice che la signora esce con la barca agli orari più assurdi. Di giorno non si fa vedere e di notte chiunque va alla villa e vuole diciamo un piacere da lei, lei glielo fa senza nessuna resistenza."

"Un piacere?"

"Un piacere, signò: l'amore, per dire la cosa con un cucchiaino di zucchero. Ma sapete com'è, la gente tiene una bella fantasia."

"Sandro, scusate. Ma com'è morto Diego? Che ci faceva al Lido Virgilio? E voi perché non stavate con lui?"

Bianca aveva sentito l'impulso irrefrenabile di fare la domanda che lei stessa considerava inutile. Infatti, l'uomo con gli occhiali da sole le rispose senza guardarla: "Signora, il Lido Virgilio era proprietà sua. Io non c'ero perché ero stato incaricato di altre cose. Come è morto lo sanno tutti. È morto sparato".

56.
Un giorno di novembre.

Il mese dei morti non era mai stato così mistico a Napoli. Il mare diguazzava nelle vie del centro storico con un'altezza di sessanta centimetri. Il porfido e i basolati avevano ceduto dovunque, provocando sprofondamenti paurosi. In certe mattinate, quando le correnti ripulivano le vie dai liquami delle fogne scoppiate, si intravedevano attraverso la trasparenza delle acque rovine greche, mura romane, decorazioni parietali incredibilmente intatte. La natura desiderava la fine della storia che non le piaceva e la rigenerazione della storia che voleva.

Lo Stato centrale aveva varato il suo decreto per la ricostruzione. L'Europa disponeva i suoi fondi. I vulcanologi attestavano la continuazione delle attività sismiche ed eruttive dei Campi Flegrei, prevedendo imprecisati risvegli del Vesuvio entro i prossimi dieci anni.

A San Giorgio, Ercolano, San Sebastiano e in tutta la zona restante dei comuni a rischio era ormai chiaro che c'era molto da demolire.

Tutto quello che era stato costruito dopo la Seconda guerra mondiale andava inesorabilmente abbattuto. La gente avrebbe perso le sue case, ma il Governo prometteva di pagarle secondo parametri di valutazione all'esame di una commissione speciale.

Così, Napoli sarebbe diventata una città d'arte unica al mondo, una città dove nella stessa piazza si sarebbe vista sotto calpestii di cristallo antiscivolo tutta la bellezza dell'architettura greca, e tutta la stratificazione di quella romana, mentre al livello dei camminamenti sarebbe apparso lo splendore del Sette e Ottocento di chiese e palazzi.

Tra Portici e Torre del Greco si progettava la rinascita del Miglio d'Oro, il percorso fatato dell'aristocrazia napoletana che si era costruita le sue ville con giardini sul mare accanto alla residenza estiva dei Borbone.

A Roma, il Presidente era impegnato in consultazioni febbricitanti. Aveva un problema da risolvere: trovare il successore di Diego Ventre. La questione gli era parsa spinosissima fin da subito. Dove trovare un uomo di quello charme e di quell'intelligenza che fosse in grado di trattare con le cosche criminali e il mondo della politica, con i capitalisti statunitensi e la Chiesa, con i buoni e i cattivi? Non era semplice. Un giorno aveva ricevuto una telefonata da New York. Era lui, il siciliano sapiente che Diego aveva incontrato per l'ultima volta in California. Il maestro assoluto del controllo e degli equilibri, il grande vecchio, aveva chiamato il Presidente e il Presidente aveva accolto il contatto insperato come l'apparizione di un santo che viene a predicare la via della salvezza. Lui l'aveva invitato a San Francisco sussurrando un avviso: "Non faremo più di un caffè. Amico mio, la democrazia deviata ha inventato la favola che tutti sono sostituibili. Non è vero. Una persona si può cambiare, ma non sostituire. L'avvocato di Napoli non ha eredi".

Il Presidente aveva azzardato: "Ma lei, se vuole, può dare una mano all'Italia. Apprezzo la sua modestia, però sappiamo bene che volendo può risolvere qualsiasi cosa". Dall'altro capo del mondo lui aveva taciuto. Si era sentito il rumore metallico dell'accendino e una boccata di fumo. "Vede, Presidente, io sono vecchio. La pazienza è finita. Le tigri si domano, le iene no."

I successori che aspiravano a sedere sul trono invisibile di Ventre erano molti, aumentavano di ora in ora, c'era il pericolo che sul corpo di Napoli dovessero fare banchetto le tigri, le iene, i corvi, gli avvoltoi, gli uccelli di passaggio, i vermi e le mosche, scornandosi fra di loro ora e sempre nei secoli dei secoli.

In quel primo pomeriggio di novembre, un treno percorreva con lentezza estenuante il binario sul mare in vista di Pietrarsa. In un vagone c'era padre Andolfi con cinque seminaristi. Nel vagone successivo c'era solo Manlio: si era messo in disparte per pregare.

Erano stati tutti in visita a Montecassino, per tre giorni. Tra gli ospiti dell'abbazia c'era un monaco di cui solo padre Andolfi sapeva qualcosa.

Manlio trascorreva giornate penose. La notte doveva essere soccorso perché si svegliava urlando il nome di Diego, dicendo di averlo visto un attimo prima accanto a lui mentre gli carezzava i capelli.

Così, una sera, il ragazzo fu accompagnato lungo le penombre echeggianti del monastero immenso, fino alla porticina di una cella alla quale si arrivava attraverso un labirinto di anditi, passaggi, scalette. Fu introdotto alla presenza di colui che tutti chiamavano l'uomo di Dio. Era un vecchio di oltre ottant'anni. Aveva il viso affilato, la fronte serena, gli occhi chiari.

Stava rannicchiato su un muricciolo di pietra incassato nel vano della finestra e guardava lontano, verso l'oscurità dei boschi. Fece cenno con il mento, indicando uno sgabello di paglia. Manlio sedette guardandosi le ginocchia. La porta fu richiusa. Rimasero soli. Dalle mura bianche pendeva solo un crocifisso del Seicento, tutto lavorato in cartapesta. Su un tavolo tarlato c'era un *Ecce Homo* in legno, fissato per sempre nella sollevazione celeste dei suoi occhi meravigliosi che scrutavano l'alto da sotto l'incoronazione sanguosa delle spine.

Il monaco distese lievemente un sorriso sulle labbra, semplice com'è semplice il silenzio dei poveri, prese la mano di Manlio e la poggiò sul petto del ragazzo, all'altezza del cuore. Ve la tenne a lungo senza parlare.

Sotto il palmo del fratello di Diego c'era il battito della vita, sul dorso della vita c'era la mano del vecchio.

"Pace. Pace. Pace." Il monaco svelava la limpidezza della sua voce umile e calda. Quando Manlio incontrò i suoi occhi bellissimi, iniziò a lacrimare di un pianto che non aveva mai conosciuto, perché era un pianto sereno, dolce, compreso.

"Tu non avrai più paura. Mai più. Ogni uomo viene inchiodato alla sua croce una volta. Nella tua crocifissione c'è il tuo dolore, ma è nel dolore che si rinasce. A questo mondo la resurrezione può essere ogni giorno, basta avere occhi per vederla."

Il vecchio asciugò con le sue dita le lacrime di Manlio scivolate sulle guance e sul collo.

"Guarda la statua dell'*Ecce Homo*. Guardala bene, Manlio. È fatta di tanti particolari. Le vene sotto la pelle, lo spasimo del collo, il sangue che cola dalle tempie, la profondità degli occhi. Tanti particolari. Ma tutti questi particolari servono a unirsi e a dire la sofferenza del Cristo e il coraggio di accettarla. Nessun particolare serve da solo, il particolare è niente senza l'alleanza e l'armonia con tutti gli altri particolari. La nostra vita, Manlio, è solo un particolare. La nostra vita non esprime nulla se non entra in comunione con altre vite. La nostra vita è un particolare nato dalle vite che ci hanno preceduto, ed è anche un particolare che sta a fondamento delle vite che verranno. Tu sei un particolare originato da molte esistenze. Devi sopportare il peso di quello che ti è successo. Ma non ne hai colpa. Hai agito per l'amore mancato. Hai agito per l'amore che volevi e per l'amore che volevi dare. Non morire, Manlio, non morire. Non morire, perché niente muore."

Il ragazzo si protese impercettibilmente verso il monaco e il monaco gli offrì le mani. Manlio cadde in ginocchio, accostò una guancia alle gambe del vecchio, sentì la destra di lui posarsi tra i suoi capelli e rimase così un tempo infinito. La lampada a olio che ardeva per terra in un angolo diventava sempre più piccola, baluginava di verdognoli, di ocra, di azzurri, poi finalmente la fiamma, divenuta come un chicco di riso, si spense. La cella rimase al buio. Il ragazzo si addormentò con la testa abbandonata alle carezze. Alle prime luci dell'alba si svegliò, baciò la pallida mano benedicente e la guardò per l'ultima volta. Ricevette sulla fronte il segno della croce, si alzò e si avviò verso l'uscio nella luce incerta del primo mattino.

"E ricordati, Manlio, non c'è cosa che ci sembrava persa che non si possa conservare in noi. Nella nostra vita non perdiamo mai niente. Ricordalo bene, mai niente. E mai niente ci può veramente essere tolto."

Ora il treno continuava a procedere a passo d'uomo. Il tratto ferroviario alle porte di Napoli era stato ripristinato da poco e si ingolfava di soste, estenuazioni, rallentamenti accerchiati da precedenze e intasamenti. Manlio guardava attraverso il finestrino le distese irregolari di rena vulcanica. Il sole delle tre dispensava il suo velo radioso sulle scogliere e sulle schiume marine, quando, all'altezza del Lido Dorato, apparve sulla spiaggia una donna con un abito di cotone bianco. Aveva lunghi capelli come d'un grano antico, appena maturo, teneva nella mano destra un paio di scarpe di corda e camminava scalza nella sabbia. La mano sinistra stava posata sotto il suo ventre in attesa. Era una donna incinta. Era Luce. Manlio si sentì morire e vivere, attaccò gli occhi e la fronte al vetro del finestrino e guardò mentre il treno se ne andava piano.

Era lei. Era Luce. Era incinta. Davanti alla ragazza correva un cane bianco e nero a pelo lungo che giocava a inseguire e rifuggire la risacca del mare. Luce sorrideva, lo faceva saltare, lo carezzava, gli lanciava dei sassi. E se Manlio, in quel momento, avesse potuto leggere nei pensieri di Luce, vi avrebbe trovato il volto antico e giovanissimo di Osiride ucciso da suo fratello Seth. Ora lei sentiva di dover ricomporre dentro l'armonia che l'uomo aveva perduto. Bisognava rimettere insieme il corpo disperso della bellezza, il corpo della città, il corpo dei suoi figli. Luce sentiva che il principio era in lei, che il seme dei giorni della pace era in lei. Portò il palmo della mano destra sul ventre e ve la tenne ferma.

Manlio si specchiò nel cristallo del finestrino e si sorprese a sorridere. Luce era viva.

Luce era incinta. Sarebbe nato un bambino piccolo, un piccolo bambino figlio di lei e figlio di Diego. Le parole della notte pronunciate dal monaco si sgranarono in cento stelle fedeli.

Mai niente ci può veramente essere tolto. Il cane fece una corsa giocosa di cerchi intorno a Luce, Luce sollevò con un piede nudo uno spolvero di sabbia per scherzare, la vista sulla spiaggia fu coperta da un muro di tufo che iniziò a scorrere lungo il finestrino e Manlio lasciò andare la nuca contro il sedile.

Sentì l'impulso di correre nel vagone accanto per gridare a padre Andolfi quello che aveva appena visto. Ma non aveva forza. Non aveva forza e non voleva che si credesse a una sua ennesima allucinazione. Giunse le mani, se le sentì tiepide, tiepide come non gli succedeva più da molto tempo. Sentì la sua voce dentro se stesso mentre diceva: *Ave Maria piena di grazia*. La preghiera non si snodava. Manlio era felice e ripeteva all'infinito: *Ave Maria piena di grazia*.

Tutto brillava di una quiete festosa, qua e là comparivano sul bordo della ferrovia platani con foglie verdi e dorature pudiche d'autunno. La sera annunciava dolcezze dall'orizzonte tranquillo.

Il giorno si addormenta, come questa storia, e tu che leggi dovrai sapere che non l'avrei raccontata senza di te. Abbiamo scelto insieme ogni parola e insieme abbiamo deciso di tacere ciò che l'anima non vuole dire oltre il silenzio. Tu sai che è vera perché l'hai voluta con me. In uno dei tuoi giorni futuri tra i passi perduti delle strade antiquarie di Napoli o d'Europa, potrai forse posare gli occhi distratti su un grande quadro. Scoprirai una donna seduta, dai lunghi capelli di grano antico, una donna seduta che sorride, una donna seduta che ti offre la mano tenendo poggiata sul dorso una farfalla o un serpente.

Grazie

Alla preziosa intelligenza di Candida De Iudicibus.
All'autunno luminoso di Serramezzana.
Alle cure silenziose di Alberto Rollo.
All'estate adolescente di San Mango.
Alla bella cavalleria arrembante tutta di Carlo Buga.
Ai ferri del mestiere di Luigina.
Alla scienza della terra di Maurizio Bonadies.
A Wolf, Laika, Chicco e Ofi.
Agli aranci misteriosi di Capograssi.
Al principe di Lampedusa.
Al duca di Palma.
Alla primavera di Furore.
Alla morte della bellezza.
Agli spiriti buoni di Fiumefreddo.
A Micol Finzi-Contini.
Ai pomeriggi su La Via di Massa Lubrense.
Ad Aldo De Simone primo maestro.
Al mio geniale amico Giampiero generosa Volpe.
All'angelo che intona allegro il gregoriano.
Al Bruno fratello dei quattordici anni.
All'antico palazzo di Roma.
A mio padre e mia madre.
Ai miei fratelli grandi e distanti.
Al mio fratello piccolo e vicino.
A tutti i miei cugini e ai miei nipoti.
Ai miei zii viventi.
Ai miei nonni e ai miei zii invisibili e vivi.
A tutti i miei attori.
Al sogno del bel sole catalano.
Alla dolcezza solenne di Via Butera in Palermo.
Alle belle giornate del Miglio d'Oro.
Alla baldanza che seppe capitolare per amore.
A chi è ferito a morte.

INDICE

9 1. Pozzuoli. 13 maggio. Mattina.
Un motoscafo bianco sul mare.

14 2. Napoli. 13 maggio. Mattina.
Lo studio del pittore Francesco De Mattia.

22 3. Posillipo. 13 maggio. Mattina.
Villa Sangrano.

25 4. Napoli. 13 maggio. Pomeriggio.
Pranzo a Villa Sangrano.

28 5. Napoli. 13 maggio. Pomeriggio.

30 6. Napoli. 13 maggio. Pomeriggio inoltrato.
San Sebastiano.

33 7. Napoli. 13 maggio. Sera.
Festa a Villa Valenti.

39 8. Posillipo. 13 maggio. Sera
Villa Sangrano.

42 9. Napoli. 14 maggio. Prime ore della mattina.
Lido Virgilio.

47 10. Posillipo. 14 maggio. Mattina.
Villa Sangrano.

50 11. Napoli. 14 maggio. Mattina.
La casa di Diego Ventre.

54 12. Napoli. 14 maggio. Mattina.
Le strade.

60 13. Napoli. 14 maggio. Pomeriggio.
Un attico a San Giovanni.

64 14. Napoli. 14 maggio. Pomeriggio.
Una giornata di Diego Ventre.

72 15. Napoli. 14 maggio. Pomeriggio.

75 16. 14 maggio.
Una giornata di Maria Amerigo.

78 17. Napoli. 14 maggio. Pomeriggio.
Lo studio Ventre.

82 18. Posillipo. 14 maggio. Pomeriggio.
Villa Sangrano.

84 19. Napoli. 14 maggio. Sera.

90 20. Posillipo. 14 maggio. Sera.
Villa Sangrano.

97 21. Napoli. 15 maggio. Alba.

100 22. Napoli. 15 maggio. Alba.

105 23. Napoli. 15 maggio. Pomeriggio.
Studio De Giuseppe.

108 24. Napoli. 15 maggio. Pomeriggio.
Al Miglio d'Oro.

112 25. Roma. 15 maggio. Pomeriggio.
Casina Valadier.

118 26. Napoli. 16 maggio. Mattina.

121 27. Posillipo. 16 maggio. Mezzanotte.
Villa Pollione.

127 28. Posillipo. 17 maggio. Mezzanotte.
Villa Pollione.

132 29. Posillipo. 18 maggio. Mezzanotte.
Villa Pollione.

140 30. Los Angeles-Santa Monica. 19 maggio. Pomeriggio.

145 31. Napoli. 19 settembre. Alba.

149 32. Cetara. 20 settembre. Pomeriggio.
La Tonnara.

157 33. Cetara. 20 settembre. Pomeriggio.
La Tonnara.

167 34. Cetara. 20 settembre. Notte.
La Tonnara.

170 35. Salerno. 21 settembre. Mattina.
Lo studio Ventre.

175 36. Salerno. 21 settembre. Primo pomeriggio.

180 37. Cetara. 21 settembre. Pomeriggio.
La Tonnara.

183 38. Cetara. 21 settembre. Sera.
La Tonnara.

186 39. Salerno. 22 settembre. Mattina.
Clinica di Pontecagnano.

189 40. Cetara. 22 settembre. Mattina.
La Tonnara.

191 41. Templi di Paestum. 22 settembre. Mattina.

194 42. Cetara. 22 settembre. Sera.
La Tonnara.

198 43. Cetara. 23 settembre. Mezzogiorno.
La Tonnara.

201 44. Cetara. 23 settembre. Pomeriggio.
La Tonnara.

204 45. Cetara. 23 settembre. Ore 19.15.
La Tonnara.

206 46. Salerno. 23 settembre. Ore 20.40.
Al porto.

210 47. Cetara. 24 settembre. Mattina.
La Tonnara.

214 48. Salerno. 24 settembre. Pomeriggio.
Lo studio Ventre.

219 49. Cetara. 24 settembre. Sera.
La Tonnara.

221 50. Posillipo. 24 settembre. Sera.
Villa Pollione.

223 51. Napoli. 24 settembre. Sera.
Sull'acqua.

225 52. Napoli. 24 settembre. Sera.
Lido Virgilio.

229 53. Portici. 25 settembre. Alba.
Convento di San Pasquale.

233 54. Roma. 25 settembre. Alba.
In via Nomentana.

238 55. Un giorno di ottobre.

242 56. Un giorno di novembre.

247 *Grazie*